Sammlung Luchterhand 610

Fredric Brown

DAS VERLORENE PARADOX

Phantastische Geschichten
Herausgegeben und mit einem Nachwort
von René Oth

Aus dem Amerikanischen
von Joachim Körber

Luchterhand

Titel der amerikanischen Originalausgabe:
Paradox Lost and Twelve Other Great Science Fiction Stories
Random House, Inc., New York

CIP-Kurztitelaufnahme der Deutschen Bibliothek:
Brown, Fredric:
Das verlorene Paradox : phantast. Geschichten / Fredric Brown. Hrsg. u. mit e. Nachw. von René Oth. Aus d. Amerikan. von Joachim Körber. – Dt. Erstausg. – Darmstadt ; Neuwied : Luchterhand, 1986.
(Sammlung Luchterhand ; 610)
Einheitssacht.: Paradox lost and twelve other great science fiction stories ⟨dt.⟩
ISBN 3-472-61610-2
NE: GT

Deutsche Erstausgabe
Sammlung Luchterhand, Februar 1986

Lektorat: Wieland Eschenhagen
Umschlaggestaltung: Kalle Giese, Darmstadt, unter Verwendung einer Graphik von Olga Rinne, Berlin
Herstellung: Ralf-Ingo Steimer

Gesamtherstellung bei der
Druck- und Verlags-Gesellschaft mbH, Darmstadt

INHALT

Einführung 7

Das verlorene Paradox 10

Marionettentheater 32

Der letzte Zug 45

Es ist nicht passiert 50

Klopf, klopf! 66

Gehorsam 79

Der Zehnprozenter 92

Aelurophobie 111

Eine kleine Nachtmusik 116
(in Zusammenarbeit mit Carl Onspaugh)

Nicht Siriös 139

Der Neue 160

Zweierlei Maß 183

Etwas Grünes 189

Nachwort:
Fredric Brown – Der Spötter und seine Parabeln des Wahnsinns 201

Bibliographie 205

EINFÜHRUNG

Fred haßte das Schreiben. Und er war glücklich, wenn er damit fertig war. Er tat alles, was ihm nur einfiel, um den Zeitpunkt hinauszuzögern, an dem er sich an die Schreibmaschine setzen mußte: er staubte den Schreibtisch ab, spielte auf der Flöte, las ein wenig, spielte weiter. Wenn wir in einer Stadt lebten, in der die Post nicht zugestellt wurde, rief er deswegen im Postamt an, und dann suchte er sich jemanden für ein Spiel, manchmal auch zwei oder drei, Schach, Binokel oder Cribbage. Wenn er dann heimkam, meinte er, es wäre zu spät, jetzt noch anzufangen. Wenn sich das tagelang hingezogen hatte und sich sein schlechtes Gewissen meldete, setzte er sich tatsächlich an die Schreibmaschine. Er schrieb dann eine oder zwei Zeilen, oder auch ein paar Seiten. Aber die Bücher wurden geschrieben.

Er war kein produktiver Schriftsteller. Sein täglicher Ausstoß betrug etwa drei Seiten. Manchmal, wenn sich ein Buch selbst zu schreiben schien, schrieb er sechs oder sieben Seiten am Tag, aber das war ungewöhnlich.

Wenn er sich eine Handlung überlegte, tigerte Fred von einem Zimmer ins andere. Da wir beide größtenteils zu Hause waren, hatten wir das Problem, daß ich mit ihm redete, während er auf und ab ging, und damit unterbrach ich seine Gedankengänge. Das gefiel ihm nicht. Nachdem wir erfolglos verschiedene Mittel erprobt hatten, schlug ich vor, er sollte seine rote Baumwollmütze aufziehen, wenn er nicht gestört werden wollte. Schließlich sah ich automatisch zu seinem Kopf, bevor ich den Mund aufmachte.

War er mit einem Buch fertig, machten wir für gewöhnlich eine Reise, wobei die Länge unseres Aufenthalts von den Umständen abhing.

Manchmal fuhr sich Fred beim Ausdenken einer Handlung fest. Trotz allen Auf- und Abgehens, fiel ihm nichts ein. Als das bei einem seiner frühen Bücher passierte, dachte er, eine

Reise, bei Nacht, mit dem Bus, könnte vielleicht helfen. Er ging nie früh zu Bett, und er dachte, wenn im Bus die Lichter gelöscht wären und alles ruhig geworden wäre, könnte er sich besser konzentrieren. Er nahm eine Taschenlampe und einen Notizblock mit. Er blieb ein paar Tage weg, und wenn er zurückkam, hatte er das Handlungsgerüst fertig.

Solche Ausflüge unternahm er oft. Und ich konnte immer vorhersagen, wann er verkünden würde, daß er gehen wollte. Er hatte nicht *immer* eine Handlung für das Buch, mit dem er sich gerade beschäftigte, ausgearbeitet, wenn er heimkam, aber wenn nicht, dann hatte er die Idee für sein nächstes Buch gefunden.

Der Höhepunkt in Freds Karriere war, als er seinen Job als Korrektor aufgab und freier Schriftsteller wurde. Sein glücklichstes und stolzestes Ereignis war, als er den »Edgar Allan Poe Award der Mystery Writers of America« für den besten Erstlingsroman erhielt, *The Fabulous Clipjoint*, und trotz aller weiterer Bücher, die er danach schrieb, empfand er niemals mehr dasselbe für ein anderes. Es war seine Geburt als Romancier. Es ist nur natürlich, daß ihm einige seiner Bücher besser als andere gefielen, aber *The Fabulous Clipjoint* war sein Erstgeborenes, dem stets seine besondere Vorliebe galt.

Bis er mehrere Bücher veröffentlicht hatte, schrieb er Kurzgeschichten zwischen den Büchern, um einen Rückhalt für die Zeit zu haben, in der er ein Buch schrieb. Dann schrieb er eine Kurzgeschichte oder eine Vignette nur noch, wenn er wußte, er hatte eine, die er schreiben *mußte*.

Viele Jahre hatte er darauf gewartet, *The Office* zu schreiben, aber das war ein neues Genre für ihn, denn es sollte ein Mainstream-Roman werden. Er wußte, daß sich seine Krimis und Science-fiction-Bücher verkauften, aber er wußte nicht, wie es mit einem Mainstream-Roman von einem in diesem Genre neuen Autor sein würde. Er konnte es sich nicht leisten, ein Buch zu schreiben, das sich nicht verkaufte. Schließlich schrieb er es doch. Und es verkaufte sich.

Kurze Zeit versuchte er, fürs Fernsehen zu schreiben, bis er feststellte, daß das nichts für ihn war, und er kehrte wieder zum Bücherschreiben zurück. Er veröffentlichte ein paar hundert Kurzgeschichten und achtundzwanzig Romane, und dies ist seine achte Kurzgeschichtensammlung.
Obwohl mir alle Bücher Freds gefallen haben, ist mein Lieblingsbuch *The Screaming Mimi*. Andere, die mir besonders gefallen, sind *Here Comes a Candle, The Lenient Beast, The Far Cry, His Name Was Death* und *Night of the Jabberwock*.
Ich bin eigentlich kein Science-fiction-Fan, weil die meisten Science-fiction-Romane für meinen Geschmack zu technisch sind. Aber die von Fred waren leicht zu lesen. Meine Favoriten in dieser Sparte sind *The Lights in the Sky Are Stars* und *The Mind Thing*. *What Mad Universe* ist ein Beinahe-Klassiker und Beinahe-Liebling von mir.
Für mich ist die vorliegende Sammlung ein Vergnügen. Ich bin besonders in sie vernarrt, weil sie seine letzte vollendete Arbeit ist. Und da sie sein Abschiedsgruß an seine Leser ist, hoffe ich, daß sie Ihnen ebenfalls gefällt.

Elizabeth Brown

DAS VERLORENE PARADOX
(Paradox Lost)

Eine Schmeißfliege war irgendwie durch das Fliegengitter hereingekommen, und nun dröhnte sie in monotonen Kreisen unter der Decke des Hörsaals. Während Professor Dolohan in monotonen Kreisen der Logik vor der Klasse dröhnte. Shorty McCabe, der in der letzten Reihe saß, blickte von ihm zu ihr und konzentrierte sich schließlich auf die Schmeißfliege als der interessanteren von beiden.

»Das negative Absolute«, sagte der Professor, »ist, wenn man so sagen will, nicht absolut negativ. Das ist nur scheinbar ein Widerspruch. In umgekehrter Reihenfolge gewinnen die beiden Wörter eine neue Bedeutung. Daher . . .«

Shorty McCabe seufzte unhörbar und beobachtete die Schmeißfliege, und er wünschte sich, er könnte auch so in Kreisen umherfliegen, noch dazu mit einem so seelenbefriedigenden Brummen. Verglich man Größe und Dezibel, machte eine Schmeißfliege mehr Lärm als ein Flugzeug.

Mehr Lärm auch, verglichen mit der Größe, als eine Motorsäge. Konnte eine Motorsäge Metall sägen? Sägen, sagen. Also konnte man sagen, er sah eine Motorsäge eine Säge sägen. Wenn man das »Motor« wegließ, wurde es noch besser: Ich sah eine Säge eine Säge sägen. Oder noch besser: Sie sah eine Säge eine Säge sägen.

»Man könnte«, sagte der Professor, »sich das Absolute als eine Daseinsform vorstellen . . .«

Klar, dachte Shorty McCabe, man kann sich alles als alles vorstellen, und was bekommt man davon anderes als Kopfschmerzen? Wie auch immer, die Schmeißfliege wurde zunehmend interessanter. Sie flog nun abwärts, dem vorderen Teil des Hörsaals entgegen, und vielleicht würde sie auf Professor Dolohans Kopf landen. Und summen.

Nein, aber sie landete irgendwo hinter dem Schreibtisch des Professors, wo sie nicht zu sehen war. Ohne die Fliege, die ihn ablenkte, sah sich Shorty im Hörsaal nach etwas anderem um, das er ansehen oder über das er nachdenken konnte. Nur Hinterköpfe. Er war allein in der letzten Bank, und – nun, er konnte sich darauf konzentrieren, wie das Haar im Nacken der Leute wuchs, aber das schien ein Thema von nur begrenzter Faszination zu sein.

Er fragte sich, wie viele der Studenten vor ihm eingeschlafen sein mochten und kam zu dem Ergebnis, daß es etwa die Hälfte sein mußte; und er wünschte sich, er hätte selbst einschlafen können, aber das konnte er nicht. Er hatte den Fehler gemacht, gestern früh zu Bett zu gehen, und deshalb war er nun hellwach und fühlte sich elend.

»Aber«, sagte Professor Dolohan, »wenn wir den Widerspruch in der Wahrscheinlichkeit außer acht lassen, der in der Bemerkung liegt, daß das positive Absolute weniger als absolut positiv ist, dann führt uns das zu . . .«

Hurra! Die Schmeißfliege war wieder da, sie kam aus ihrem vorübergehenden Versteck hinter dem Schreibtisch hervor. Sie brummte zur Decke empor, verweilte dort einen Moment, um sich die Flügel zu putzen, dann flog sie wieder herab, dieses Mal zum rückwärtigen Teil des Saals.

Wenn sie diesen spiralförmigen Kurs beibehielt, würde sie nur einen Zoll an Shortys Nase entfernt vorbeisummen. So geschah es. Er schielte, während er sie betrachtete, und drehte den Kopf, um sie nicht aus den Augen zu verlieren. Sie flog vorbei und . . .

Dann war sie auf einmal nicht mehr da. An einem Punkt etwa zwölf Zoll links von Shorty McCabe hatte sie plötzlich aufgehört zu fliegen und aufgehört zu summen, und sie war nicht mehr da. Sie war nicht gestorben und war nicht in den Mittelgang gefallen. Sie war einfach . . .

Verschwunden. In der Luft, etwas über einen Meter über dem Mittelgang, hatte sie einfach aufgehört dazusein. Das Geräusch, das sie von sich gegeben hatte, war im Summen verstummt, und in der plötzlichen Stille schien die Stimme des Professors lauter, wenn nicht komischer. »Indem wir aber eine den Tatsachen zuwiderlaufende Annahme aufstellen, erschaffen wir ein pseudoreales Set von Axiomen, das, abgemessen, die Umkehr der Existenz . . .«

Shorty McCabe, der auf die Stelle starrte, wo die Fliege verschwunden war, sagte: »Puh!«

»Bitte?«

»Tut mir leid, Professor, ich habe nichts gesagt«, sagte Shorty. »Ich . . . ich habe mich nur geräuspert.«

». . . durch die Umkehr der Existenz – Was hatte ich gesagt? Oh, ja. Wir erschaffen die axiomatische Grundlage einer Pseudologik, die verschiedene Antworten auf alle Probleme ergeben würde. Ich meine . . .«

Als er sah, daß der Blick des Professors nicht mehr auf ihm ruhte, drehte Shorty den Kopf wieder zu der Stelle, wo die Fliege aufgehört hatte zu fliegen. Vielleicht aufgehört hatte, eine *Fliege* zu sein? Verrückt; es mußte eine optische Täuschung gewesen sein. Eine Fliege flog recht schnell. Wenn er sie plötzlich aus den Augen verloren hatte . . .

Er warf aus dem Augenwinkel Professor Dolohan einen Blick zu und vergewisserte sich, daß er sich auf etwas anderes konzentrierte. Dann streckte Shorty zögernd die Hand nach der Stelle, oder der ungefähren Stelle, aus, wo er die Fliege verschwinden gesehen hatte.

Er wußte nicht, was er dort erwartet hatte, aber er spürte überhaupt nichts. Nun, das war hinreichend logisch. Wenn die Fliege ins Nichts geflogen war und er, Shorty, die Hand ausgestreckt und nichts gespürt hatte, so bewies das nichts. Aber irgendwie war er enttäuscht. Er wußte nicht, was er erwartet hatte; sicher nicht die Fliege zu berühren, die gar nicht da war, oder das Zusammentreffen mit einem festen, aber unsichtbaren Hindernis oder sonst etwas. Aber – *was* war mit der Fliege passiert?

Shorty legte die Hände auf die Tischplatte und versuchte eine ganze Minute lang, die Fliege zu vergessen und dem Professor zuzuhören. Aber das war noch schlimmer, als sich über die Fliege Gedanken zu machen.

Zum tausendsten Mal überlegte er, warum er nur so ein Narr gewesen war, sich in diese Logik-Vorlesung S1 einzuschreiben. Er würde das Examen nie bestehen. Außerdem wollte er sowieso in Paläontologie promovieren. Paläontologie gefiel ihm. Ein Dinosaurier, das war etwas, in das man sich mit den Zähnen verbeißen konnte, bildlich gesprochen. Aber Logik, puuuh; S1 oder nicht S1. Lieber studierte er Fossilien, als einem zuzuhören.
Zufällig sah er auf seine Hände auf dem Tisch. »Huch«, sagte er.
»Mr. McCabe?« sagte der Professor.
Shorty antwortete nicht; er konnte es nicht. Er betrachtete seine linke Hand. Sie hatte keine Finger mehr. Er schloß die Augen.
Der Professor lächelte ein Professorenlächeln. »Ich glaube, unser junger Freund in der letzten Reihe ist . . . äh . . . eingeschlafen«, sagte er. »Könnte bitte jemand versuchen . . .«
Shorty ließ die Hände hastig in den Schoß sinken. Er sagte: »Ich . . . ich bin schon in Ordnung, Professor. Tut mir leid. Haben Sie etwas gesagt?«
»Sie nicht?«
Shorty schluckte. »Ich . . . ich glaube nicht.«
»Wir unterhielten uns«, sagte der Professor – glücklicherweise zur ganzen Klasse, und nicht allein zu Shorty – »über die Möglichkeit dessen, was man als das Unmögliche bezeichnen könnte. Das ist kein Widerspruch der Ausdrücke, denn man muß deutlich zwischen *un*möglich und *nicht*möglich unterscheiden. Letzteres . . .«
Shorty legte verstohlen die Hände wieder auf die Tischplatte und starrte sie an. Mit der rechten Hand war alles o. k. Die linke – Er schloß die Augen und öffnete sie wieder, und immer noch fehlten die Finger seiner linken Hand. Sie *fühlten* sich aber nicht an, als würden sie fehlen. Probeweise spannte er die Muskeln, die sie bewegen sollten, und er spürte, wie sie sich spannten.

Aber sie waren nicht da, wie seine Augen sehen konnten. Er griff hinüber und tastete mit der rechten Hand nach ihnen – und er spürte sie nicht. Seine rechte Hand ging schnurstracks durch den Raum durch, den seine Finger der linken Hand einnehmen sollten, und er spürte nichts. Dennoch konnte er die Finger der linken Hand noch bewegen. Das tat er.

Es war sehr komisch.

Und dann erinnerte er sich, daß das die Hand war, mit der er nach der Stelle gegriffen hatte, wo die Schmeißfliege verschwunden war. Wie zur Bestätigung seines plötzlichen Verdachts spürte er eine sanfte Berührung an einem der Finger, die nicht da waren. Eine sanfte Berührung, und etwas Leichtes krabbelte an dem Finger entlang. Etwas, das das Gewicht einer Schmeißfliege hatte. Dann verschwand das Gefühl, als wäre sie wieder fortgeflogen.

Shorty biß sich auf die Lippen, um nicht wieder »Huch!« zu sagen. Allmählich bekam er es mit der Angst zu tun.

Wurde er verrückt? Oder hatte der Professor recht gehabt und er war tatsächlich eingeschlafen? Wie konnte er das feststellen? Kneifen? Mit den einzig verfügbaren Fingern, denen der rechten Hand, griff er nach unten und kniff sich in die Haut seines Oberschenkels, und zwar fest. Es tat weh. Aber wenn er träumte, daß er sich kniff, konnte er dann nicht auch träumen, daß es weh tat?

Er drehte den Kopf und sah nach links. In dieser Richtung war nichts zu sehen; der leere Tisch jenseits des Mittelgangs, der Tisch danach, die Wand, das Fenster und der blaue Himmel hinter der Scheibe.

Aber . . .

Er schaute zum Professor und sah, daß dessen Aufmerksamkeit nun der Tafel galt, wo er Symbole hinschrieb. »*N*«, sagte der Professor, »soll gleich der bekannten Unendlichkeit sein, und das Symbol *a* gleich dem Faktor der Wahrscheinlichkeit.«

Zögernd streckte Shorty die linke Hand wieder in den Mittelgang aus und sah genau hin. Er dachte, daß er sich auch gleich vergewissern konnte; und so streckte er sie ein wenig weiter

aus. Die *Hand war fort*. Er riß das Handgelenk zurück und saß schwitzend da.
Er war verrückt. Er mußte verrückt sein.
Wieder versuchte er die Finger zu bewegen und spürte, daß sie sich zufriedenstellend krümmten, wie sie sich kümmen sollten. Sie besaßen noch Gefühl, kinetisch und sonstwie. Aber . . . Er streckte das Handgelenk dem Pult entgegen und spürte das Pult nicht. Er brachte es in eine solche Haltung, daß seine Hand, wenn sie am Ende seines Handgelenks gewesen wäre, die Tischplatte unbedingt hätte berühren oder durch sie hindurchgleiten *müssen*, aber er spürte nichts.
Wo auch immer seine Hand war, am Ende des Handgelenks befand sie sich jedenfalls nicht. Sie war immer noch dort draußen im Mittelgang, wohin er den Arm auch bewegen mochte. Wenn er aufstand und aus dem Hörsaal hinausging, würde seine Hand *auch dann* noch unsichtbar draußen im Mittelgang sein? Und angenommen, er ging tausend Meilen weit fort. Aber das war albern.
Alberner als die Tatsache, daß sein Arm hier auf der Tischplatte lag und seine Hand sich mehr als einen halben Meter entfernt befinden sollte? Der Unterschied in der Albernheit zwischen einem halben Meter und tausend Meilen war winzig.
War seine Hand dort draußen?
Er nahm seinen Füllfederhalter aus der Tasche und streckte die rechte Hand ungefähr bis zu der Stelle aus, wo er meinte, daß *es* sich befand, und – tatsächlich – er hielt nur noch den Teil eines Füllfederhalters in der Hand, einen halben. Er achtete sorgfältig darauf, nicht weiter hineinzugreifen, sondern hob ihn hoch und stieß ihn mit Macht abwärts.
Er strich – das spürte er – über die fehlenden Knöchel seiner linken Hand! Das stellte den Zusammenhang her! Es verblüffte ihn so sehr, daß er den Füllfederhalter losließ, und schon war er verschwunden. Er lag nicht auf dem Boden des Mittelgangs. Er war nirgendwo. Er war einfach verschwunden, und dabei war es doch ein guter Füllfederhalter für fünf Dollar gewesen.

Huch! Hier machte er sich wegen eines *Füllfederhalters* Sorgen, wo doch *seine ganze linke Hand fehlte*. Was wollte er *deswegen* unternehmen?

Er schloß die Augen, »Shorty McCabe«, sagte er zu sich selbst, »du mußt logisch über das nachdenken und dir überlegen, wie du deine Hand aus diesem Was-auch-immer herausbekommst. Du darfst keine Angst haben. Möglicherweise schläfst du und träumst das alles, möglicherweise aber auch nicht, und *wenn* nicht, dann steckst du in der Klemme. Nun seien wir logisch. Dort draußen ist ein Ort, eine Ebene oder so etwas, und man kann hinübergreifen und Gegenstände hinüberschaffen, aber man bekommt sie nicht wieder zurück.

Was auch immer sich auf der anderen Seite befinden mag, deine linke Hand ist dort. Und deine rechte Hand weiß nicht, was die linke tut, weil eine hier und die andere dort ist, und niemals sollen die beiden sich – He, hör' auf, Shorty. *Das ist nicht komisch.*«

Aber eines konnte er tun, und das war, die ungefähre Größe und Form des ... Was-auch-immer herauszufinden. Auf seinem Pult stand eine Schachtel mit Papierschnipseln. Er nahm ein paar in die rechte Hand und warf eines davon in den Mittelgang hinaus. Das Stück Papier schwebte sechs bis acht Zoll in den Gang, dann verschwand es. Er hörte es nirgendwo landen.

So weit, so gut. Er warf ein weiteres Stück weiter unten, mit demselben Ergebnis. Er beugte sich unter das Pult hinab, wobei er sorgfältig darauf achtete, den Kopf nicht in den Gang hinauszustrecken, und ließ ein Papierbällchen über den Boden des Gangs gleiten, das er acht Zoll entfernt verschwinden sah. Er warf eines ein Stück weiter nach vorne und eines weiter nach hinten. Die Ebene erstreckte sich mindestens einen Meter vorwärts und rückwärts, ungefähr parallel zum Mittelgang selbst.

Und nach oben? Er warf eins hoch; es beschrieb eine eineinhalb Meter hohe Kurve über dem Mittelgang und verschwand. Ein anderes brachte er höher und weiter nach vorne. Es zog einen

Bogen und landete auf dem Kopf eines Mädchens drei Sitze weiter vorne im nächsten Gang. Sie zuckte ein wenig zusammen und hob eine Hand zum Kopf.

»Mr. McCabe«, sagte Professor Dolohan streng, »darf ich fragen, ob Sie diese Vorlesung langweilt?«

Shorty sprang auf. Er sagte: »J . . . Nein, Professor. Ich habe nur . . .«

»Sie haben, wie mir aufgefallen ist, Experimente in Sachen Ballistik und der Natur der Parabel unternommen. Eine Parabel, Mr. McCabe, ist die Kurve, die jeder beschleunigte Gegenstand im Raum ohne Einwirkung anderer Kräfte als denen seines Startimpulses und der Schwerkraft beschreibt. Und nun werde ich mit meiner eigentlichen Vorlesung fortfahren, oder wäre es Ihnen lieber, wenn wir Sie vor die Klasse bitten würden, damit Sie zur Erbauung Ihrer Mitstudenten die Natur der Parabelmechanik demonstrieren können?«

»Es tut mir leid, Professor«, sagte Shorty. »Ich war . . . äh . . . ich meine . . . ich meine, es tut mir leid.«

»Vielen Dank, Mr. McCabe. Und nun . . .« Der Professor wandte sich wieder der Tafel zu. »Wenn wir das Symbol *b* den Grad der Unwahrscheinlichkeit darstellen lassen, im Gegensatz zu *c* . . .«

Shorty sah mürrisch auf seine Hände hinab – seine *Hand*, besser gesagt –, die im Schoß lag. Er sah zur Uhr an der Wand empor und stellte fest, daß die Vorlesung in fünf Minuten beendet war. Er mußte *etwas* tun, und zwar rasch.

Er richtete den Blick wieder auf den Mittelgang. Nicht, daß es dort etwas zu sehen gegeben hätte. Aber dort gab es eine Menge, über das man nachdenken konnte. Ein halbes Dutzend Papierschnipsel, seinen besten Füllfederhalter und seine linke Hand.

Dort draußen war ein unsichtbares Etwas. Man konnte es nicht spüren, wenn man es berührte, und Gegenstände wie Papierschnipsel machten nicht *klick*, wenn sie es berührten. Und man konnte in einer Richtung hindurch, aber nicht in der anderen. Zweifellos konnte er mit der rechten Hand hineingreifen und seine linke spüren, aber dann würde er auch seine rechte Hand nicht zurückbekommen. Und bald würde die Vorlesung beendet sein, und dann . . .

Verrückt. Er konnte nur eines tun, das einigermaßen sinnvoll zu sein schien. Es gab auf der anderen Seite der Ebene nichts, was seine linke Hand verletzte, oder doch? Warum also ging er nicht ganz hindurch? Wo immer er sein würde, er würde zumindest an einem Stück bleiben.

Er warf dem Professor einen Blick zu und wartete, bis dieser sich wieder umdrehte, um etwas an die Tafel zu schreiben. Dann trat Shorty, ohne noch einmal zu überlegen, da er nicht *wagte* zu überlegen, in den Mittelgang hinaus.

Die Lichter gingen aus. Oder er war in Finsternis getreten.

Er konnte den Professor nicht mehr hören, aber dafür vernahm er ein vertrautes summendes Geräusch, das sich ganz wie eine Schmeißfliege anhörte, die in der Nähe in der Dunkelheit kreiste.

Er preßte die Hände zusammen, und sie waren beide da, die rechte Hand umklammerte die linke. Nun, wo immer er sich aufhielt, er war *ganz* da. Aber warum konnte er nichts sehen?

Jemand nieste.

Shorty machte einen Sprung, dann sagte er: »Ist . . . äh . . . jemand hier?« Seine Stimme zitterte nun ein wenig, und er hoffte, daß er wirklich schlief und innerhalb der nächsten Minute aufwachen würde.

»Gewiß«, sagte eine Stimme. Eine recht scharfe und nörglerische Stimme.

»Äh . . . wer?«

»Was meinen Sie, wer? Ich. Können Sie nicht sehen – nein, natürlich nicht. Ich vergaß. Hör sich einer diesen Burschen an! Und sie sagen, wir sind verrückt!« Es folgte ein Lachen in der Dunkelheit.

»Welcher Bursche?« fragte Shorty. »Und wer sagt, wer verrückt ist? Hören Sie, ich verstehe nicht . . .«

»*Dieser* Bursche«, sagte die Stimme. »Der Lehrer. Können Sie nicht . . . Nein, ich vergaß, Sie können nicht. Sie haben sowieso hier nichts zu suchen. Aber ich höre dem Lehrer zu, der erzählt, was mit den Dinosauriern geschehen ist.«

»Den was?«

»Den Sauriern, Dummkopf. Den Dinosauriern. Der Bursche ist verrückt. Und sie sagen, *wir* wären es!«

Shorty McCabe verspürte plötzlich den Wunsch, die unwiderstehliche Notwendigkeit, sich zu setzen. Er tastete in der Dunkelheit herum und spürte, daß da ein Pult war, und dahinter ein freier Stuhl, und auf diesem Stuhl nahm er Platz. Dann sagte er: »Das kommt mir spanisch vor, Mister. Wer sagt, wer verrückt ist?«

»Sie sagen, daß wir es sind. Wissen Sie denn nicht – ach richtig, Sie wissen es nicht. Wer hat diese Fliege hier hereingelassen?«

»Fangen wir ganz vorne an«, bettelte Shorty. »Wo bin ich?«

»Ihr *Normalen*«, sagte die Stimme verdrießlich. »Kaum konfrontiert man euch mit etwas außerhalb des Gewohnten, dann fangt ihr an, Fragen zu stellen – Oh, warten Sie einen Augenblick, dann werde ich es Ihnen erzählen. Schlagen Sie diese Fliege für mich tot.«

»Ich kann sie nicht sehen. Ich . . .«

»Still. Ich möchte zuhören; deshalb bin ich hierhergekommen. Er . . . Mann, er erzählt ihnen, daß die Dinosaurier aufgrund von Nahrungsmangel ausgestorben sind, weil sie zu groß wurden. Ist das nicht dumm? Je größer etwas ist, desto besser sind seine Chancen, Nahrung zu finden, oder nicht? Und die Vorstellung, daß die Pflanzenfresser in diesen Wäldern hungerten! Oder die Fleischfresser, solange die Pflanzenfresser da waren! Und – Aber warum erzähle ich Ihnen das alles? Sie sind normal.«

»Ich . . . ich verstehe nicht. Wenn ich normal bin, was sind Sie dann?«

Die Stimme kicherte. »Ich bin *verrückt.*«

Shorty McCabe schluckte. Darauf schien es keine Erwiderung zu geben. Die Stimme hatte ganz eindeutig recht, was das anbelangte.

Zunächst einmal, wenn er nach draußen hören konnte, hielt

Professor Dolohan eine Vorlesung über das positive Absolute, und diese Stimme – mitsamt dem, was dazugehörte, wenn überhaupt etwas – war gekommen, um etwas über das Aussterben der Saurier zu hören. Das ergab keinerlei Sinn, denn Professor Dolohan konnte ein verdrehtes Pterodaktyl nicht von einem an den Polen abgeflachten Sphäroiden unterscheiden.
Und – »Autsch!« sagte Shorty. Etwas hatte ihm einen harten Hieb an der Schulter verpaßt.
»Tut mir leid«, sagte die Stimme. »Ich habe gerade nach dieser verflixten Fliege geschlagen. Sie landete auf Ihnen. Aber ich habe sie verfehlt. Warten Sie einen Moment, bis ich den Schalter umgedreht und das verfluchte Ding hinausgelassen habe. Wollen Sie auch hinaus?«
Plötzlich hörte das Summen auf.
Shorty sagte: »Hören Sie, ich . . . Ich bin verdammt zu neugierig, um hinauszuwollen, solange ich nicht wenigstens eine Vorstellung davon habe, woraus ich hinaus will. Ich glaube, ich muß verrückt sein, aber . . .«
»Nein, Sie sind normal. Wir sind es, die verrückt sind. Das sagen sie jedenfalls. Nun, diesem Burschen zuzuhören, wie er über Dinosaurier spricht, langweilt mich; ich werde lieber mit Ihnen sprechen, anstatt ihm zuzuhören. Aber Sie hatten hier drinnen nichts verloren, weder Sie noch die Fliege, klar? Es kam zu einem Fehler im Apparat. Ich werde Napoleon sagen . . .«
»Wem?«
»Napoleon. Er ist der Boß dieser Provinz. Napoleons sind auch in einigen der anderen die Bosse. Sehen Sie, viele von uns halten sich für Napoleon, aber nicht ich. Das ist eine verbreitete Illusion. Wie auch immer, der Napoleon, den ich meine, ist der in Donnybrook.«
»Donnybrook? Ist das nicht eine Irrenanstalt?«
»Selbstverständlich. Wo sollte sich denn sonst jemand befinden, der sich für Napoleon hält? Das frage ich Sie.«
Shorty McCabe schloß die Augen und stellte fest, daß das nichts nützte, weil es sowieso dunkel war und er auch nichts sehen konnte, wenn er sie offen hatte. Er sagte zu sich: »Ich

muß weiter Fragen stellen, bis ich etwas weiß, das einen Sinn ergibt, sonst werde *ich* noch verrückt. Vielleicht *bin* ich schon verrückt, vielleicht ist es so, verrückt zu sein. Aber wenn ich es bin, sitze ich dann immer noch in Professor Dolohans Vorlesung, oder . . . oder was?«
Er öffnete die Augen und fragte: »Passen Sie auf, wir wollen versuchen, ob wir das aus einem anderen Blickwinkel betrachten können. Wo sind Sie?«
»Ich? Oh, ich bin auch in Donnybrook. Ich meine normalerweise. Alle von uns in dieser Provinz sind dort, bis auf einige wenige, die immer noch draußen sind, kapiert? Gerade eben« – plötzlich klang seine Stimme verlegen – »bin ich in einer Gummizelle.«
»Und«, fragte Shorty angsterfüllt, »ist sie . . . ist sie *das hier?* Ich meine, bin *ich* auch in der Gummizelle?«
»Selbstverständlich nicht. Sie sind normal. Hören Sie, ich kann mich nicht über diese Dinge mit Ihnen unterhalten. Sie müssen wissen, es ist eine scharfe Trennlinie gezogen. Es passierte nur, weil etwas mit dem Apparat schiefging.«
Shorty wollte fragen: »Mit welchem Apparat?«, aber er hatte das Gefühl, daß die Antwort sieben oder acht neue Fragen aufwerfen würde. Wenn er sich vielleicht an einem Punkt festklammerte, bis er diesen ganz verstanden hatte, dann würde er vielleicht auch einige der anderen begreifen. Er sagte: »Zurück zu Napoleon. Sie sagen, unter Ihnen befindet sich mehr als ein Napoleon. Wie kann das sein? Wie kann es dasselbe zweimal geben?«
Die Stimme kicherte. »Mehr wissen Sie nicht. Das beweist, daß Sie normal sind. Das ist normale Vernunft, die natürlich richtig ist. Aber diese Burschen, die sich für Napoleon halten, sind verrückt, und daher gilt sie bei ihnen nicht. Warum können nicht hundert Leute Napoleon sein, wenn sie zu verrückt sind, um zu wissen, daß sie es nicht sein können?«
»Nun«, sagte Shorty, »selbst wenn Napoleon nicht tot wäre, müßten mindestens neunundneunzig von ihnen falsch sein, oder nicht? Das ist Logik.«

»Das ist das, was hier nicht stimmt«, sagte die Stimme. »Ich sagte doch, wir sind verrückt.«
»Wir? Sie meinen, daß ich . . .«
»Nein, nein, nein, nein, nein. Mit ›wir‹ meinte ich uns, mich selbst und die anderen. Nicht Sie. Das ist eben der Grund, warum Sie hier nichts zu suchen haben, kapiert?«
»Nein«, sagte Shorty. Seltsamerweise hatte er nun überhaupt keine Angst mehr. Er wußte, er mußte schlafen und dies träumen, aber er glaubte nicht, daß dem so war. Aber er war sich so sicher, wie man nur sein konnte, daß er *nicht* verrückt war. Die Stimme, mit der er sich unterhielt, bestätigte das; und diese Stimme schien eindeutig eine Kapazität zu diesem Thema zu sein. Hundert Napoleons! Er sagte: »Das ist komisch. Ich möchte soviel wie möglich herausfinden, bevor ich wieder aufwache. Wer sind Sie? Wie heißen Sie? Ich heiße Shorty.«
»Bin aufrichtig erfreut, Sie kennenzulernen, Shorty. Normalerweise langweilt ihr Normalen mich, aber Sie scheinen ein wenig besser zu sein als die meisten. Ich werde Ihnen den Namen lieber nicht sagen, mit dem sie mich in Donnybrook rufen; ich möchte nicht, daß Sie mich besuchen kommen oder so etwas. Nennen Sie mich einfach Dopey.«
»Sie meinen . . . äh . . . die sieben Zwerge. Sie glauben, daß Sie einer von denen sind . . .«
»Oh, nein, nein, überhaupt nicht. Ich bin kein Paranoiker; keine meiner Wahnvorstellungen, wie Sie sie nennen würden, hat etwas mit der Identität zu tun. Das ist nur der Spitzname, unter dem sie mich dort kennen. So, wie man Sie Shorty nennt, klar? Kümmern Sie sich nicht um meinen anderen Namen.«
Shorty sagte: »Was sind denn Ihre . . . äh . . . Wahnvorstellungen?«
»Ich bin Erfinder, was sie einen verrückten Erfinder nennen. Ich glaube zum Beispiel, daß ich Zeitmaschinen erfinde. Dies ist eine davon.«
»Dies ist – Sie meinen, daß ich in einer Zeitmaschine bin? Nun, ja, das würde . . . äh, ein oder zwei Dinge erklären. Aber hören Sie, wenn das eine Zeitmaschine ist und sie funktioniert,

warum sagen Sie dann, Sie *glauben*, daß Sie sie erfinden? Wenn dies eine *ist*, ich meine . . .«

Die Stimme lachte. »Aber eine Zeitmaschine ist unmöglich. Sie ist ein Paradox. Ihre Professoren werden erklären, daß eine Zeitmaschine nicht sein kann, weil das bedeuten würde, daß zwei Dinge gleichzeitig denselben Raum einnehmen und ein Mann könnte zurückreisen und sich selbst umbringen, als er noch jünger war, und . . . oh, lauter solche Sachen. Es ist völlig unmöglich. Nur ein Verrückter könnte . . .«

»Aber Sie sagen, dies *ist* eine. Äh . . . wo ist sie. Ich meine, wo in der Zeit?«

»Jetzt? Jetzt ist natürlich 1968.«

»In – He, es ist aber erst 1963. Es sei denn, Sie haben sie bewegt, seit ich eingestiegen bin. Haben Sie das?«

»Nein. *Ich* war die ganze Zeit im Jahr 1968; dort habe ich dem Vortrag über Dinosaurier zugehört. Aber Sie sind zurück zugestiegen, fünf Jahre zurück. Das liegt an der Schleife. Diejenige, die ich zusammen mit Napoleon . . .«

»Aber wo bin ich . . . sind wir . . . jetzt?«

»Sie sind im selben Hörsaal, in dem Sie zugestiegen sind, Shorty. Aber fünf Jahre voraus. Wenn Sie hinausgreifen, dann werden Sie es sehen – Versuchen Sie's links neben Ihnen, wo Sie saßen.«

»Äh – bekomme ich meine Hand zurück, oder wird es so sein wie dort, als ich hereingegriffen habe?«

»Schon recht, Sie bekommen sie zurück.«

»Nun . . .«, sagte Shorty.

Er streckte zögernd die Hand aus. Sie berührte etwas Weiches, das sich wie Haar anfühlte. Er griff versuchsweise danach und zog ein wenig.

Unvermittelt entglitt es seinem Griff, und Shorty zog hastig die Hand zurück.

»Ha!« sagte die Stimme neben ihm. »Das war komisch!«

»Was . . . was ist passiert?« fragte Shorty

»Es war ein Mädchen, eine dufte Biene mit roten Haaren. Sie sitzt auf demselben Stuhl, auf dem Sie vor fünf Jahren saßen.

Sie haben an ihren Haaren gezogen, und Sie hätten sie mal aufspringen sehen müssen! Hören Sie . . .«

»Was?«

»Dann halten Sie den Mund, damit ich zuhören kann . . .« Es folgte eine Pause, dann kicherte die Stimme. »Der Professor macht eine Verabredung mit ihr aus.«

»Hä?« sagte Shorty. »Vor der Klasse? Wie . . .«

»Oh, er sah gerade zu ihr, als sie ihren Schrei ausstieß, und er sagte ihr, sie solle nach Ende der Vorlesung dableiben. Aus der Art, wie er sie ansieht, kann ich auf ein anderweitiges Motiv schließen. Ich kann ihm keinen Vorwurf machen, sie ist tatsächlich eine flotte Biene. Greifen Sie hinaus und ziehen Sie sie noch einmal am Haar.«

»Äh . . . nun, das wäre nicht gerade . . . äh . . .«

»Das stimmt«, sagte die Stimme mißbilligend. »Ich vergesse immer, daß Sie nicht verrückt sind, so wie ich. Muß schrecklich sein, so normal zu sein. Nun, verschwinden wir von hier. Ich langweile mich. Was halten Sie vom Jagen?«

»Jagen? Nun, ich bin nicht gerade ein Meisterschütze. Besonders, wenn ich überhaupt nichts sehen kann.«

»Oh, wenn Sie aus dem Apparat hinaustreten, wird es nicht mehr dunkel sein. Es ist Ihre eigene Welt, wissen Sie, aber sie ist verrückt. Ich meine, es ist ein – wie würde Ihr Professor es ausdrücken? – ein unlogischer Aspekt der Logik. Wie dem auch sei, wir jagen stets mit Steinschleudern.«

»Und was?«

»Dinosaurier. Das macht am meisten Spaß.«

»*Dinosaurier! Mit einer Steinschleuder!* Sie sind ver . . . Ich meine, tatsächlich?«

Die Stimme lachte. »Aber sicher tun wir das. Sehen Sie, das war so komisch an dem, was der Professor über das Aussterben der Dinosaurier gesagt hat. Begreifen Sie, wir haben sie ausgerottet. Seit ich diese Zeitmaschine gebaut habe, war der Jura unser bevorzugtes Jagdgebiet. Aber es sind vielleicht noch ein oder zwei da, die wir jagen können. Ich kenne da einen guten Platz. Er ist hier.«

»Hier? Ich denke, wir befinden uns im Jahre 1968 in einem Hörsaal?«
»Das waren wir. Hier, ich kehre die Polarität um, und schon können Sie hinaustreten. Gehen Sie.«
»Aber . . .«, sagte Shorty, und dann: »Nun . . .« Und dann machte er einen Schritt nach rechts.
Sonnenlicht blendete ihn.
Es war ein helleres, grelleres Sonnenlicht, als er jemals gesehen hatte, nach der Dunkelheit, in der er sich befunden hatte, ein schrecklicher Kontrast. Er legte die Hände vor die Augen, um sie zu schützen, und er konnte sie erst allmählich wieder entfernen und die Augen öffnen.
Dann sah er, daß er auf einem Flecken sandigen Bodens in der Nähe des Ufers eines glatt daliegenden Sees stand.
»Sie kommen zum Trinken hierher«, sagte eine vertraute Stimme, und Shorty wirbelte herum. Der Mann, der dort stand, war ein komisch aussehender Kauz, gut vier Zoll kleiner als Shorty, der einen Meter sechzig groß war. Er trug eine Brille mit Perlmuttgestell und einen kleinen Spitzbart; sein Gesicht schien winzig und verschrumpelt unter dem großen schwarzen Hut, der vom Alter allmählich eine grünliche Färbung annahm.
Er griff in die Tasche und holte eine kleine Steinschleuder heraus, aber mit einem kräftigen Gummi zwischen der Astgabel. Er sagte: »Sie können den ersten schießen, wenn Sie wollen«, und hielt sie ihm entgegen.
Shorty schüttelte nachdrücklich den Kopf. »Sie«, sagte er.
Der kleine Mann beugte sich hinab und wählte sorgfältig ein paar Steine vom Boden aus. Er steckte alle bis auf einen ein, diesen plazierte er in der Lederschlaufe der Schleuder. Dann nahm er auf einem Felsen Platz und sagte: »Wir müssen uns nicht verstecken. Sie sind dumm, diese Dinosaurier. Sie werden direkt hierherkommen.«
Shorty sah sich wieder um. Etwa hundertzwanzig Meter vom See entfernt waren Bäume, seltsame und monströse Bäume mit gigantischen Blättern, die viel hellgrüner waren, als er es jemals

zuvor gesehen hatte. Zwischen dem See und den Bäumen gab es nur kleine, bräunliche, verkümmerte Büsche und eine Art grobes, gelbliches Gras.
Etwas fehlte. Plötzlich fiel Shorty wieder ein, was es war. »Wo ist die Zeitmaschine?« fragte er.
»Hm? Oh, gleich hier.« Der kleine Mann streckte die Hand nach links aus, und sie verschwand bis zum Ellbogen.
»Oh«, sagte Shorty. »Ich fragte mich, wie sie aussehen würde.«
»Aussehen?« sagte der kleine Mann. »Wie kann sie denn aussehen? Ich sagte Ihnen doch, so etwas wie eine Zeitmaschine gibt es nicht. Sie kann nicht sein, das wäre ein völliges Paradox. Zeit ist eine fixe Dimension. Und als ich mir selbst das bewies, machte es mich verrückt.«
»Wann war das?«
»Etwa vier Millionen Jahre von jetzt, im Jahre 1961. Ich hatte mein Herz darangegeben, eine zu bauen, und als ich einsah, daß ich es nicht konnte, zerbrach ich daran.«
»Oh«, sagte Shorty. »Hören Sie, wie kam es, daß ich sie oben in der Zukunft nicht sehen konnte, und weshalb kann ich es hier? Und welche vier Millionen Jahre entfernte Welt *ist* das, Ihre oder meine?«
»Für beide Fragen gilt dieselbe Antwort. Dies ist neutraler Boden; das war die Zeit, bevor eine Unterscheidung zwischen verrückt und normal stattfand. Die Dinosaurier sind schrecklich dumm, sie haben nicht genügend Gehirn, um verrückt zu sein, geschweige denn normal. Sie wissen von nichts. Sie wissen nicht, daß es keine Zeitmaschine geben kann. Darum können wir hierherkommen.«
»Oh«, sagte Shorty wieder. Und das beschäftigte ihn eine Weile. Irgendwie schien es plötzlich gar nicht mehr so seltsam zu sein, daß er hier darauf wartete, einen Dinosaurier mit einer Steinschleuder zu erlegen. Das Verrückte daran war, daß er *überhaupt* auf einen Dinosaurier wartete. Nahm man das als gegeben, schien es nicht viel alberner, hier zu sitzen und auf einen zu warten mit einer . . . »Hören Sie«, sagte er, »wenn es

sportlich ist, eine Steinschleuder zu verwenden, haben Sie es jemals mit einer Fliegenpatsche versucht?«

Die Augen des kleinen Mannes leuchteten. »Das«, sagte er, »ist eine Idee. Vielleicht sind Sie *wirklich* geeignet zum . . .«

»Nein«, sagte Shorty hastig. »Ich habe nur einen Scherz gemacht, ehrlich. Aber hören Sie . . .«

»Ich höre nichts.«

»Das meine ich nicht; ich meine – nun, hören Sie, ich werde ziemlich schnell aufwachen, denke ich, und da sind ein paar Fragen, die ich gerne stellen würde, solange . . . solange Sie noch hier sind.«

»Sie meinen, solange *Sie* noch hier sind«, sagte der kleine Mann. »Ich sagte Ihnen doch schon, es war der reine Zufall, daß Sie in diese Sache mit mir hineingeraten sind, und da gibt es noch etwas, das ich mit Napoleon klären muß . . .«

»Zum Teufel mit Napoleon«, sagte Shorty. »Hören Sie, können Sie mir folgende Frage so beantworten, daß ich es verstehen kann? *Sind* wir hier, oder sind wir *nicht* hier? Ich meine, wenn hier eine von Ihnen entwickelte Zeitmaschine ist, wie kann sie da sein, wenn es keine Zeitmaschine geben kann? Und bin ich immer noch in Professor Dolohans Hörsaal, oder nicht, und wenn, was tue ich dort? Und – verdammt nochmal; was soll das alles?«

Der kleine Mann lächelte wehmütig. »Ich sehe, daß Sie ziemlich durcheinander sind. Ich sollte Sie besser erleuchten. Wissen Sie etwas über Logik?«

»Nun, ein wenig, Mr. . . . äh –«

»Nennen Sie mich Dopey. Und wenn Sie etwas über Logik wissen, dann ist *das* Ihr Problem. Vergessen Sie es einfach und erinnern Sie sich daran, daß ich verrückt bin, und das macht alles anders, oder nicht? Sie sind das, was wir einen Normalen nennen, das bedeutet, Sie sehen die Dinge so wie alle anderen auch. Aber wir nicht. Und da Materie offensichtlich nichts weiter als ein Konzept des Geistes ist . . .«

»Tatsächlich?«

»Gewiß.«

»Aber *das* folgt doch wiederum der Logik. Descartes . . .«

Der kleine Mann wedelte beschwingt mit der Schleuder. »Oh, ja. Aber nicht den anderen Philosophen zufolge. Den Dualisten. Hier kreuzen die Logiker auf. Sie teilen sich in zwei Lager und besetzen jeweils die Kehrseite eines Problems, und sie können sich nicht beide irren. Albern, nicht? Aber die Tatsache bleibt bestehen, daß Materie ein Konzept des Bewußtseins ist, auch wenn das einige Menschen glauben, die nicht verrückt sind. Nun haben wir das normale Konzept der Materie, an das Sie glauben, zusammen mit einer ganzen Herde von Abnormalen. Die Abnormalen halten irgendwie zusammen.«

»Ich verstehe nicht ganz. Sie meinen, Sie haben eine Geheimgesellschaft von . . . äh . . . Spinnern, die . . . äh . . . in einer anderen Welt leben, so wie es ist?«

»Nicht wie es ist«, verbesserte der kleine Mann mit Nachdruck, »sondern *wie es nicht ist*. Und es ist auch keine Geheimgesellschaft oder etwas sonstwie Organisiertes. Es *ist* einfach nur. Wir gehören zwei Universen an, wenn man so sagen kann. Das eine ist normal; unsere Körper werden dort geboren, und sie bleiben selbstverständlich auch da. Und wenn wir verrückt genug sind, die Aufmerksamkeit auf uns zu lenken, dann werden wir hier in Anstalten gesperrt. Aber wir haben noch eine andere Existenz, in unserem Kopf. Da bin ich, und da sind Sie augenblicklich, in meinem Kopf. Ich bin eigentlich auch nicht wirklich hier.«

»Aber wie *kann* ich in Ihrem . . .«

»Ich sagte es doch; die Maschine ist verschwunden. Aber Logik hat in meiner Welt keinen Platz. Auf ein Paradox mehr oder weniger kommt es nicht an, und eine Zeitmaschine ist eine Bagatelle. Viele von uns haben sie. Viele von uns sind damit zum Jagen hierhergekommen. So haben wir die Dinosaurier ausgerottet, und darum . . .«

»Warten Sie«, sagte Shorty. »Ist diese Welt, in der wir sitzen, das Jura, Teil Ihres . . . äh . . . Konzepts, oder ist sie real? Sie sieht real aus, sie scheint authentisch zu sein.«

»Sie ist real, aber sie hat niemals wirklich existiert. Das ist offensichtlich. Wenn Materie ein Konzept des Verstandes ist, und die Saurier keinen Verstand hatten, wie konnten sie dann eine Welt haben, in der sie lebten, wenn wir sie nicht hinterher für sie ausgedacht hätten?«

»Oh«, sagte Shorty kläglich. Sein Verstand drehte sich summend im Kreis. »Sie meinen, die Dinosaurier haben niemals wirklich . . .«

»Da kommt einer«, sagte der kleine Mann.

Shorty sprang auf. Er sah sich wild um, konnte aber nichts entdecken, das wie ein Dinosaurier aussah.

»Dort unten«, sagte der kleine Mann, »er kommt durch die Büsche dort. Achten Sie auf meinen Schuß.«

Shorty sah hinab, während sein Gefährte die Schleuder hob. Ein kleines echsenähnliches Wesen, das aber aufrecht hoppelte, wie keine Echse es konnte, kam um einen Strauch herum. Es war etwa vierzig Zentimeter hoch.

Es gab ein scharfes, sirrendes Geräusch, als das Gummiband schnalzte, und einen Aufprall, als der Stein das Geschöpf zwischen den Augen traf. Es fiel um, und der kleine Mann ging hinüber und hob es auf. »Sie können den nächsten erschießen«, sagte er.

Shorty gaffte den toten Saurier an. »Ein Struthiomimus!« sagte er. »Herrja! Aber was ist, wenn ein großer vorbeikommt? Sagen wir, ein Brontosaurus. Oder ein Tyrannosaurus Rex?«

»Die sind alle ausgestorben. Wir haben sie ausgerottet. Nur die kleinen sind noch übrig, aber das ist immer noch besser als Kaninchenjagen, oder nicht? Nun, einer reicht mir für dieses Mal. Ich langweile mich allmählich dabei, aber ich werde gerne warten, bis Sie einen erschossen haben, wenn Sie das wollen.«

Shorty schüttelte den Kopf. »Ich fürchte, ich kann mit dieser Schleuder nicht genau genug zielen. Ich würde ihn verfehlen. Wo ist die Zeitmaschine?«

»Gleich hier. Gehen Sie zwei Schritte vor.«

Shorty tat es, und die Lichter gingen wieder aus.

»Einen Augenblick bitte«, sagte die Stimme des kleinen Mannes. »Ich werde die Schalter einstellen. Wollen Sie dort heraus, wo Sie zugestiegen sind?«
»Äh . . . das ist keine schlechte Idee. Ansonsten gerate ich vielleicht in ein Schlamassel hinein. Wo sind wir jetzt?«
»1968. Dieser Bursche erzählt seiner Klasse immer noch, was *seiner* Meinung nach mit den Dinosauriern geschehen ist. Und dieses rothaarige Mädchen – Mann, die ist wirklich ein Herzchen. Sagen Sie, wollen Sie sie noch einmal an den Haaren ziehen?«
»Nein«, sagte Shorty »Aber ich möchte im Jahre 1963 aussteigen. Wie bringt mich dieses Ding dorthin?«
»Sie gelangten von 1963 hierher, nicht? Das liegt an der Schleife. Ich glaube, Sie wird Sie genau richtig absetzen.«
»*Glauben* Sie?« fragte Shorty erschrocken. »Hören Sie, was passiert, wenn ich am Tag davor herauskomme und mich mir in diesem Hörsaal selbst auf den Schoß setze?«
Die Stimme lachte. »Das können Sie nicht, Sie sind nicht verrückt. Aber ich habe es einmal getan. Nun, gehen Sie. Ich möchte zurück zu . . .«
»Danke für die Fahrt«, sagte Shorty. »Aber – warten Sie, ich habe immer noch eine Frage. Wegen diesen Dinosauriern.«
»Ja? Beeilen Sie sich, die Schleife hält vielleicht nicht.«
»Die großen, die wirklich ganz großen Saurier? Wie, zum Teufel, konnten Sie *die* mit Schleudern ausrotten? Oder haben Sie das gar nicht?«
Der kleine Mann kicherte. »Selbstverständlich haben wir das. Wir haben nur größere Schleudern genommen, das ist alles. Leben Sie wohl.«
Shorty spürte einen Stoß, dann blendete ihn wieder Licht. Er stand im Mittelgang des Hörsaals.
»Mr. McCabe«, sagte die sarkastische Stimme von Professor Dolohan, »die Klasse wird erst in fünf Minuten entlassen. Würden Sie bitte so freundlich sein und wieder Platz nehmen? Haben Sie, wenn ich fragen dürfte, geschlafwandelt?«
Shorty setzte sich hastig. Er sagte: »Ich . . . äh – Tut mir leid, Professor.«

Er saß die restliche Zeit benommen da. Das Erlebnis war zu lebhaft für einen Traum, und sein Füllfederhalter war und blieb verschwunden. Doch den konnte er natürlich auch anderswo verloren haben. Aber die ganze Sache war so lebhaft gewesen, daß er sich erst einen ganzen Tag später davon überzeugen konnte, daß er sie nur geträumt hatte, und eine Woche, bevor er sie für längere Zeit vergessen konnte.

Erst allmählich verblaßte die Erinnerung daran. Ein Jahr später erinnerte er sich immer noch daran, daß er einen besonders verschrobenen Traum gehabt hatte. Aber nicht fünf Jahre später; an keinen Traum erinnert man sich so lange.

Er war inzwischen außerordentlicher Professor und hielt Vorlesungen über Paläontologie. »Die Saurier«, sagte er zu seinen Studenten, »starben im späten Jura aus. Sie wurden zu groß und unbeweglich, um sich weiter mit Nahrung versorgen zu können . . .«

Während er sprach, betrachtete er eine hübsche rothaarige Studentin in der letzten Reihe. Er überlegte, wie er den Mut aufbringen konnte, sie um eine Verabredung zu bitten.

In dem Hörsaal befand sich eine blaue Schmeißfliege; sie war in einer summenden Spirale irgendwo aus dem hinteren Teil des Hörsaals aufgestiegen. Sie erinnerte Professor McCabe an etwas, und während er weitersprach, überlegte er, was das gewesen sein konnte. In diesem Augenblick sprang das Mädchen in der letzten Reihe plötzlich kreischend auf.

»Miß Willis«, sagte Professor McCabe. »Stimmt etwas nicht?«

»Ich . . . ich dachte, jemand hätte mich an den Haaren gezogen«, sagte sie. Sie errötete, und damit sah sie reizender als zuvor aus. »Ich glaube . . . ich glaube, ich muß eingedöst sein.«

Er betrachtete sie – streng, denn die Blicke der Studenten waren auf ihn gerichtet. Aber das war genau die Chance, auf die er gehofft und gewartet hatte. Er sagte: »Miß Willis, würden Sie bitte nach Ende der Vorlesung noch dableiben?«

MARIONETTENTHEATER
(Puppet Show)

Das Grauen kam kurz nach Mittag an einem glühend heißen Tag im August nach Cherrybell.

Das ist vielleicht überflüssig: *jeder* Augusttag in Cherrybell, Arizona, ist glühend heiß. Es liegt am Highway 89 etwa vierzig Meilen südlich von Tucson und etwa dreißig Meilen nördlich von der mexikanischen Grenze. Es besteht aus zwei Tankstellen, an jeder Straßenseite eine, um Reisende in beiden Fahrtrichtungen anzulocken, einem Gemischtwarenladen, einer Taverne ausschließlich mit Bier- und Weinlizenz, einem Laden Marke »Touristen-Nepp« für Touristen, die nicht abwarten können, bis sie zur Grenze kommen, um anzufangen, Serapes und Huaraches zu kaufen, einem verlassenen Hamburgerstand sowie ein paar Mexiko-Amerikanern, die in Nogales arbeiten, der Grenzstadt im Süden, und die, aus welchen Gründen auch immer, vorzugsweise in Cherrybell wohnen und pendeln, manche mit Fords Modell T 2. Das Ortsschild am Highway besagt: »Cherrybell, 42 Einwohner«, aber das Schild lügt, denn Pop Anders – dem der Hamburgerstand gehörte, ist im vergangenen Jahr gestorben, und die korrekte Zahl müßte 41 lauten.

Das Grauen kam nach Cherrybell auf den Rücken eines Esels geschnallt, der von einer uralten, schmutzigen und graubärtigen Wüstenratte von Goldsucher geführt wurde, der später – anfangs fragte ihn niemand nach seinem Namen – den Namen Dade Grant angab. Das Grauen hieß Garth. Er war etwa zwei Meter groß, aber so dünn, fast eine Bohnenstange, daß er kaum mehr als hundert Pfund gewogen haben konnte. Old Dades Esel trug ihn mühelos, wenngleich seine Füße auf beiden Seiten im Sand schleiften. Über, wie sich später herausstellte, mehr als fünf Meilen durch den Sand geschleift zu werden, hatte den Schuhen keinerlei Schaden angetan – eigentlich waren es mehr

Halbstiefel –, die fast alles waren, was er anhatte, abgesehen von einem Paar . . . man hätte sie Badehosen nennen können, in Rotkehlcheneierblau. Aber es waren nicht seine Körpermaße, die einen so gräßlichen Anblick boten, es war seine *Haut*. Sie sah rot aus, wie roh. Es sah aus, als wäre er bei lebendigem Leib gehäutet und die Haut mit der Innenseite nach außen wieder aufgespannt worden. Sein Schädel und das Gesicht waren gleichermaßen schmal oder länglich; ansonsten schien er unter jedem anderen Gesichtspunkt menschlich zu sein – oder wenigstens menschenähnlich. Wenn man solche Kleinigkeiten nicht mitzählte wie die Tatsache, daß auch sein Haar rotkehlcheneierblau war, passend zur Badehose, wie auch seine Augen und die Stiefel. Blutrot und hellblau.
Casey, der Inhaber der Taverne, war der erste, der sie über die Ebene kommen sah, aus der Richtung des Gebirgszuges im Osten. Er trat aus der rückwärtigen Tür der Taverne, um ein wenig frische, wenn auch heiße Luft zu schnappen. Die beiden waren gerade etwa hundert Meter entfernt, und da konnte er bereits die vollkommene Fremdartigkeit der Gestalt auf dem Rücken des Esels erkennen. In dieser Entfernung nur Fremdartigkeit, das Grauen kam später, mit größerer Nähe. Caseys Kiefer klappte herunter, und er blieb unten, bis das seltsame Trio noch etwa fünfzig Meter entfernt war, dann ging er langsam auf sie zu. Es gibt Menschen, die fliehen beim Anblick des Unbekannten, andere gehen ihm entgegen. Casey ging ihm, wenn auch langsam, entgegen.
Immer noch im offenen Gelände, zwanzig Meter von der Rückfront der Taverne entfernt, traf er sie. Dade Grant blieb stehen und ließ die Schnur fallen, an der er den Esel führte. Der Esel blieb stehen und ließ den Kopf sinken. Die Bohnenstange stand einfach auf, indem sie die Füße fest auf den Boden stellte und breitbeinig über dem Esel stand. Er zog ein Bein über den Rücken des Esels, stand einen Augenblick da und stützte sich mit den Händen auf dem Rücken des Tieres ab, dann setzte er sich in den Sand. »Planet mit hoher Schwerkraft«, sagte er. »Kann nicht lange stehen.«

»Kann ich Wasser für meinen Esel haben?« fragte der Goldschürfer Casey. »Muß inzwischen ziemlich durstig sein. Mußte Wassersäcke und ’n paar andere Dinge zurücklassen, damit er . . .«. Er deutete mit dem Daumen auf das blau-rote Grauen.

Casey stellte gerade fest, daß es wirklich das Grauen war. Aus der Ferne schien die Farbkombination ein klein wenig *otré*, aber aus der Nähe . . . Die Haut war rauh und schien Adern auf der Außenseite zu haben, und sie sah feucht aus (obwohl sie es nicht war), und *verdammt*, er sah doch genau so aus, als hätte man ihm die Haut abgezogen und verkehrt herum wieder aufgespannt. Oder auch nur auf Dauer abgezogen. Casey hatte noch nie etwas Derartiges gesehen, und er hoffte, er würde auch niemals mehr etwas Derartiges zu sehen bekommen.

Casey spürte etwas hinter sich und sah über die Schulter. Andere hatten sie gesehen und kamen näher, aber die nächsten, zwei Jungs, waren zehn Meter hinter ihm. *»Muchachos«,* rief er aus. *»Agua por el burro. Un pazal. Pronto.«*

Er drehte sich wieder um und sagte: »Was . . .? Wer . . .?«

»Date Grant der Name«, sagte der Goldsucher und streckte eine Hand aus, die Casey abwesend schüttelte. Als er sie losließ, schnellte sie ruckartig über die Schulter der Wüstenratte, der Daumen deutete auf das Ding, das im Sand saß. »*Sein* Name ist Garth, sagte er mir. Er ist ein Extra-dies oder -das, und er ist eine Art Minister.«

Casey nickte der Bohnenstange zu und war froh, daß er ein Nicken als Erwiderung bekam, und nicht eine ausgestreckte Hand. »Ich bin Manuel Casey«, sagte er. »Was meint er damit, ein Extra-dings?«

Die Stimme der Bohnenstange war unerwartet tief und volltönend. »Ich bin ein Extraterrestrier. Und ein generalbevollmächtigter Minister.«

Überraschenderweise war Casey ein hinreichend gebildeter Mann und kannte beide Ausdrücke; er war wahrscheinlich der einzige in ganz Cherrybell, der auch den letzten kannte. Weniger überraschend, betrachtete man das Aussehen des

Sprechers und glaubte beiden. »Was kann ich für Sie tun, Sir?« fragte er. »Aber erst einmal, warum kommen Sie nicht aus der Sonne?«

»Nein, danke. Es ist etwas kühler hier, als man mir gesagt hat, dennoch fühle ich mich recht angenehm. Dies entspricht einem kühlen Frühlingsabend auf meinem Planeten. Und was Sie für mich tun können, Sie können Ihre Herrschenden über meine Anwesenheit informieren. Ich glaube, sie werden interessiert sein.«

Nun, dachte Casey, durch einen Glücksfall hat er den besten Mann für seine Zwecke innerhalb von zwanzig Meilen erwischt. Manuel Casey war halb irischer, halb mexikanischer Abstammung. Er hatte einen Halbbruder, der halb irisch und halb Amerikanermischling war, und dieser Halbbruder arbeitete als Luftwaffenoberst im Davis-Monthan-Luftwaffenstützpunkt in Tucson. Er sagte: »Einen Augenblick, Mr. Garth. Ich muß telefonieren. Sie, Mr. Grant, würden Sie bitte hereinkommen?«

»Nee, mir macht die Sonne nichts aus. Bin sowieso den ganzen Tag draußen. Und Garth hier, der hat mich gefragt, ob ich bei ihm bleiben kann, bis er mit dem fertig ist, was er hier zu tun hat. Sagte, er würde mir was echt Wertvolles geben, wenn ich's täte. Was – Ä'lektronisches . . .«

»Einen elektronischen, batteriebetriebenen, tragbaren Erzindikator«, sagte Garth. »Ein einfaches kleines Gerät, das das Vorhandensein einer Erzkonzentration bis zu einer Entfernung von zwei Meilen anzeigt, und zwar Art, Vorkommen, Menge und Tiefe.«

Casey schluckte, entschuldigte sich und drängte sich durch die anwachsende Menge in seine Taverne. Nach einer Minute hatte er Oberst Casey an der Strippe, aber er brauchte weitere vier Minuten, ihn davon zu überzeugen, daß er weder betrunken war noch einen Scherz machte.

Zwanzig Minuten später hörte man ein Geräusch in der Luft, ein Geräusch, das anschwoll und dann erstarb, als ein Vier-Mann-Helikopter zwölf Meter von einem Extraterrestrier, zwei Männern und einem Esel entfernt landete und die Rotoren abschaltete. Casey hatte als einziger den Mut, sich dem Trio aus der Wüste anzuschließen; es waren andere Zuschauer anwesend, aber die hielten sich noch in respektvoller Entfernung.

Oberst Casey, ein Major, ein Kapitän und ein Leutnant, der den Helikopter flog, kamen heraus und rannten herüber. Die Bohnenstange richtete sich zu seiner vollen Größe von zweieinhalb Metern auf, und die Anstrengung, die ihm das bereitete, ließ erkennen, daß er von einem Planeten mit wesentlich geringerer Schwerkraft als der der Erde stammte. Er verbeugte sich, wiederholte seinen Namen und die Identifikation als Extraterrestrier und generalbevollmächtigter Minister. Dann entschuldigte er sich dafür, sich wieder setzen zu müssen, erklärte, warum das nötig war, und setzte sich.

Der Oberst stellte sich und seine drei Begleiter vor. »Und nun, Sir, was können wir für Sie tun?«

Die Bohnenstange schnitt eine Grimasse, die wahrscheinlich als Lächeln gedacht war. Seine Zähne waren ebenso hellblau wie das Haar und die Augen. »Bei Ihnen gibt es eine Parole, die lautet: ›Bringen Sie mich zu Ihrem Führer.‹ Das verlange ich nicht. Tatsächlich *muß* ich hierbleiben. Ich verlange auch nicht, daß einer Ihrer Führer hierher zu mir gebracht wird. Das wäre unhöflich. Ich bin vollauf bereit, Sie als ihre Stellvertreter anzuerkennen, mich mit Ihnen zu unterhalten und mich von Ihnen befragen zu lassen. Um eines aber bitte ich.

Sie haben Tonbandgeräte. Ich bitte darum, daß eines gebracht wird, bevor ich irgendwelche Fragen beantworte. Ich möchte sicherstellen, daß die Botschaft, die Ihre Anführer schließlich erhalten, vollständig und richtig ist.«

»Fein«, sagte der Oberst. Er wandte sich an den Piloten. »Leutnant, geben Sie über Funk durch, sie sollen uns schneller als möglich ein Tonbandgerät bringen. Sie können es mit dem Fallsch . . . Nein, das würde länger dauern, es für den Abwurf zu verpacken. Sie sollen es mit einem anderen Helikopter schicken.« Der Leutnant wollte sich aufmachen.

»He«, sagte der Oberst. »Außerdem fünfzig Meter Verlängerungskabel. Wir werden es in Mannys Taverne anschließen müssen.«
Der Leutnant sprintete zum Helikopter.
Die anderen setzten sich und schwitzten einen Augenblick, dann stand Manuel Casey auf. »Das dauert eine halbe Stunde«, sagte er, »und wenn wir schon hier in der Sonne sitzen müssen, wer ist für eine Flasche kaltes Bier? Sie, Mr. Garth?«
»Das ist eine kalte Erfrischung, nicht? Mir ist ein wenig kalt. Wenn ich vielleicht etwas Heißes haben könnte . . .?«
»Kaffee kommt. Soll ich Ihnen eine Decke bringen?«
»Nein, danke. Das ist nicht nötig.«
Casey ging und kam wenig später mit einem Tablett zurück, auf dem ein halbes Dutzend Bierflaschen und eine Tasse dampfend heißer Kaffee standen. Inzwischen war auch der Leutnant wieder da. Casey stellte das Tablett ab und bediente zuerst die Bohnenstange, der von dem Kaffee kostete und sagte: »Das schmeckt köstlich.«
Oberst Casey räusperte sich. »Gib als nächstes deinem Freund, dem Goldsucher etwas, Manny. Was uns betrifft – nun, uns ist das Trinken während der Dienstzeit verboten, aber in Tucson hatten wir fünfundvierzig Grad im Schatten, und hier ist es heißer und *nicht* im Schatten. Meine Herren, betrachten Sie sich als offiziell beurlaubt, bis Sie das Bier getrunken haben, oder bis das Tonband hier ist, je nachdem, was früher eintritt.«
Das Bier war zuerst getrunken, und als die letzte Flasche geleert war, war der zweite Helikopter in Hör- und Sichtweite. Casey fragte die Bohnenstange, ob er noch Kaffee haben wollte. Das Angebot wurde höflich abgelehnt. Casey sah Dade Grant an und blinzelte, und die Wüstenratte blinzelte zurück; und so ging Casey nach drinnen und holte noch zwei Flaschen, jeweils eine für die zivilen Terrestrier. Auf dem Rückweg begegnete er dem Leutnant, der mit dem Verlängerungskabel auf ihn zukam, und so ging er bis zur Tür mit ihm zurück und zeigte ihm die Steckdose.

Als er zurückkam, sah er, daß der Helikopter außer dem Tonband weitere vier Passagiere mitgebracht hatte. Da waren, außer dem Piloten, ein technischer Sergeant, der in der Bedienung des Tonbandes ausgebildet war und gerade Justierungen daran vornahm, sowie ein Oberstleutnant und ein Stabsfeldwebel, die mitgeflogen waren, weil die dringende Anforderung eines Tonbands per Luftfracht nach Cherrybell, Arizona, sie neugierig gemacht hatte. Sie standen da und gafften die Bohnenstange an, geflüsterte Unterhaltungen waren im Gange.
Der Oberst sagte: »Achtung«, zwar leise, dennoch folgte völlige Stille. »Bitte nehmen Sie Platz, meine Herren. Ungefähr im Kreis. Sergeant, wenn Sie Ihr Mikro bitte im Zentrum dieses Kreises aufstellen würden, nimmt es dann alles auf, was gesprochen wird?«
»Ja, Sir. Ich bin fast fertig.«
Zehn Menschen und ein extraterrestrischer Humanoider saßen in einem ungefähren Kreis, das Mikrofon befand sich an einem dreibeinigen Stativ etwa in der Mitte. Die Menschen schwitzten ziemlich, der Humanoide zitterte ein wenig. Außerhalb des Kreises stand der vergessene Esel mit gesenktem Kopf. Näherkommend, aber immer noch fünf Meter entfernt, und mittlerweile im Halbkreis aufgestellt, befand sich die Bevölkerung von Cherrybell, die sich alle zu dieser Zeit zu Hause befanden, Läden und Tankstellen waren verlassen.
Der technische Sergeant drückte einen Knopf, und die Spulen des Tonbands begannen sich zu drehen. »Test . . . Test«, sagte er. Dann drückte er einen Augenblick den schnellen Rücklauf, dann den Abspielknopf. »Test . . . Test«, kam es aus dem Lautsprecher des Tonbands. Laut und deutlich. Der Sergeant drückte den Rücklaufknopf, dann die Löschtaste, um das Aufgenommene wieder zu löschen. Dann die Stoptaste. »Wenn ich den nächsten Knopf drücke, Sir«, sagte er zum Oberst, »nehmen wir auf.«
Der Oberst betrachtete den großen Extraterrestrier, der nickte, worauf der Oberst dem Sergeanten zunickte. Der Sergeant drückte den Aufnahmeknopf.

»Mein Name ist Garth«, sagte die Bohnenstange langsam und deutlich. »Ich stamme vom Planeten eines Sterns, der in Ihren Sternkatalogen nicht aufgelistet wird, aber der Kugelsternhaufen, in dem er einer von neunzigtausend Sternen ist, ist Ihnen bekannt. Er ist von hier, in Richtung des Zentrums der Galaxis, eine Strecke von etwas über viertausend Lichtjahren entfernt. Ich bin jedoch nicht als Repräsentant meines Planeten oder meines Volkes hier, sondern als generalbevollmächtigter Minister der Galaktischen Union, einer Föderation der erleuchteten Zivilisationen der Galaxis, die dem Wohle aller dient. Meine Aufgabe ist es, Sie zu besuchen und hier und jetzt zu entscheiden, ob Sie als Mitglieder unserer Föderation willkommen sind oder nicht.«

»Es steht Ihnen nun frei, Fragen zu stellen. Ich behalte mir jedoch im Einzelfall das Recht vor, die Antwort zu verschieben, bis ich mich endgültig entschieden habe. Sollte die Entscheidung positiv ausfallen, werde ich alle Fragen beantworten, auch diejenigen, die ich vorerst nicht beantworten werde. Sind Sie damit einverstanden?«

»Ja«, sagte der Oberst. »Wie sind Sie hierhergekommen? Mit einem Raumschiff?«

»Korrekt. Es befindet sich augenblicklich im Orbit über uns, zweiundzwanzigtausend Meilen weit draußen, so daß es der Erddrehung folgt und immer über diesem Fleck ist. Ich werde von dort aus beobachtet, das ist einer der Gründe dafür, daß ich es vorziehe, hier draußen zu bleiben. Ich werde ein Signal geben, wenn es herunterkommen und mich abholen soll.«

»Wieso sprechen Sie unsere Sprache so flüssig? Sind Sie Telepath?«

»Nein, das bin ich nicht. Nirgendwo in der Galaxis ist eine Rasse telepathisch, es sei denn unter Angehörigen eben dieser Rasse. Ich wurde in Ihrer Sprache zu diesem Zweck unterrichtet. Seit vielen Jahrhunderten haben wir unsere Beobachter bei Ihnen – mit *wir* meine ich selbstverständlich die Galaktische Union. Ich könnte offensichtlich nicht als Erdenmensch auftreten, aber es gibt andere Rassen, die es können. Nebenbei, es handelt sich keinesfalls um Spione oder Agenten; sie haben niemals versucht, Ihnen zu schaden; sie sind Beobachter, mehr nicht.«

»Welche Vorteile bringt es uns, Ihrer Union beizutreten, wenn wir gefragt werden und wenn wir akzeptieren?« fragte der Oberst.

»Zuerst eine rasche Einführung in den grundlegenden Sozialwissenschaften, die dazu dienen wird, Ihren Hang, sich selbst zu bekämpfen, auszuschalten und Ihre Aggressionen zu beenden oder mindestens zu kontrollieren. Wenn wir uns zu unserer Zufriedenheit davon überzeugt haben, daß Sie das erreicht haben und Sie sich selbst dessen auch sicher sind, werden wir Ihnen die Raumfahrt und vieles andere geben, so schnell Sie es verarbeiten können.«

»Und wenn wir nicht akzeptiert werden oder uns weigern?«

»Nichts. Dann werden wir Sie in Ruhe lassen. Selbst unsere Beobachter werden abgezogen werden. Sie werden selbst Ihres Schicksals Schmied sein – entweder werden Sie Ihren Planeten für das kommende Jahrhundert unbewohnt und unbewohnbar machen, oder aber Sie werden die Sozialwissenschaften selbst meistern und wieder Kandidaten für die Mitgliedschaft werden, und man wird Ihnen die Zugehörigkeit zur Union erneut anbieten.

Wir werden die Verhältnisse von Zeit zu Zeit überprüfen, und wenn sicher scheint, daß Sie sich nicht selbst vernichten werden, werden wir wieder mit Ihnen Kontakt aufnehmen.«

»Warum die Eile, jetzt wo Sie hier sind? Warum können Sie nicht lange genug bleiben, damit unsere Führer, wie Sie sie nennen, selbst mit Ihnen sprechen können?«

»Verschoben. Der Grund dafür ist nicht wichtig, aber er ist kompliziert, und ich möchte einfach keine Zeit damit vergeuden, ihn zu erläutern.«

»Angenommen Ihre Entscheidung fällt zu unseren Gunsten aus, wie können wir mit Ihnen Kontakt aufnehmen, um Ihnen *unsere* Entscheidung mitzuteilen? Sie wissen ja genug über uns, um einzusehen, daß *ich* sie nicht treffen kann.«

»Wir werden die Entscheidung durch unsere Beobachter erfahren. Eine Bedingung für die Aufnahme ist die ungekürzte und vollständige Wiedergabe dieses Gesprächs in Ihren Zeitungen, wörtlich von dem Band abgeschrieben, das es hier gerade aufzeichnet. Ebenso müssen alle Überlegungen und Entscheidungen Ihrer Regierung veröffentlicht werden.«

»Und der anderen Regierungen? Wir können nicht unilateral für die ganze Welt entscheiden.«

»Ihre Regierung wurde für den Anfang ausgewählt. Wenn Sie akzeptieren, dann werden wir die Techniken bereitstellen, die die anderen dazu bewegen werden, sich rasch einzureihen – und zu diesen Techniken gehört nicht Gewalt oder die Androhung von Gewalt.«

»*Das* müssen ja Techniken sein«, bemerkte der Oberst trokken, »wenn Sie sicherstellen, daß ein bestimmtes Land, dessen Namen ich wohl nicht zu nennen brauche, sich rasch und sogar ohne eine Drohung einreiht.«

»Manchmal ist es wirksamer, eine Belohnung in Aussicht zu stellen, als zu drohen. Glauben Sie, dem Land, das Sie nicht nennen wollen, würde es gefallen, wenn Ihr Land die Planeten ferner Sterne kolonisiert, noch bevor sie selbst auch nur den Mars erreicht haben? Aber das ist wirklich ein nebensächlicher Punkt. Sie dürfen sich getrost auf unsere Techniken verlassen.«

»Klingt fast zu schön, um wahr zu sein. Aber Sie sagten, daß Sie hier sind, um hier und jetzt zu entscheiden, ob wir zum Beitritt aufgefordert werden oder nicht. Darf ich fragen, von welchen Faktoren Sie Ihre Entscheidung abhängig machen?«

»Einer ist – war, da ich ihn bereits hinter mir habe –, den Grad Ihrer Xenophobie zu prüfen, der Furcht vor Fremden. Wir haben ein Wort, das keine Entsprechung in Ihrer Sprache hat: es bedeutet Furcht vor und Ekel vor *Außerirdischen*. Ich – oder zumindest ein Mitglied meiner Rasse – wurde auserwählt, den ersten Kontakt mit Ihnen aufzunehmen. Denn ich bin das, was man ganz allgemein als humanoid bezeichnet – wie auch ich Sie ungefähr humanoid nennen könnte –, und daher bin ich wahrscheinlich gräßlicher und abstoßender für Sie, als es viele grundverschiedene Rassen sein würden. Weil ich für Sie die Karikatur eines menschlichen Wesens bin, bin ich möglicherweise schrecklicher für Sie als ein Wesen, das überhaupt keinerlei Ähnlichkeit mit Ihnen hat.

Sicher denken Sie, daß Sie sich vor mir ekeln und Grauen empfinden, aber glauben Sie mir, Sie haben den Test bestanden. Es gibt Rassen in der Galaxis, die niemals Mitglied der Föderation werden können, wie auch immer sie sich ansonsten entwickeln mögen, weil sie heftig und unheilbar xenophobisch sind; sie könnten niemals einem Außerirdischen irgendeiner Rasse gegenübertreten oder mit ihm sprechen. Sie würden sich entweder schreiend abwenden und davonlaufen, oder auf der Stelle versuchen, ihn zu töten. Nachdem ich Sie und diese Menschen beobachtet habe« – er schloß in seine Handbewegung die Zivilbevölkerung von Cherrybell ein, die sich nicht weit außerhalb des Kreises der Konferenz versammelt hatte – »weiß ich, daß Sie bei meinem Anblick Ekel empfinden, aber glauben Sie mir, die Empfindung ist relativ schwach und sicherlich heilbar. Diesen Test haben Sie zufriedenstellend bestanden.«

»Und gibt es andere Tests?«

»Einen anderen. Aber ich glaube, es ist Zeit . . .« Anstatt den Satz zu beenden, legte sich die Bohnenstange flach auf den Sand und schloß die Augen.

Der Oberst sprang auf die Beine. »Was, *zum Teufel*?« sagte er. Er ging rasch um das Stativ des Mikrofons herum und beugte sich über den liegenden Außerirdischen, an dessen blutig aussehende Brust er ein Ohr preßte.

Als er den Kopf hob, kicherte Dade Grant, der grauhaarige Goldsucher. »Kein Herzschlag, Oberst, weil kein Herz. Aber ich kann ihn als Souvenir hierlassen, und Sie werden wahrscheinlich interessantere Dinge in seinem Inneren finden als Herz und Eingeweide. Ja, er ist eine Marionette, die ich bedient habe – wie Ihr Edgar Bergen seinen – wie heißt er doch gleich? – oh, ja, Charlie McCarthy bedient. Nun hat er seinen

Zweck erfüllt und ist deaktiviert worden. Sie können wieder Platz nehmen, Oberst.«
Oberst Casey wich langsam zurück. »Warum?« fragte er.
Dade Grant schälte Bart und Perücke ab. Er rieb sich mit einem Tuch über das Gesicht, um Schminke zu entfernen, und entpuppte sich als hübscher junger Mann. Er sagte: »Was er Ihnen gesagt hat, oder was Ihnen durch ihn gesagt wurde, ist richtig. Ja, er ist nur ein Simulakrum, aber er ist das exakte Duplikat eines Mitglieds einer der intelligenten Rassen der Galaxis, derjenigen nämlich, gegenüber der Sie – wären Sie heftig und unheilbar xenophobisch – am entsetztesten reagieren würden, wie unsere Psychologen ermittelt haben. Aber wir konnten kein echtes Mitglied dieser Rasse dazu bringen, den Kontakt herzustellen, weil sie ihre eigene Phobie haben, Agoraphobie – Furcht vor dem Raum. Sie sind hochzivilisiert und gute Mitglieder der Föderation, aber sie verlassen ihren eigenen Planeten niemals.
Unsere Beobachter haben uns versichert, daß Sie *diese* Phobie nicht haben. Aber sie waren außerstande, im voraus das Ausmaß Ihrer Xenophobie abzuschätzen, und die einzige Methode, das herauszufinden, war die, etwas anstelle von jemandem zu bringen, um den Test vorzunehmen und ihn den ersten Kontakt herstellen zu lassen.«
Der Oberst seufzte hörbar. »Ich kann nicht sagen, daß ich darüber nicht in gewisser Weise erleichtert wäre. Wir könnten mit Humanoiden zurechtkommen, jawohl, und wir werden es, wenn es sein muß. Aber ich muß zugeben, es ist eine Erleichterung, daß die Herrenrasse der Galaxis immerhin menschlich ist und nicht nur humanoid. Welches ist der zweite Test?«
»Der ist gerade im Gange. Nennen Sie mich . . .« Er schnippte mit den Fingern. »Wie lautet der Name von Bergens zweiter Marionette, nach Charlie McCarthy?«
Der Oberst zögerte, aber der technische Sergeant wußte die Antwort. »Mortimer Snerd.«
»Richtig. Also nennen Sie mich Mortimer Snerd, aber ich glaube, jetzt ist es Zeit, daß ich . . .« Er legte sich flach auf den

Sand und schloß die Augen, wie es die Bohnenstange ein paar Minuten zuvor getan hatte.
Der Esel hob den Kopf und streckte ihn über die Schulter des technischen Sergeanten hinweg in den Kreis. »Damit sind die Marionetten abgehakt, Oberst«, sagte er. »Und was soll nun diese Bemerkung darüber, weshalb es wichtig ist, daß die Herrenrasse menschlich oder zumindest humanoid sein muß? Was ist eine Herrenrasse?«

DER LETZTE ZUG
(The Last Train)

Eliot Haig saß allein in einer Bar, wie er zuvor schon in vielen Bars allein gesessen hatte, und draußen herrschte Dämmerung, eine seltsame Dämmerung. Im Innern der Taverne war es düster und schattig, fast dunkler als draußen. Der blaue Barspiegel steigerte diesen Eindruck noch; in ihm schien sich Haig wie im spärlichen Schein eines blauen Mondes zu sehen. Dunkel, aber klar sah er sich; nicht doppelt, trotz der zahlreichen Drinks, die er hatte, nur allein. Sehr, sehr allein.

Und wie immer, wenn er ein paar Stunden lang getrunken hatte, dachte er: Vielleicht tue ich es dieses Mal.

Dieses *es* war vage und groß; es bedeutete alles. Es bedeutete, den großen Sprung vom einen zum anderen Leben zu machen, an das er so lange gedacht hatte. Es bedeutete einfach, einem mittelmäßig erfolgreichen Winkeladvokaten namens Eliot Haig davonzulaufen, allen unbedeutenden Komplikationen seines Lebens davonzulaufen, aller persönlicher Anteilnahme, den rechtlichen Schikanen, die gerade noch innerhalb der Buchstaben des Gesetzes stattfanden, oder nicht wahrnehmbar außerhalb; es bedeutete, das Tau der Gewohnheiten zu kappen, das ihn mit einer Existenz verband, die Bedeutung, Sinn und Ansporn verloren hatte.

Das blaue Spiegelbild deprimierte ihn, und er spürte stärker als sonst das Bedürfnis, weiterzuziehen, anderswo hinzugehen, und sei es nur auf einen weiteren Drink. Er trank den letzten Schluck seines Highball und glitt vom Hocker auf den festen Boden. Er sagte: »Auf bald, Joe«, und ging zur Tür.

Der Barkeeper sagte: »Muß irgendwo ein großes Feuer sein. Sehen Sie sich den Himmel an. Ich frage mich, ob es der Holzlagerplatz am anderen Ende der Stadt ist.« Der Barkeeper beugte sich zur Fensterfront und sah hinaus und hinauf.

Haig sah ebenfalls empor, als er draußen war. Der Himmel war grau-rosa, wie vom Leuchten eines fernen Feuers. Aber es überzog den ganzen Himmel, ohne daß er von seinem Platz aus den Ursprung des Flammenherds feststellen konnte.
Er ging ziellos nach Süden. Das ferne Heulen einer Lokomotive drang an sein Ohr und erinnerte ihn wieder.
Warum nicht, dachte er. Warum nicht heute nacht? Der alte Impuls, Geist von Tausenden unbefriedigenden Abenden, war heute nacht stärker. Er ging, gerade so, auf den Bahnhof zu; aber das hatte er schon früher getan, oft. Oft war er so weit gegangen, wie um abfahrenden Zügen nachzusehen, und er hatte gedacht, während er jedem nachsah: Ich sollte in diesem Zug sein. Ohne jemals wirklich einen zu betreten.
Einen halben Block vom Bahnhof entfernt hörte er das Läuten der Glocke, das Zischen des Dampfes und das Anfahren des Zuges. Selbst wenn er sich diesmal getraut hätte einzusteigen, er hätte ihn verpaßt.
Und plötzlich wurde ihm bewußt, daß es heute anders war, daß er es heute schaffen würde. Nur mit der Kleidung, die er anhatte, dem Geld, das er in den Taschen bei sich trug. So, wie er es immer vorgehabt hatte; der Schlußstrich. Sollten sie ihn als vermißt melden, sollten sie sich wundern, sollte ein anderer das Durcheinander beseitigen, da sein Geschäft ohne ihn laufen müßte.
Walter Yates stand vor der offenen Tür seiner Taverne ein paar Schritte vom Bahnhof entfernt. Er sagte: »Hallo, Mr. Haig. Herrliches Nordlicht heute nacht. Das schönste, das ich je gesehen habe.«
»Ist es das?« fragte Haig. »Ich dachte, es wäre die Spiegelung eines großen Feuers.«
Walter schüttelte den Kopf. »Nee. Sehen Sie nach Norden, dort ist der Himmel irgendwie fiebrig. Das ist das Nordlicht.«
Haig wandte sich um und sah nordwärts, die Straße entlang zurück. Das rötliche Glühen in dieser Richtung war – ja, »fiebrig« beschrieb es ausgezeichnet. Es war auch wunderschön, doch ein wenig furchteinflößend, auch wenn man wußte, was es war.

Er drehte sich wieder um und ging an Walter vorbei in die Taverne, wo er fragte: »Haben Sie einen Drink für einen durstigen Mann?«
Später, während er den Highball mit einem Glasstab umrührte, fragte er: »Walter, wann geht der nächste Zug?«
»Wohin?«
»Irgendwohin.«
Walter sah auf die Uhr. »In ein paar Minuten. Er müßte jeden Augenblick einlaufen.«
»Zu früh; ich möchte diesen Drink noch leeren. Und der nächste, nach diesem?«
»Es fährt einer um zweiundzwanzig Uhr vierzehn. Vielleicht ist das der letzte heute nacht. Jedenfalls vor Mitternacht; dann schließe ich, daher weiß ich es nicht.«
»Wohin fährt . . . warte, sagen Sie mir nicht, wohin er fährt. Ich will es nicht wissen. Aber ich werde mitfahren.«
»Ohne zu wissen, wohin er fährt?«
»Ohne mich darum zu kümmern, wohin er fährt«, verbesserte Haig. »Sehen Sie, Walter, es ist mein Ernst. Ich möchte, daß Sie etwas für mich tun: Wenn Sie in der Zeitung lesen, daß ich verschwunden bin, dann erzählen Sie niemandem, daß ich heute nacht hier gewesen bin oder was ich Ihnen erzählt habe. Ich wollte es niemandem erzählen.«
Walter nickte feierlich. »Ich kann die Klappe halten, Mr. Haig. Sie waren ein guter Kunde. Meinetwegen wird man Sie nicht aufspüren.«
Haig schwankte ein wenig auf dem Barhocker. Sein Blick konzentrierte sich auf Walters Gesicht, und er sah ein leises Lächeln. Diese Unterhaltung hatte ein beunruhigendes Flair der *Vertrautheit*: Es war, als hätte er dieselben Worte schon früher gesagt und dieselben Antworten erhalten.
Er fragte scharf: »Habe ich Ihnen das schon früher gesagt, Walter? Wie oft?«
»Oh, sechs-, acht-, vielleicht auch zehnmal. Ich erinnere mich nicht.«
Haig sagte: »Oh Gott.« Leise. Er sah Walter an, und Walters

Gesicht verschwamm und teilte sich in zwei Gesichter, und es war anstrengend, sie wieder zu einem Gesicht zusammenzufügen, das verhalten lächelte, ironisch und tolerant. So war es schon öfter als zehnmal gewesen, er wußte das. »Walter, ich bin ein Versager?«
»So würde ich Sie nicht nennen, Mr. Haig. Sie trinken eine Menge, ja, aber . . .«
Er wollte Walter nicht mehr ansehen.
Er sah hinab auf sein Glas und stellte fest, daß es leer war. Er bestellte ein neues, und während Walter es holte, betrachtete er sich im Spiegel hinter der Bar. Gott sei Dank, kein blauer Spiegel. Es war schlimm genug, zwei Ebenbilder von sich im normalen Spiegel zu sehen; die Zwillingsbrüder Haig und Haig, aber das war mittlerweile ein alter Scherz mit sich selbst, und das war einer der Gründe, weshalb er diesen Zug nehmen würde. *Würde*, bei Gott, betrunken oder nüchtern, er würde an Bord sein.
Aber auch dieser Satz hatte eine unangenehme Vertrautheit. Wie viele Male?
Er sah in das zu einem Viertel volle Glas hinab, und beim nächsten Mal war es halb voll, und Walter sagte: »Vielleicht *ist* es ein Feuer, Mr. Haig, ein großes Feuer; es wird zu hell für ein Nordlicht. Ich gehe einen Augenblick hinaus.«
Aber Haig blieb auf dem Hocker, und als er wieder aufsah, stand Walter hinter der Bar und drehte am Radio.
Haig fragte: »Ist es ein Feuer?«
»Muß so sein. Ich werde die Zehn-Uhr-fünfzehn-Nachrichten hören, um es herauszufinden.« Aus dem Radio plärrte Jazz, eine hochschwebende, nervöse Klarinette über gedämpften Blechblasinstrumenten und einem rastlosen Schlagzeug. »Müssen in einer Minute kommen; das ist der Sender.«
»Müssen in einer Minute kommen . . .« Er fiel fast hin, als er vom Hocker sprang. »Dann ist es zweiundzwanzig Uhr vierzehn?«
Er wartete die Antwort nicht ab. Der Boden schien ein wenig zu wanken, während er zur Tür strebte. Nur ein paar Schritte

bis zum Bahnhof. Er konnte es schaffen; er konnte es tatsächlich schaffen. Plötzlich war es, als hätte er überhaupt nichts getrunken, und sein Verstand war kristallklar, wie sehr seine Füße auch stolperten. Und Züge fuhren selten zur *exakten* Uhrzeit, und Walter konnte zwar »in einer Minute« gesagt, in Wirklichkeit aber zwei oder drei gemeint haben. Er hatte eine Chance.

Er stürzte auf der Treppe, stand aber auf und eilte weiter, er hatte nur Sekunden verloren. Am Fahrkartenschalter vorbei – die Fahrkarte konnte er im Zug kaufen – und durch die Hintertür auf den Bahnsteig, das Tor, und die roten Heckscheinwerfer eines Zuges, nur Meter, aber hoffnungslose Meter entfernt. Zehn Meter, hundert. Verschwindend.

Der Schaffner stand am Bahnsteig und sah dem abfahrenden Zug nach.

Er mußte Haigs Schritte gehört haben, denn er sagte über die Schulter: »Zu dumm, daß Sie ihn verpaßt haben. Das war der letzte.«

Haig sah plötzlich die komische Seite und fing an zu lachen. Es war einfach zu lächerlich, um ernst genommen zu werden, die Winzigkeit, um die er diesen Zug verpaßt hatte. Außerdem würde ein Frühzug fahren. Er mußte nur in das Bahnhofsgebäude zurückkehren und warten bis . . . Er fragte: »Wann geht der erste morgen früh?«

»Sie verstehen nicht«, sagte der Schaffner.

Zum ersten Mal drehte er sich um, und Haig sah sein Gesicht vor dem scharlachroten, flammenden Himmel. »Sie verstehen nicht«, sagte er. »Das war *der letzte Zug*.«

ES IST NICHT PASSIERT
(It Didn't Happen)

Obwohl er es unmöglich wissen konnte, ging Lorenz Kane seit dem Zeitpunkt, an dem er dem Mädchen auf dem Fahrrad begegnete, dem Fall entgegen. Der Fall hätte überall passieren können, jederzeit; zufällig fand er an einem Abend Ende September hinter der Bühne eines Revuetheaters statt.
Den dritten Abend innerhalb einer Woche sah er sich bereits die Darbietung von Queenie Quinn an, der Star-Stripperin der Show, eine Darbietung, die den Besuch wahrhaftig wert war. Lediglich in blaues Licht getaucht und mit drei winzigen, an strategischen Stellen angebrachten Bändern bekleidet, hatte Queenie, eine große Blondine, mit schlichtweg umwerfenden Kurven, soeben den letzten Auftritt beendet, und war in der Garderobe verschwunden, als Kane zu der Überzeugung kam, daß es ein privates Ansehen von Queenies Darbietung in seiner Junggesellenbude nicht nur angenehmer sein würde, als sie öffentlich zu betrachten, sondern unzweifelhaft zu noch größeren Freuden führen würde. Und da die Schlußnummer, in welcher Queenie, als Star, nicht mitmachen mußte, gerade eben begann, war jetzt der beste Zeitpunkt, sich mit ihr über die Aussicht auf eine Privatvorstellung zu unterhalten.
Er verließ das Theater und ging die Nebengasse zum Bühneneingang entlang. Ein Fünfdollarschein brachte ihn mühelos am Portier vorbei, und eine Minute später hatte er eine mit einem goldenen Stern verzierte Tür gefunden und klopfte an. Eine Stimme rief: »Ja?« Er wußte genügend, um keinen Vorschlag durch eine geschlossene Tür hindurch zu machen, und er kannte sich auch hinter der Bühne gut genug aus, um die eine Frage zu stellen, die sie zu der Annahme verleiten würde, er wäre jemand, der mit dem Showgeschäft zu tun und damit einen legitimen Grund hatte, sie zu sehen. »Sind Sie angezogen?« fragte er.

»'nen Augenblick«, rief sie, und dann: »Okay.«
Er trat ein, und sie stand ihm in einem hellroten Überzug gegenüber, der einen wunderschönen Kontrast zu ihren blauen Augen und dem blonden Haar bildete. Er verbeugte sich und stellte sich vor, dann begann er die Einzelheiten des Anliegens zu erklären, das er hatte.
Er war auf anfängliches Zögern und selbst eine Weigerung gefaßt und bereit, überzeugende Argumente aufzufahren, sollte es notwendig sein bis zu vierstellige, was sicherlich mehr als ihr wöchentliches Einkommen – wahrscheinlich sogar mehr als ihr monatliches Einkommen – in einem so kleinen Revuetheater war. Aber anstatt vernünftig zuzuhören, schrie sie ihn plötzlich wie ein Zankteufel an, was beleidigend genug war, aber dann machte sie noch den sehr ernsten Fehler, einen Schritt nach vorne zu treten und ihn ins Gesicht zu schlagen. Fest. Es tat weh.
Er verlor die Beherrschung, trat einen Schritt zurück, holte seinen Revolver heraus und schoß sie ins Herz.
Dann verließ er das Theater und fuhr mit dem Taxi zu seiner Wohnung. Er nahm ein paar Drinks, um seine zerrütteten Nerven zu beruhigen, und ging zu Bett. Er schlief tief und fest, als kurz nach Mitternacht die Polizei kam und ihn wegen Mordes verhaftete. Das konnte er nicht verstehen.

Mortimer Mearson, möglicherweise wenn nicht gar ganz bestimmt der beste Rechtsanwalt in der Stadt, kam am nächsten Morgen nach einer frühen Runde Golf zum Klubhaus zurück, wo er eine Nachricht vorfand; er möchte bitte Richterin Amanda Hayes so schnell wie möglich anrufen. Er rief auf der Stelle an.
»Guten Morgen, Euer Ehren«, sagte er. »Etwas los?«
»Etwas los, Morty. Aber wenn Sie den Vormittag über Zeit haben und zu mir kommen können, dann ersparen Sie mir, es am Telefon erzählen zu müssen.«
»Ich werde in einer Stunde bei Ihnen sein«, sagte er. Und das war er.

»Nochmals guten Morgen, Eure Richterschaft«, sagte er. »Nun holen Sie bitte tief Luft und erzählen mir genau, was los ist.«
»Ein Fall für Sie, wenn Sie ihn haben wollen. Kurz gesagt, gestern nacht wurde ein Mann wegen Mordes verhaftet. Er weigert sich, eine Aussage zu machen, bevor er mit einem Anwalt gesprochen hat, und er hat keinen. Er sagt, er wäre vorher noch niemals in rechtlichen Schwierigkeiten gewesen und kenne überhaupt keine Anwälte. Er bat den Chef, einen zu empfehlen, und der Chef überließ mir die Wahl.«
Mearson seufzte. »Wieder ein Fall umsonst. Nun, ich glaube, es ist an der Zeit, daß ich mal wieder einen übernehme. Treffen Sie eine Verabredung für mich?«
»Langsam«, sagte Richterin Hayes. »Überhaupt kein Fall umsonst. Der fragliche Herr ist nicht gerade reich, aber er ist hinreichend begütert. Ein in der Stadt nicht unbekannter junger Mann, *bon vivant*, der durchaus imstande ist, innerhalb vernünftiger Grenzen jedes Honorar zu zahlen, das Sie verlangen. Nicht, daß Ihr Honorar innerhalb vernünftiger Grenzen liegen wird, aber das müssen Sie mit ihm ausmachen, wenn er einverstanden ist, daß Sie ihn vertreten.«
»Und hat dieser Ausbund von Tugend – der ganz eindeutig unschuldig ist und verleumdet wurde – auch einen Namen?«
»Hat er, und der wird Ihnen nicht unbekannt sein, wenn Sie die Klatschspalten lesen. Lorenz Kane.«
»Der Name sagt mir etwas. *Ganz* eindeutig unschuldig. Äh – ich habe die Morgenzeitung noch nicht gelesen. Wen soll er denn getötet haben? Und kennen Sie irgendwelche Einzelheiten?«
»Wird nicht leicht werden, Morty«, sagte die Richterin. »Ich glaube nicht, daß es auch nur den Hauch einer Chance für ihn gibt, es sei denn, man plädiert auf unzurechnungsfähig. Das Opfer war eine Queenie Quinn – ein Künstlername, zweifellos wird ein weitaus gültigerer ans Licht kommen –, die als Stripperin im Majestic arbeitete. Sie war dort der Star der Show. Eine Vielzahl von Leuten sahen Kane während der Vorstellung im Publikum, und sie sahen ihn nach ihrer Schluß-

nummer gehen. Der Türwächter erkannte ihn und gab zu, ihn eingelassen zu haben. Dieser Türwächter identifizierte ihn, und so fand ihn die Polizei. Auf dem Rückweg kam er wenige Minuten später wieder am Türwächter vorbei. Inzwischen hatten verschiedene Leute einen Schuß gehört. Und wenige Minuten nach Ende der Show wurde Miß Quinn erschossen in ihrer Garderobe gefunden.«

»Hmmm«, sagte Mearson. »Also steht sein Wort gegen das des Türwächters. Nichts weiter dabei. Ich werde beweisen können, daß der Türwächter nicht nur ein pathologischer Lügner ist, sondern darüber hinaus auch noch ein Vorstrafenregister hat, das länger ist als der Arm von Mackie Messer.«

»Zweifellos, Morty. Aber. Angesichts seiner relativen Bekanntheit nahm die Polizei nicht nur einen Haft-, sondern auch noch einen Durchsuchungsbefehl mit, als sie ihn holten. In der Tasche des Anzugs, den er anhatte, fanden sie einen Revolver Kaliber zweiunddreißig, in dessen Trommel ein Schuß fehlte. Miß Quinn wurde von einer Kugel getötet, die aus einem Revolver Kaliber zweiunddreißig abgefeuert wurde. *Demselben* Revolver, wie unsere Ballistikexperten meinen, die einen Probeschuß abgaben und die Kugel sowie jene, die Miß Quinn tötete, unter dem Mikroskop miteinander verglichen.«

»Hmmm und noch mal hmmm«, sagte Mearson. »Und Sie sagen, Kane hat bisher noch keine Aussage gemacht, abgesehen von der, daß er keine Aussage machen wird, bis er mit einem Anwalt seiner Wahl gesprochen hat?«

»Richtig, abgesehen von einer ziemlich rätselhaften Bemerkung, die er gleich, nachdem er aufgeweckt und angeklagt worden war, machte. Die beiden Beamten, die ihn festnahmen, haben sie gehört und können sogar den exakten Wortlaut wiedergeben. Er sagte: ›Mein Gott, sie muß echt gewesen sein.‹ Was glauben Sie, könnte er nur damit gemeint haben?«

»Ich habe nicht die leiseste, Eure Richterschaft. Aber wenn er mich als Anwalt akzeptiert, werde ich ihn ganz sicher danach fragen. Inzwischen weiß ich nicht, ob ich Ihnen dafür danken soll, daß Sie mir bei dem Fall eine Chance gegeben haben, oder ob ich Sie verfluchen soll, weil Sie mir eine verdammt heiße Kartoffel zugeworfen haben.«

»Sie mögen heiße Kartoffeln, Morty, das wissen Sie ganz genau. Besonders da Sie Ihr Honorar so oder so bekommen, ob Sie gewinnen oder verlieren. Ich will Ihnen aber ersparen, Versuche in der falschen Richtung anzustellen. Es hat keinen Zweck, einen Antrag auf Kaution zu stellen oder auf Haftprüfung zu plädieren. Der Distriktsanwalt sprang mit beiden Beinen in die Sache hinein, als das Ballistikgutachten eintraf. Die Anklage lautet auf kaltblütigen Mord. Und die Anklagevertretung braucht nichts weiter mehr. Sie sind bereit, den Prozeß zu beginnen, sobald Sie bereit sind. Nun, worauf warten Sie noch?«

»Auf nichts«, sagte Mearson. Er ging.

Eine Wache brachte Lorenz Kane ins Gesprächszimmer und ließ ihn dort bei Mortimer Mearson zurück. Mearson stellte sich vor, und sie schüttelten einander die Hände. Kane, dachte Mearson, sah recht gefaßt aus, und eindeutig mehr verwirrt als besorgt. Er war ein großer, hinreichend gut aussehender Mann Ende dreißig, und ungeachtet der einen Nacht in der Zelle sah er makellos aus. Man gewann den Eindruck, daß er der Typ von Mann war, der überall und jederzeit makellos aussah, sogar eine Woche, nachdem seine Träger ihn während einer Safari neunhundert Meilen aufwärts des Kongo verlassen und alle seine Sachen mitgenommen hätten.

»Ja, Mr. Mearson, ich bin mehr als froh, wenn Sie mich vertreten. Ich habe von Ihnen gehört und über Fälle gelesen, die Sie ausgefochten haben. Ich weiß nicht, warum ich nicht selbst an Sie gedacht habe, anstatt um eine Empfehlung zu bitten. Wollen Sie meine Geschichte hören, bevor Sie mich als Klient akzeptieren, oder akzeptieren Sie so oder so?«

»So oder so«, sagte Mearson, »bis daß . . .« Und dann verstummte er; »bis daß der Tod uns scheidet«, ist kaum eine diplomatische Wendung, wenn man einem Mann gegenübersteht, der sich möglicherweise im Schatten des elektrischen Stuhls befindet.

Aber Kane lächelte und vollendete den Satz selbst. »Fein«, sagte er. »Dann setzen wir uns doch.« Und damit nahmen sie auf zwei Stühlen an einander gegenüberliegenden Seiten eines Tischs im Gesprächsraum Platz. »Und da das bedeutet, daß wir uns wenigstens eine Zeitlang sehr regelmäßig sehen werden, nennen wir uns doch gleich beim Vornamen. Aber in meinem Fall nicht Lorenz, sondern Larry.«

»Und bei mir Morty«, sagte Mearson. »Und jetzt möchte ich gern Ihre Geschichte mit allen Einzelheiten hören, aber zuvor noch zwei rasche Fragen. Sind Sie . . .?«

»Moment«, unterbrach ihn Kane. »*Eine* rasche Frage vor Ihren beiden. Sind Sie absolut und unumstößlich sicher, daß dieser Raum nicht abgehört wird und unsere Unterhaltung völlig privat ist?«

»Bin ich«, sagte Mearson. »Und jetzt meine erste Frage: Sind sie schuldig?«

»Ja.«

»Die Beamten, die Sie festgenommen haben, behaupten, daß sie vor Ihrer Verhaftung folgendes sagten: ›Mein Gott, sie muß echt gewesen sein.‹ Stimmt das, und wenn ja, was haben Sie damit gemeint?«

»Ich war in dem Augenblick wie vom Donner gerührt, Morty, und kann mich nicht erinnern – aber ich habe wahrscheinlich etwas Sinngemäßes gesagt, weil das genau das war, was ich gedacht habe. Aber was den Sinn dessen anbelangt – diese Frage kann ich nicht so schnell beantworten. Der einzige Weg, wie ich Sie dazu bringen kann, das zu verstehen, wenn überhaupt, ist, wenn ich Ihnen alles von Anfang an erzähle.«

»Also gut. Fangen Sie an. Und lassen Sie sich Zeit. Wir müssen nicht alles in einer einzigen Sitzung klären. Ich kann die Verhandlung mindestens drei Monate hinausschieben – länger, wenn nötig.«

»Ich kann es sehr rasch erzählen. Es begann – und bitte verlangen Sie keinen anderen Ausdruck für das Pronomen *es* – vor fünfeinhalb Monaten, Anfang April. Um etwa zwei Uhr dreißig am Morgen des dritten April, einem Dienstag, um so genau wie möglich zu sein. Ich hatte eine Party in Armand Village besucht, nördlich der Stadt, und ich befand mich auf dem Heimweg. Ich . . .«

»Bitte verzeihen Sie, wenn ich unterbreche. Ich möchte nur sichergehen, daß ich das Gesamtbild mitbekomme. Sie fuhren? Allein?«

»Ich fuhr meinen Jaguar. Ich war allein.«

»Nüchtern. Überhöhte Geschwindigkeit?«

»Nüchtern, ja. Ich hatte die Party ziemlich früh verlassen – sie war sterbenslangweilig – und spürte meine Drinks zu dem Zeitpunkt schon ein wenig. Aber plötzlich war ich sehr hungrig – ich glaube, ich hatte vergessen, das Essen einzunehmen –, und daher hielt ich an einem Gasthaus. Ich trank einen Cocktail, während ich wartete, aber ich aß ein großes Steak, dazu die Beilagen und danach mehrere Tassen Kaffee. Keine Drinks mehr. Ich würde sagen, als ich dort wegging, war ich nüchterner als gewöhnlich, wenn Sie verstehen, was ich meine. Zudem fuhr ich eine halbe Stunde im offenen Wagen durch die kühle Nacht. Alles in allem würde ich sagen, ich war nüchterner als heute – und ich habe zuletzt gestern kurz vor Mitternacht etwas getrunken. Ich . . .«

»Einen Augenblick«, sagte Mearson. Er holte ein silbernes Fläschchen aus der Hüfttasche und reichte es über den Tisch. »Ein Überbleibsel der Prohibition. Ich benütze sie gelegentlich, um St. Bernhard für Klienten zu spielen, die zu kurzfristig inhaftiert wurden, um die Beschaffung der Notwendigkeiten des Lebens arrangieren zu können.«

Kane sagte: »Ahhh. Morty, damit dürfen Sie Ihr Honorar auf das Doppelte des Pflichtsatzes erhöhen.« Er nahm einen kräftigen Schluck.

»Wo waren wir stehengeblieben?« fragte er. »Oh, ja. Ich war eindeutig nüchtern. Überhöhte Geschwindigkeit? Nur im technischen Sinne. Ich fuhr auf der Vine Street kurz vor Rostov nach Süden . . .«

»Beim Polizeirevier vierundvierzig.«

»Exakt. Die Geschwindigkeitsbeschränkung dort ist fünfundzwanzig Meilen, und ich fuhr vierzig, aber zum Teufel, es war zwei Uhr morgens und außer mir niemand unterwegs. Nur die sprichwörtliche alte Dame aus Pasadena wäre *weniger* als vierzig gefahren.«

»Sie wäre so spät nicht mehr unterwegs gewesen. Aber fahren Sie fort.«

»Plötzlich kommt aus einer Straßeneinfahrt in der Mitte des Blocks ein Mädchen auf einem Fahrrad heraus, das etwa so schnell in die Pedale tritt, wie man mit einem Fahrrad nur fahren kann. Und direkt vor mich. Ich konnte sie einen Augenblick deutlich sehen, als ich so fest wie möglich auf die Bremse trat. Sie war ein Teenager, sechzehn oder siebzehn. Sie hatte rotes Haar, das unter einer braunen Babuschka hervorwehte, die sie aufhatte. Sie trug einen hellgrünen Angorapulli und braune Hosen, die man Pedaltreter nennt. Sie saß auf einem roten Fahrrad.«

»Das alles haben Sie mit einem Blick gesehen?«

»Ja. Ich sehe es immer noch deutlich vor mir. Und kurz vor dem Aufprall – *das* werde ich bestimmt nie vergessen – drehte sie sich um und blickte mir aus schreckgeweiteten Augen direkt ins Gesicht.

Mein Fuß versuchte inzwischen, das Bremspedal durch den Boden zu treten, und der verdammte Jaguar kam ins Schleudern und schien zu überlegen, ob er sich überschlagen sollte oder nicht. Aber verdammt, so schnelle Reaktionen man auch haben mag – und meine sind ziemlich gut –, man kann kaum damit anfangen, ein Auto auf ein paar Metern *abzubremsen*, wenn man vierzig fährt. Ich muß immer noch mehr als dreißig gefahren sein, als ich mit ihr zusammenprallte. Es war ein höllischer Aufprall.

Und dann das bumm-knirsch, bumm-knirsch, als zuerst die Vorderräder des Jaguar über sie hinwegfuhren, und dann die Hinterräder. Das Bumm war natürlich sie, und das Knirschen war das Fahrrad. Der Wagen kam etwa zehn Meter weiter zum Stillstand.

Vor mir, durch die Windschutzscheibe, konnte ich die Lichter des Polizeireviers nur einen Block entfernt sehen. Ich stieg aus dem Wagen und rannte darauf zu. Ich sah nicht zurück. Ich *wollte* nicht zurücksehen. Es war sinnlos, nach dem Aufprall mußte sie toter als tot sein.

Ich eilte ins Reviergebäude, und nach ein paar Sekunden konnte ich mich verständlich genug machen, daß sie verstanden, was ich ihnen sagen wollte. Zwei der besten der Stadt kamen mit mir, und so gingen wir den Block zurück zur Unfallstelle. Ich begann zu laufen, aber sie gingen lediglich schnell, und so machte ich auch langsamer, denn ich war nicht besonders erpicht, zuerst dort zu sein. Nun, wir kamen hin und . . .«

»Lassen Sie mich raten«, sagte der Anwalt. »Kein Mädchen, kein Fahrrad.«

Kane nickte langsam. »Der Jaguar war da, er stand quer auf der Straße. Scheinwerfer eingeschaltet. Der Zündschlüssel war noch herumgedreht, aber der Motor war abgewürgt. Dahinter etwa zwölf Meter lange Bremsspuren, die wenige Schritte nach der Einmündung der Querstraße anfingen.

Und das war alles. Kein Mädchen. Kein Fahrrad. Kein Tropfen Blut oder Metallsplitter. Kein Kratzer und keine Beule vorne am Wagen. Sie hielten mich für verrückt, und ich kann es ihnen nicht verdenken. Sie trauten mir nicht einmal so weit, daß sie mich das Auto von der Straße fahren ließen; das machte einer von ihnen und parkte es am Straßenrand – und sie behielten den Schlüssel, anstatt ihn mir zu geben –, und schließlich nahmen sie mich mit zum Verhör ins Revier.

Dort verbrachte ich den Rest der Nacht. Ich vermute, ich hätte einen Freund anrufen und diesen Freund bitten können, mir einen Anwalt zu schicken, der mich gegen Kaution freibekommt, aber ich war zu verdutzt, um daran zu denken. Vielleicht auch zu durcheinander, um hinaus zu *wollen*, um eine Vorstellung davon zu haben, wohin ich gehen wollte oder was ich tun wollte, wenn ich hinaus kam. Ich wollte nur allein sein und nachdenken, und nach dem Verhör bekam ich die Chance, genau das zu tun. Sie warfen mich nicht in die Ausnüchterungszelle. Ich war wohl gut genug gekleidet und

hatte genügend eindrucksvolle Identifizierungsmerkmale an mir, die sie davon überzeugten, daß ich, normal oder verrückt, ein hinreichend solider und solventer Mitbürger war, den man mit Samthandschuhen anfaßte und nicht mit dem Gummischlauch. Wie auch immer, sie hatten eine Einzelzelle frei und brachten mich hinein, und ich war zufrieden, dort nachzudenken. Ich versuchte nicht einmal zu schlafen.
Am nächsten Morgen schickten sie einen Seelenklempner der Polizei zu mir, der sich mit mir unterhielt. Zu dem Zeitpunkt hatte ich mich so weit abgeregt, daß ich erkannte, was auch immer geschehen sein mochte, die Polizei konnte mir keine Hilfe mehr sein, und je früher ich aus ihren Händen fortkam, desto besser. Daher überlistete ich den Seelenklempner ein wenig, indem ich den Zwischenfall herunterspielte, anstatt ihn so zu erzählen, wie er sich abgespielt hatte. Ich ließ die Toneffekte weg, etwa das Knirschen des Fahrrads, über das ich fuhr, und ich ließ auch die kinetischen Empfindungen weg, kurz, ich erzählte es ihm so, als hätte es sich um eine unerwartete und plötzliche Halluzination handeln können. Nach einer Weile kaufte er mir das ab, und so ließen sie mich gehen.«
Kane unterbrach seinen Bericht lange genug, um einen Schluck aus der silbernen Flasche zu nehmen, dann fragte er: »Bisher alles klar, und irgendwelche Fragen, ob Sie mir nun glauben, oder nicht?«
»Nur eine«, sagte der Anwalt. »Sind Sie, können Sie sicher sein, daß Ihr Erlebnis mit den Polizisten vom Vierundvierzigsten objektiv und beweisbar ist? Mit anderen Worten, wenn es zu einer Verhandlung kommt und wir uns auf Unzurechnungsfähigkeit herausreden wollen, kann ich die Polizisten, mit denen Sie gesprochen haben, sowie den Polizeipsychiater als Zeugen aufrufen?«
Kane grinste ein wenig schief. »Für mich ist mein Erlebnis mit der Polizei so objektiv wie die Tatsache, daß ich das Mädchen überfahren habe. Aber ersteres kann man wenigstens beweisen. Sehen Sie nach, ob es in der Kladde steht und ob sie sich daran erinnern. Klar?«

»Klar. Bitte weiter.«
»Die Polizei war also überzeugt, daß ich eine Halluzination gehabt hatte. Ich war es nicht. Ich tat verschiedene Dinge. Ich ließ eine Werkstatt den Jaguar auf die Hebebühne fahren und untersuchte Vorder- und Unterseite. Nichts. Okay, was das Auto anbelangte, war es *nicht* passiert.
Zweitens wollte ich wissen, ob ein Mädchen, auf das diese Beschreibung paßte, tot oder lebend, in dieser Nacht mit dem Fahrrad unterwegs gewesen war. Ich gab mehrere tausend Dollar für eine Privatdetektei aus, die ich die nähere und weitere Umgebung der Unfallstelle durchkämmen ließ – mit einem ganz feinen Kamm –, um herauszufinden, ob ein Mädchen, auf das die Beschreibung paßte, derzeit oder jemals existiert hatte, mit oder ohne rotem Fahrrad. Sie förderten ein paar mögliche rothaarige Teenager zutage, ich konnte alle ansehen. Fehlanzeige.
Und *nach* dieser Suchaktion nahm ich mir selbst einen Seelenklempner und begann Sitzungen mit ihm. Angeblich der beste in der Stadt, aber sicher der teuerste. Ging zwei Monate zu ihm. Es war vergeblich. Ich fand niemals heraus, was seiner Meinung nach geschehen war; er wollte nicht sprechen. Sie wissen ja, wie Psychoanalytiker arbeiten, sie lassen einen reden und sich selbst analysieren, und schließlich sagen sie, was mit einem nicht stimmt, dann grübelt man eine Weile darüber nach und sagt ihnen, man sei geheilt, und sie stimmen zu und sagen einem, man solle mit Gott gehen. Das ist in Ordnung, wenn das Unterbewußtsein weiß, was Sache ist und irgendwann einmal damit herausrückt. Aber mein Unterbewußtsein wußte nicht, welches Ende oben war, daher vergeudete ich meine Zeit, und daher ließ ich es sein.
Aber mittlerweile hatte ich mich mit einigen Freunden unterhalten und ihre Meinungen angehört, und einer von ihnen – ein Professor der Philosophie an der Universität – begann, von Ontologie zu sprechen, was mich dazu brachte, etwas über Ontologie zu lesen, und das gab mir einen Hinweis. Ich war sogar der Meinung, mehr als einen Hinweis, ich glaubte, die

Lösung gefunden zu haben. Bis gestern nacht. Seit gestern nacht weiß ich, daß ich zumindest teilweise unrecht hatte.«
»Ontologie . . .«, sagte Mearson. »Das Wort kommt mir bekannt vor, aber könnten Sie es mir erklären?«
»Ich zitiere den *Webster Unabridged*, ungesäuberte Ausgabe: ›Ontologie ist die Wissenschaft vom Sein und der Realität; der Teil des Wissens, welcher die Natur, essentielle Eigenheiten und Beziehungen des Seins als solchem erforscht.‹«
Kane sah auf die Armbanduhr. »Aber dies zu erzählen dauert doch länger, als ich erwartete. Ich werde vom Reden müde, und Sie vom Zuhören zweifellos noch mehr. Sollen wir es morgen zu Ende erzählen?«
»Eine ausgezeichnete Idee, Larry.« Mearson stand auf.
Kane kippte das silberne Fläschchen bis zum letzten Tropfen und gab es zurück. »Werden Sie wieder St. Bernhard spielen?«

»Ich ging zum Vierundzwanzigsten«, sagte Mearson. »Der Vorfall, den Sie mir geschildert haben, ist tatsächlich in den Aufzeichnungen. Und ich habe mit einem der beiden Bullen gesprochen, die mit Ihnen zurückgegangen sind zum Schauplatz des . . . äh . . . zurück zum Wagen. Ihre *Meldung* des Vorfalls war echt, daran besteht kein Zweifel.«
»Ich werde dort anfangen, wo ich gestern aufgehört habe«, sagte Kane. »Ontologie, das Studium der Natur der Wirklichkeit. Als ich darüber las, stolperte ich über den Solipsismus, der bei den Griechen seinen Ursprung hat. Es ist der Glaube, daß das gesamte Universum ein Produkt der eigenen Phantasie ist – in diesem Falle *meiner* Phantasie. Daß ich selbst die einzige konkrete Realität habe, und daß alle anderen Dinge und Menschen lediglich in meiner Phantasie existieren.«
Mearson runzelte die Stirn. »Also. Das Mädchen auf dem Fahrrad, das nur eine eingebildete Existenz hatte, hörte auf zu existieren – äh, *rückwirkend*, als Sie sie töteten? Und hinterließ keine Spur, daß sie jemals existiert hatte, außer in Ihrem Verstand?«
»Dieser Gedanke kam mir, und ich kam zu der Überzeugung, daß ich etwas tun mußte, um die Richtigkeit zu beweisen, oder

die Unrichtigkeit. Speziell, einen Mord zu begehen, um herauszufinden, was geschehen würde.«

»Aber – Larry, Morde geschehen jeden Tag, Menschen werden jeden Tag getötet, und sie verschwinden nicht nachträglich und hinterlassen keine Spuren.«

»Aber sie werden nicht von *mir* getötet«, sagte Kane ernst. »Und *wenn* das Universum ein Produkt meiner Phantasie wäre, dann müßte das einen gewaltigen Unterschied machen. Das Mädchen auf dem Fahrrad war die erste Person, die *ich* jemals getötet hatte.«

Mearson seufzte. »Also haben Sie beschlossen, das nachzuprüfen, indem Sie einen Mord begingen. Und erschossen Queenie Quinn. Aber warum ist sie nicht . . .?«

»Nein, nein, nein«, unterbrach ihn Kane. Ich beging zuerst einen anderen, vor etwa einem Monat. Ein Mann. Ein Mann – und es wäre sinnlos, Ihnen seinen Namen zu nennen oder etwas über ihn zu erzählen, denn heute hat er niemals existiert, wie das Mädchen auf dem Fahrrad.

Aber natürlich *wußte* ich nicht, daß es so kommen würde, daher habe ich ihn nicht einfach offen getötet, so wie die Stripperin. Ich traf sorgfältige Vorkehrungen, damit der Leichnam, *wenn* er gefunden werden würde, niemals von der Polizei mit mir in Verbindung gebracht werden konnte.

Aber nachdem ich ihn getötet hatte, nun – er hatte einfach nie existiert, und ich dachte, damit wäre meine Theorie bestätigt. Danach hatte ich stets eine Waffe bei mir, denn ich glaubte, ich könnte jederzeit ungestraft töten, wenn ich es wollte – und daß es einerlei und nicht unmoralisch wäre, denn jeder, den ich tötete, existierte sowieso nicht, außer in meiner Einbildung.«

»Hmmmm«, sagte Mearson.

»Normalerweise, Morty«, sagte Kane, »bin ich ein ziemlich ausgeglichener Mensch. Vorgestern nacht habe ich die Waffe zum ersten Mal angewendet. Als diese verdammte Stripperin mich schlug, schlug sie fest zu, ein Schlag, der einem Boxer Ehre gemacht hätte. Ich verlor einen Augenblick die Beherrschung, und ich reagierte einfach automatisch, indem ich die Waffe zog und sie erschoß.«

»Hmmm«, sagte der Anwalt. »Und Queenie Quinn entpuppte sich als real, Sie sitzen wegen Mordes im Gefängnis. Wirft das Ihre Solipsismustherorie denn nicht über den Haufen?«

Kane runzelte die Stirn. »Es modifiziert sie sicher. Ich habe seit meiner Verhaftung viel nachgedacht, und ich habe mir dabei folgendes überlegt. Wenn Queenie real war – und das war sie eindeutig –, dann war ich nicht, und bin ich nicht, die einzige reale Person. Es gibt also reale und nicht reale Personen, die nur in der Phantasie der realen existieren.

Ich weiß nicht, wie viele. Vielleicht nur ein paar, vielleicht Tausende, vielleicht Millionen. Meine Feststellung – von dreien war einer real – ist zu gering, als daß man sie wirklich als repräsentativ ansehen könnte.«

»Aber warum? Warum sollte eine solche Dualität existieren?«

»Ich habe nicht die leiseste Vorstellung.« Kane runzelte die Stirn. »Ich hatte einige wilde Überlegungen, aber jede davon wäre reine Spekulation. Wie eine Verschwörung – aber eine Verschwörung gegen *wen*? Oder *was*? Und *alle* Realen können nicht an dieser Verschwörung beteiligt sein, denn ich bin es nicht.«

Er kicherte humorlos. »Gestern nacht hatte ich einen echt ausgeflippten Traum darüber, einen jener verwirrten, durcheinandergeratenen Träume, die man niemandem erzählen kann, weil sie keine Kontinuität haben, nur eine Reihe von Impressionen. Etwas über eine Verschwörung und eine *Realitätskartei*, die die Namen aller *wirklichen* Menschen enthält und dafür sorgt, daß sie real bleiben. Und – hier ist ein Traumrätsel für Sie – die Wirklichkeit wird wirklich von einer Kette – aber niemand weiß, daß es eine Kette ist – von *Realitäts*firmen beherrscht, eine in jeder Stadt. Natürlich sind sie vordergründig auch als Realienhandlungen getarnt. Und – oh, verdammt, es ist alles so wirr, daß man es nicht erzählen kann.

Nun, Morty, das war's. Und meine Vermutung ist, Sie werden mir nun sagen, meine einzige Chance wäre, auf Unzurechnungsfähigkeit zu plädieren – und damit haben Sie recht,

verdammt nochmal. Wenn ich normal *bin*, dann *bin* ich ein Mörder. Erstklassig, und ohne mildernde Umstände. Und?«
»Nun«, sagte Mearson. Er spielte einen Augenblick mit einem goldenen Kugelschreiber, dann sah er auf. »Der Seelenklempner, zu dem Sie vor einer Weile gingen – der hieß doch nicht Galbraith, oder?«
Kane schüttelte den Kopf.
»Gut. Doc Galbraith ist ein Freund von mir, und der beste Gerichtspsychiater in der Stadt, vielleicht im ganzen Land. Er hat bei zahlreichen Fällen mit mir zusammengearbeitet, und wir haben alle gewonnen. Ich würde gerne seine Meinung hören, bevor ich damit anfange, eine Verteidigung aufzubauen. Werden Sie mit ihm sprechen und völlig offen zu ihm sein, wenn ich ihn herschicke?«
»Gewiß. Äh – könnten Sie ihn bitten, mir einen Gefallen zu tun?«
»Möglich. Welchen?«
»Leihen Sie ihm Ihre Flasche und bitten Sie ihn, sie gefüllt mitzubringen. Sie haben ja keine Ahnung, um wieviel angenehmer das diese Verhöre macht.«

Die Sprechanlage auf Mortimer Mearsons Schreibtisch summte, und er drückte den Knopf, der die Stimme seiner Sekretärin übertrug. »Dr. Galbraith möchte Sie sprechen, Sir.« Mearson bat sie, ihn unverzüglich hereinzuschicken.
»He, Doc«, sagte Mearson. »Nehmen Sie sich eine Last von der Seele und erzählen Sie alles.«
Galbraith zündete sich eine Zigarette an, bevor er sprach. »Eine Weile war es verwirrend«, sagte er. »Ich fand erst eine Antwort, als ich mir seine Krankheitsgeschichte vornahm. Im Alter von zweiundzwanzig Jahren stürzte er beim Polospielen vom Pferd und bekam mit einem Schläger einen Hieb an den Kopf, der eine böse Gehirnerschütterung und nachfolgende Amnesie verursachte. Anfangs vollkommen, aber allmählich kam die Erinnerung vollständig bis zum Zeitpunkt seiner Reife zurück. Von da ab bleibt sie bis zu seiner Verletzung sehr bruchstückhaft.«

»Großer Gott. Der Indoktrinationszeitraum.«
»Exakt. Er erkennt Bruchstücke – etwa in dem Traum, den er Ihnen geschildert hat. Er könnte rehabilitiert werden, aber ich fürchte, dazu ist es jetzt zu spät. Wenn wir ihn nur erwischt hätten, bevor er einen unverhüllten Mord beging – aber wir können es uns jetzt nicht mehr leisten, seine Geschichte in die Aufzeichnungen gelangen zu lassen, nicht einmal als Fall eines Geistesgestörten.«
»Aha«, sagte Mearson. »Dann werde ich jetzt den Anruf tätigen. Und dann gehen Sie nochmals zu ihm. Ich hasse es, aber es muß getan werden.«
Er drückte einen Knopf der Sprechanlage. »Dorothy, verbinden Sie mich mit Mr. Hodge von der Midland Realienhandlung. Wenn Sie ihn haben, legen Sie das Gespräch auf meine Privatleitung.«
Galbraith ging, während er wartete, und einen Augenblick später läutete eines seiner Telefone und er nahm ab. »Hodge?« sagte er. »Hier Mearson. Ist Ihr Telefon sicher? . . . Gut. Kode vierundachtzig. Entfernen Sie die Karte von Lorenz Kane – L-o-r-e-n-z – K-a-n-e – aus der Realitätskartei, und zwar sofort . . . Ja, es ist nötig und ein Notfall. Ich werde morgen einen Bericht nachschicken.«
Er nahm eine Pistole aus der Schreibtischschublade und fuhr zum Gerichtsgebäude. Er vereinbarte eine Unterredung mit seinem Klienten, und als Kane durch die Tür trat – es war sinnlos, länger zu warten –, erschoß er ihn. Er wartete die Minute, die es immer dauerte, bis der Leichnam verschwand, dann ging er nach oben zu den Räumen von Richterin Amanda Hayes, um eine abschließende Überprüfung vorzunehmen.
»He, Euer Ehren«, sagte er. »Jemand sagte mir kürzlich etwas von einem Mann namens Lorenz Kane, und ich kann mich nicht erinnern wer. Waren Sie es?«
»Ich habe den Namen nie gehört, Morty. Ich war es nicht.«
»Dann muß es jemand anders gewesen sein. Danke, Eure Richterschaft. Auf ein baldiges Wiedersehen.«

KLOPF, KLOPF!
(Knock)

Es gibt eine hübsche kleine Horror-Story, die nur zwei Zeilen lang ist:

Der letzte Mann der Welt saß allein in seinem Zimmer. Da klopfte es an die Tür . . .

Zwei Sätze und ein Auslassungszeichen von drei Punkten. Der Horror liegt freilich nicht in der Geschichte; er liegt in dem Auslassungszeichen, in der Vorstellung: *Was* hat an die Tür geklopft. Wenn er sich mit dem Unbekannten konfrontiert sieht, stellt sich der menschliche Verstand etwas vage Schreckliches vor.

Aber es *war* nicht schrecklich.

Der letzte Mann der Welt – oder des Universums, was das anbelangt – *saß allein in einem Zimmer*. Es war ein sehr eigentümliches Zimmer. Er studierte gerade den Grund, warum es so eigentümlich war. Seine Schlußfolgerung erschreckte ihn nicht, aber sie ärgerte ihn.

Walter Phelan, der außerordentliche Professor der Anthropologie der Nathan-Universität gewesen war, und zwar bis zu dem Tag, an dem die Nathan-Universität zu existieren aufgehört hatte, war kein Mann, den leicht etwas entsetzte. Nicht daß Walter Phelan eine heroische Gestalt gewesen wäre, sosehr man seine Phantasie auch strapazieren wollte. Er war von schmaler Statur und sanftem Gebaren, nichts Besonderes, und das wußte er.

Aber sein Aussehen beschäftigte ihn jetzt kaum. Momentan hatte er überhaupt wenig Gefühl in sich. Auf abstrakte Weise wußte er, daß vor zwei Tagen innerhalb einer Stunde die gesamte menschliche Rasse ausgelöscht worden war, abgesehen von ihm und, irgendwo, einer Frau. Und das war ein Sachverhalt, der Walter Phelan nicht im mindesten kümmerte.

Er würde sie wahrscheinlich nie zu sehen bekommen, und auch das war ihm einerlei.
Seit Marthas Tod vor eineinhalb Jahren waren Frauen einfach kein Faktor mehr in Walters Leben. Nicht daß Martha keine gute Frau gewesen wäre – wenn auch zugegebenermaßen ein wenig bevormundend. Ja, er hatte Martha auf eine stille, tiefe Art geliebt. Er war erst vierzig, und als Martha starb, war er achtunddreißig gewesen. Aber – nun – er hatte seither einfach nicht mehr an Frauen gedacht. Seine Bücher waren sein Leben gewesen, die er schrieb und die er las. Nun hatte es keinen Zweck mehr, Bücher zu schreiben, aber er konnte den Rest seines Lebens damit verbringen, sie zu lesen.
Sicher, Gesellschaft wäre nett gewesen, aber er würde auch ohne zurechtkommen. Vielleicht würde es mit der Zeit so weit kommen, daß er die gelegentliche Gesellschaft eines Zan schätzenlernte, aber das war schwer vorstellbar. Ihre Denkweise war so fremd, daß es etwas schwer vorstellbar war, ein gemeinsames Thema für eine Diskussion zu finden. In gewisser Weise waren sie intelligent, aber das ist eine Ameise auch. Kein Mensch hatte je eine Unterhaltung mit einer Ameise zustande gebracht. Er stellte sich die Zan immer irgendwie als Superameisen vor, obwohl sie nicht wie Ameisen aussahen – und er hatte den Eindruck, daß die Zan die Menschen so betrachteten, wie ein Mensch eine gewöhnliche Ameise betrachtete. Eindeutig war das, was sie der Erde angetan hatten, dasselbe, was Menschen mit Ameisenhügeln taten, nur war es wirkungsvoller getan worden.
Aber sie hatten ihm eine Menge Bücher gegeben. Diesbezüglich waren sie sehr nett gewesen, kaum hatte er ihnen seine Wünsche mitgeteilt. Und die hatte er ihnen in dem Augenblick vorgebracht, als ihm klargeworden war, daß er den Rest seines Lebens allein in diesem Zimmer verbringen mußte. Den Rest seines Lebens, oder, wie die Zan es so seltsam ausgedrückt hatten, für im-mer.
Selbst ein brillanter Geist – und die Zan hatten einen brillanten Geist – kannte seine Idiosynkrasien. Die Zan hatten innerhalb

von Stunden terrestrisches Englisch gelernt, aber sie bestanden darauf, die Silben zu trennen. Aber wir schweifen ab.

Da klopfte es an die Tür.

Damit haben Sie nun alles, mit Ausnahme der drei Punkte, dem Auslassungszeichen, und das werde ich nun erklären, damit Sie sehen, daß es wirklich gar nicht schrecklich war.

Walter Phelan rief: »Herein«, und die Tür ging auf. Es war natürlich ein Zan. Er sah genau wie der andere Zan aus; wenn es eine Methode gab, sie zu unterscheiden, so hatte Walter sie noch nicht gefunden. Er war etwa einen Meter zwanzig groß, und er war mit nichts anderem auf der Erde vergleichbar – das heißt, mit nichts, bevor die Zan gekommen waren.

Walter sagte: »Hallo, George.« Als er herausgefunden hatte, daß keiner einen Namen hatte, hatte er beschlossen, sie alle George zu nennen, und den Zan schien das nichts auszumachen.

Dieser sagte: »Hal-lo, Wal-ter.« Das war ein Ritual, das Klopfen an die Tür und die Begrüßung. Walter wartete.

»Punkt eins«, sagte der Zan. »Wür-dest du von nun an bit-te mit dem Stuhl an-ders-her-um sit-zen?«

Walter sagte: »Das dachte ich mir, George. Diese kahle Wand ist von der anderen Seite durchsichtig, nicht?«

»Sie ist durch-sich-tig.«

Walter seufzte. »Ich wußte es. Diese kahle, freie Wand, ohne ein einziges Möbelstück. Und aus einem anderen Material als die anderen Wände. Wenn ich darauf bestehe, ihr den Rücken zuzuwenden, was dann? Werdet ihr mich dann töten?« fragte ich hoffnungsvoll.

»Wir wer-den dir die Bü-cher weg-neh-men.«

»Damit habt ihr mich, George. Nun gut. Ich werde mich anders herumdrehen, wenn ich sitze und lese. Wie viele andere Tiere, außer mir, befinden sich in eurem Zoo?«

»Zwei-hun-dert-und-sech-zehn.«

Walter schüttelte den Kopf. »Nicht vollständig, George. Selbst ein Hinterhofzoo kann das schlagen – *könnte* es schlagen, wenn es noch Zoos gäbe. Habt ihr einfach wahllos ausgesucht?«

»Wahl-lo-se Exem-pla-re, ja-wohl. Al-le Spe-zies wä-ren zu-viel ge-we-sen. Männ-liche und weib-liche Ver-tre-ter von ein-hun-dert Ar-ten.«
»Was füttert ihr ihnen? Den Fleischfressern, meine ich.«
»Wir ma-chen Nahr-ung. Syn-the-tisch.«
»Schlau. Und die Flora? Ihr habt auch davon eine Sammlung, nicht?«
»Flo-ra von Vib-ra-tio-nen nicht be-ein-träch-tigt. Alles wächst noch.«
»Schön für die Flora. Mit ihr wart ihr also nicht so hart wie mit der Fauna. Nun, George, du hast mit ›Punkt eins‹ begonnen. Ich denke also, daß auch noch Punkt zwei ins Haus steht. Was ist das?«
»Es gibt et-was, das wir nicht ver-ste-hen. Zwei der an-de-ren Tie-re schla-fen und wa-chen nicht mehr auf. Sie sind kalt.«
»Das kommt in den besten Zoos vor, George. Wahrscheinlich fehlt ihnen gar nichts, davon abgesehen, daß sie tot sind.«
»Tot? Das be-deu-tet be-en-det. Aber nichts hat sie be-en-det. Je-des war al-lein.«
Walter starrte den Zan an. »Meinst du damit, George, daß du nicht weißt, was ein natürlicher Tod ist?«
»Tod ist, wenn ein We-sen er-mor-det wird, wenn sein Le-ben be-en-det wird.«
Walter Phelan blinzelte. »Wie alt bist du, George?« fragte er.
»Sech-zehn – du wür-dest das Wort nicht ken-nen. Dein Pla-net um-lief die Son-ne et-wa sie-ben-tau-send-mal. Ich bin im-mer noch jung.«
Walter pfiff leise. »Ein bewaffnetes Baby«, sagte er. Er dachte einen Augenblick nach. »Schau her, George, du mußt etwas über diesen Planeten lernen, auf dem du dich befindest. Hier bei uns gibt es einen Burschen, der dort nicht herumhängt, wo ihr herkommt. Ein alter Mann mit Bart und Sense und Stundenglas. Eure Vibrationen konnten ihm nichts anhaben.«
»Wer ist er?«
»Nenn ihn den Grimmigen Sensenmann, George. Den alten Vater Tod. Unsere Menschen und Tiere leben so lange, bis

jemand, der alte Vater Tod, dafür sorgt, daß sie aufhören zu ticken.«

»Er hat die bei-den We-sen ge-stoppt? Wird er wei-te-re stoppen?«

Walter öffnete den Mund, um zu antworten, dann schloß er ihn wieder. Etwas in der Stimme des Zan deutete darauf hin, daß er das Gesicht besorgt verziehen würde, hätte er etwas gehabt, das man als Gesicht erkennen konnte.

Wie wäre es, wenn du mich zu diesen Tieren bringst, die nicht mehr aufwachen?« fragte Walter. »Ist das gegen die Vorschriften?«

»Komm«, sagte der Zan.

Das war am Nachmittag des zweiten Tages gewesen. Am darauffolgenden Morgen kamen die Zan wieder, dieses Mal mehrere. Sie begannen, Walter Phelans Bücher und Möbel wegzubringen. Als sie damit fertig waren, brachten sie ihn weg. Er befand sich in einem hundert Meter entfernten, wesentlich größeren Zimmer.

Auch dieses Mal setzte er sich und wartete. Als es an die Tür klopfte, wußte er, was kommen würde, und stand höflich auf, als er »Herein!« rief.

Ein Zan öffnete die Tür und trat beiseite. Eine Frau trat ein.

Walter verbeugte sich höflich. »Walter Phelan«, sagte er, »falls George Ihnen nicht meinen Namen genannt hat. George versucht, höflich zu sein, aber er kennt nicht alle unsere Gepflogenheiten.«

Die Frau schien ruhig; er war froh, das zu sehen. Sie sagte: »Mein Name ist Grace Evans, Mr. Phelan. Was hat das alles zu bedeuten? Warum haben sie mich hierher gebracht?«

Walter betrachtete sie eingehend, während sie sprach. Sie war groß, so groß wie er, und wohlproportioniert. Sie schien Anfang Dreißig zu sein, in dem Alter, in dem Martha gewesen war. Sie hatte dasselbe kühle Selbstvertrauen, das er an Martha immer so bewundert hatte, wenngleich es im Gegensatz zu seiner eigenen unverkrampften und unformellen Art stand. Sie sah, überlegte er, Martha sogar ein wenig ähnlich.

»Ich glaube, ich kann mir vorstellen, warum sie Sie hergebracht haben, aber gehen wir erst ein wenig zurück«, sagte er. »Wissen Sie, was sonst passiert ist?«

»Sie meinen, daß sie – jeden getötet haben?«

»Ja. Bitte setzen Sie sich. Wissen Sie, wie sie es gemacht haben?«

Sie sank in einen bequemen Sessel neben ihm. »Nein«, sagte sie. »Ich weiß nicht wie. Aber das ist ja auch einerlei, oder nicht?«

»Eigentlich schon. Aber ich habe einiges aus einer Unterhaltung mit einem darüber erfahren, und anderes kombiniere ich. Es ist keine große Zahl von ihnen hier. Ich weiß nicht, wie viele es von ihnen gibt, wo sie herkommen, und ich weiß auch nicht, wo das ist, aber ich denke, daß es außerhalb des Sonnensystems liegt. Haben Sie das Raumschiff gesehen, mit dem sie gekommen sind?«

»Ja. So groß wie ein Berg.«

»Fast. Nun, es verfügt über die Technik, eine Art Vibration auszustrahlen – so nennen sie das in unserer Sprache, aber ich vermute, daß es sich mehr um eine Schallwelle als um eine Vibration handelt –, die alles tierische Leben zerstört. Das Schiff selbst ist gegen diese Strahlung isoliert. Ich weiß nicht, ob die Reichweite groß genug ist, den ganzen Planeten auf einmal zu töten, oder ob sie die Erde umkreisten und dabei die Vibrationswellen aussandten. Aber sie töteten alles auf der Stelle und, wie ich hoffe, schmerzlos. Der einzige Grund, weshalb wir und die restlichen zirka zweihundert Tiere nicht getötet wurden, war der, daß wir uns im Schiff befanden. Wir wurden als Exemplare genommen. Sie wissen doch, daß dies ein Zoo ist, oder nicht?«

»Ich . . . ich habe es vermutet.«

»Die Vorderwände sind von außen transparent. Die Zan haben das Innere jeder Kabine sehr schlau der natürlichen Umgebung der darin hausenden Tiere angepaßt. Diese Kabinen, in einer von denen wir auch stecken, bestehen aus Plastik, und sie haben eine Maschine, die eine in etwa zehn Minuten herstellt.

Wenn die Erde eine solche Maschine und so einen Herstellungsprozeß gekannt hätte, hätte es keine Wohnraumknappheit geben müssen. Nun, jetzt gibt es immerhin auch keine Wohnraumknappheit mehr. Und ich denke mir, die menschliche Rasse – das sind Sie und ich – braucht sich keine Gedanken mehr über die Wasserstoffbombe und den nächsten Krieg zu machen. Die Zan haben eindeutig eine Menge Probleme für uns gelöst.«

Grace Evans lächelte andeutungsweise. »Wieder ein Fall von Operation gelungen, Patient tot. Die Lage war schrecklich. Erinnern Sie sich an Ihre Gefangennahme? Ich nicht. Eines Nachts schlief ich ein und erwachte in einem Käfig an Bord des Raumschiffes.«

»Ich erinnere mich auch nicht daran«, sagte Walter. »Meine Vermutung ist, daß sie die Wellen erst zurückhaltend einsetzten, gerade stark genug, um uns alle auszuschalten. Danach flogen sie herum und suchten sich wahllos Exemplare für ihren Zoo aus. Als sie so viele hatten, wie sie haben wollten, oder für die sie eben Platz im Schiff hatten, erledigten sie den Rest. Und das war's. Erst gestern haben sie erkannt, daß sie einen Fehler gemacht haben, indem sie uns unterschätzten. Sie glaubten, wir wären unsterblich, so wie sie.«

»Daß wir . . . was sind?«

»Sie können getötet werden, aber sie wissen nicht, was ein natürlicher Tod ist. Bis gestern jedenfalls wußten sie es nicht. Zwei von uns sind gestern gestorben.«

»Zwei von uns – Oh!«

»Ja, zwei Tiere in ihrem Zoo. Zwei Arten sind unwiederbringlich ausgestorben. Und nach der Zeitskala der Zan werden die verbleibenden Exemplare einer Rasse auch nur noch ein paar Minuten leben. Sie stellten sich vor, sie hätten die Exemplare für alle Zeit.«

»Sie meinen, sie wußten nicht, was kurzlebige Geschöpfe sind?«

»Genau«, sagte Walter. »Einer von ihnen ist mit siebentausend Jahren noch jung, wie er mir sagte. Sie selbst sind auch zweigeschlechtlich, aber sie vermehren sich nur etwa alle zehntausend Jahre. Als sie gestern erfuhren, was für eine lächerlich geringe Lebenserwartung wir irdischen Geschöpfe haben, waren sie wahrscheinlich zutiefst schockiert. Wie dem auch sei, sie beschlossen, ihren Zoo anders zu organisieren – immer zwei zusammen statt jedes allein. Sie glauben, daß wir gemeinsam länger leben als allein.«

»Oh!« Grace Evans stand mit leicht gerötetem Gesicht auf. »Wenn Sie glauben – wenn *sie* glauben –« Sie wandte sich zur Tür.

»Die wird verschlossen sein«, sagte Walter Phelan ruhig. »Aber Sie müssen sich keine Sorgen machen. Vielleicht denken *sie* das, aber ich nicht. Sie müssen mir nicht einmal sagen, daß Sie mich nicht wollen, und wenn ich der letzte Mann auf Erden wäre; unter den gegebenen Umständen wäre es unpassend.«

»Aber sie werden uns in diesem winzigen Zimmer zusammen eingesperrt lassen?«

»So winzig ist es gar nicht; wir werden zurechtkommen. Ich schlafe recht gut in einem dieser Polstersessel. Und glauben Sie nicht, daß ich nicht völlig einer Meinung mit Ihnen wäre, meine Liebe. Persönliche Erwägungen beiseite, ich finde, der letzte Gefallen, den wir der menschlichen Rasse tun können, ist der, daß wir sie mit uns aussterben lassen, damit man sie nicht dauernd in einem Zoo zur Schau stellt.«

Sie sagte fast unhörbar: »Danke«, und die Röte wich aus ihrem Gesicht. In ihren Augen war Zorn zu erkennen, aber es war nicht Zorn auf ihn, wie Walter wußte. Wenn ihre Augen so funkelten, dann sah sie Martha noch ähnlicher, dachte er.

Er lächelte sie an und sagte: »Andererseits . . .«

Sie fuhr aus dem Sessel hoch, und einen Augenblick dachte er, sie würde herüberkommen und ihn schlagen. Dann sank sie niedergeschlagen zurück. »Wenn Sie ein *Mann* wären, dann würden Sie einen Weg suchen, sie . . . Man kann sie töten, sagten sie?« Ihre Stimme klang bitter.

»Die Zan? Oh, gewiß. Ich habe sie studiert. Sie sehen schrecklich verschieden von uns aus, aber ich glaube, sie haben ungefähr denselben Metabolismus, denselben Kreislauf und wahrscheinlich auch denselben Verdauungstrakt. Ich glaube, alles, was uns umbringt, würde auch sie umbringen.«

»Aber Sie sagten doch –«

»Oh, es gibt natürlich Unterschiede. Welcher Faktor auch immer für unser Altern verantwortlich ist, sie haben ihn nicht. Oder sie haben eine Drüse, die die Menschen nicht haben, die die Zellen erneuert. Ich meine öfter als alle sieben Jahre.«

Inzwischen hatte sie ihren Zorn vergessen. Sie beugte sich aufgeregt nach vorne. Sie sagte: »Ich denke, das ist richtig. Ich glaube aber nicht, daß sie Schmerzen empfinden können.«

Das hatte er gehofft. Er sagte: »Weshalb denken Sie das, meine Liebe?«

»Ich spannte ein Stück Draht, das ich in der Schreibtischschublade meiner Kabine fand, vor die Tür, damit der Zan darüber fallen sollte. Das tat er, und dabei brachte er sich einen Schnitt am Bein bei.«

»Blutete er?«

»Ja, aber das schien ihn nicht zu stören. Er wurde nicht böse; er erwähnte es gar nicht, er nahm einfach den Draht weg. Als er ein paar Stunden später wieder zurückkam, war der Schnitt verschwunden. Nun, fast verschwunden. Ich konnte gerade noch soviel erkennen, um ihn als denselben Zan zu identifizieren.«

Walter Phelan nickte langsam. »Natürlich wurde er nicht böse. Sie sind emotionslos. Wenn wir einen töten, würden sie uns wahrscheinlich gar nicht bestrafen. Sie würden uns einfach unser Essen durch eine Klappe geben und sich von uns fernhalten, wie sich ein menschlicher Wärter von einem Zootier fernhalten würde, das jemanden getötet hat. Sie würden wahrscheinlich nur dafür sorgen, daß wir nicht noch mehr Wärter erledigen können.«

»Wie viele von ihnen sind hier?«

Walter sagte: »Ich denke, es sind ungefähr zweihundert. In diesem speziellen Raumschiff. Aber zweifellos gibt es viel mehr dort, wo sie herkommen. Ich befürchte, daß diese hier nur ein

Vorposten sind, die diesen Planeten säubern und für die Besetzung durch die Zan vorbereiten sollten.«
»Darin waren sie eindeutig gut . . .«
Da klopfte es an die Tür und Walter Phelan rief: »Herein.« Ein Zan machte die Tür auf und trat herein.
»Hallo, George«, sagte Walter.
»Hal-lo, Wal-ter.« Dasselbe Ritual. Derselbe Zan?
»Was willst du?«
»Ein wei-te-res Ge-schöpf schläft und will nicht mehr er-wachen. Ein klei-nes pel-zi-ges na-mens Wie-sel.«
Walter zuckte die Achseln. »Das kommt vor, George. Der alte Vater Tod. Ich habe dir von ihm erzählt.«
»Und noch schlim-mer. Ein Zan ist ge-stor-ben. Heu-te morgen.«
»Ist das schlimmer?« Walter sah ihn unverfroren an. »Nun, George, daran wirst du dich gewöhnen müssen, wenn ihr hierbleiben wollt.«
Der Zan sagte nichts. Er stand da.
Schließlich sagte Walter: »Nun?«
»We-gen des Wie-sels? Du schlägst das-sel-be vor?«
Walter zuckte nochmals die Achseln. »Wird wahrscheinlich nichts nützen. Aber warum nicht?«
Der Zan ging.
Walter konnte hören, wie seine Schritte draußen leiser wurden. Er grinste. »Es könnte funktionieren, Martha«, sagte er.
»Mar . . . Mein Name ist Grace, Mr. Phelan. Was könnte funktionieren?«
»Ich heiße Walter, Grace. Sie können sich ruhig daran gewöhnen. Wissen Sie, Grace, Sie erinnern mich sehr an Martha. Sie war meine Frau. Sie ist vor ein paar Jahren gestorben.«
»Das tut mir leid. Aber *was* könnte funktionieren? Worüber haben Sie mit dem Zan gesprochen?«
»Morgen werden wir es wissen«, sagte Walter. Und sie brachte kein weiteres Wort mehr aus ihm heraus.
Das war der dritte Tag des Aufenthalts der Zan. Der nächste Tag war der letzte.

Es war beinahe Spätnachmittag, als einer der Zan kam. Nach dem Ritual stand er unter der Tür und sah fremder denn je aus. Es wäre interessant gewesen, ihn für Sie zu beschreiben, aber es gibt einfach keine Worte dafür. Er sagte: »Wir ge-hen. Un-ser Äl-te-sten-rat hat ge-tagt und sich ent-schie-den.«
»Ist noch einer von euch gestorben?«
»Gestern nacht. Dies ist ein Pla-net des To-des.«
Walter nickte. »Dazu habt ihr euren Teil beigetragen. Ihr laßt zweihundertunddreizehn lebend zurück, abgesehen von uns, aber das ist der Rest von einigen Milliarden. Beeilt euch nicht mit dem Zurückkommen.«
»Kön-nen wir et-was tun?«
»Ja. Ihr könnt euch beeilen. Und ihr könnt unsere Tür offenlassen, aber nicht die anderen. Wir werden uns um die anderen kümmern.«
Der Zan nickte und ging.
Grace Evans stand mit leuchtenden Augen da. Sie fragte: »Wie . . .? Was . . .?«
»Warten Sie«, mahnte Walter. »Hören wir, wie sie starten. Das ist ein Geräusch, das ich hören und an das ich mich erinnern möchte.«
Das Geräusch kam innerhalb weniger Minuten, und Walter Phelan, der erkannte, wie verkrampft er darauf gewartet hatte, ließ sich in einen Sessel fallen und entspannte sich.
Er sagte leise: »Auch im Garten Eden war eine Schlange, Grace, und sie brachte uns in Schwierigkeiten. Aber diese hat uns davon befreit, und das entschädigt. Ich meine den Partner der Schlange, die vorgestern gestorben ist. Es war eine Klapperschlange.«
»Sie meinen, sie hat die beiden Zan getötet, die gestorben sind? Aber . . .«
Walter nickte. »Sie waren hier völlig hilflos und unerfahren. Als sie mir die ersten Tiere zeigten, die eingeschlafen waren und nicht mehr aufwachen wollten, und ich sah, daß eines davon eine Klapperschlange war, da hatte ich eine Idee, Grace. Vielleicht, dachte ich, sind giftige Tiere eine für die Erde

einzigartige Entwicklung, und die Zan wüßten nichts darüber. Und vielleicht wäre ihr Metabolismus unserem hinreichend ähnlich, daß das Gift auch sie töten würde. Wie auch immer, ich hatte bei dem Versuch nichts zu verlieren. Und beide ›vielleichts‹ erwiesen sich als zutreffend.«
»Wie brachten Sie die lebende Klapperschlange dazu . . .«
Walter Phelan grinste. »Ich erzählte ihnen, was Zuneigung ist. Sie wußten es nicht. Aber sie waren, wie ich herausfand, daran interessiert, das verbleibende Tier einer Art so lange wie möglich zu erhalten, um Aufzeichnungen zu machen, bevor es starb. Ich sagte ihnen, es würde auf der Stelle aufgrund des Partnerverlustes sterben, wenn es nicht ununterbrochen mit Zuneigung überhäuft und verhätschelt werden würde.
Ich zeigte ihnen wie, und zwar mit der Ente, dem anderen Tier, das seinen Partner verloren hatte. Glücklicherweise war es eine zahme Ente, daher hatte ich keine Schwierigkeiten, sie an die Brust zu halten, sie zu liebkosen und ihnen zu zeigen, wie es gemacht wird. Dann ließ ich es sie übernehmen – auch mit der Klapperschlange.«
Er stand auf und streckte sich, dann setzte er sich behaglicher hin. Er sagte: »Nun, wir haben eine Welt zu planen. Wir müssen die Tiere aus der Arche freilassen, dann müssen wir ein wenig nachdenken und Entscheidungen treffen. Die pflanzenfressenden wilden Tiere können wir sofort freilassen und ihrem Schicksal überlassen. Die domestizierten werden wir besser hierbehalten und beaufsichtigen; die werden wir brauchen. Aber die Fleischfresser, die Raubtiere – nun, das müssen wir uns überlegen. Aber ich fürchte, hier zeigt der Daumen nach unten. Es sei denn, wir finden die Maschine, mit der sie synthetische Nahrung herstellten, und könnten sie bedienen.«
Er sah sie an. »Und die menschliche Rasse. Auch diesbezüglich müssen wir eine Entscheidung treffen. Eine verdammt wichtige Entscheidung.«
Ihr Gesicht wurde wieder eine Spur rosa, so wie schon gestern; sie saß steif in ihrem Sessel. »Nein«, sagte sie.

Er schien sie nicht gehört zu haben. »Es war ein nettes Wettrennen, auch wenn es keiner gewonnen hat. Es könnte jetzt wieder anfangen, wenn wir es anfangen, und es könnte eine Weile rückwärts gehen, bis es wieder Atem geschöpft hat, aber wir können Bücher dafür sammeln und das meiste des Wissens intakt halten, jedenfalls die wichtigen Dinge. Wir können . . .«

Er verstummte, als sie aufstand und zur Tür ging. Genau so, wie Martha reagiert hätte, als er sie umwarb, bevor sie geheiratet hatten.

Er sagte: »Denken Sie darüber nach, meine Liebe, und lassen Sie sich Zeit. Aber kommen Sie zurück.«

Die Tür wurde zugeschlagen. Er saß wartend da und dachte an die Dinge, die zu tun waren, wenn es wieder begann, aber er war nicht in Eile, sie zu beginnen.

Und nach einer Weile hörte er zögernde Schritte zurückkommen.

Er lächelte ein wenig. Sehen Sie? Es war eigentlich gar nicht schrecklich.

Der letzte Mann der Welt saß allein in einem Zimmer. Da klopfte es an die Tür . . .

GEHORSAM
(Obedience)

Auf dem winzigen Planeten eines weit entfernten, lichtschwachen Sternes, der von der Erde aus nicht zu sehen ist und sich am anderen Ende der Galaxis befindet, fünfmal so weit entfernt als Menschen bisher ins All vorgestoßen sind, steht die Statue eines Menschen. Sie ist aus wertvollem Metall angefertigt, und sie ist ein gewaltiges Ding, ganze zehn Zoll hoch, von erlesener Kunstfertigkeit.
Käfer kriechen darauf . . .

Sie befanden sich auf einer Routinepatrouille im Sektor 1534, jenseits des Hundssterns, viele Parsek von Sol entfernt. Das Schiff war ein üblicher Zweimann-Scout, wie sie für Patrouillen außerhalb des Systems benutzt wurden. Kapitän May und Leutnant Ross spielten Schach, als der Alarm ertönte.
Kapitän May sagte: »Kümmere dich darum, Don, während ich über dies hier nachdenke.« Er sah nicht vom Schachbrett auf, er wußte, es konnte nicht mehr sein als ein vorbeiziehender Meteor . . . In diesem Sektor verkehrten keine Schiffe. Der Mensch war Tausende Parsek ins All vorgestoßen und hatte bisher noch keine fremde Lebensform gefunden, die intelligent genug zum Kommunizieren war, geschweige denn, um Raumschiffe zu bauen.
Ross stand ebenfalls nicht auf, aber er drehte sich im Sessel um, damit er Instrumentenkonsole und Telebildschirm sehen konnte. Er sah beiläufig auf und keuchte; auf dem Bildschirm *war* ein Schiff zu sehen. Er holte genügend Atem, um »Kap!« hervorzustoßen, und dann lag das Schachbrett am Boden, und May sah ihm über die Schulter.
Er konnte das Geräusch von Mays Atem hören, und dann sagte Mays Stimme: »Feuer, Don!«

»Aber das ist ein Kreuzer der Rochester-Klasse! Einer von uns. Ich weiß nicht, was er hier zu suchen hat, aber wir können nicht . . .«

»Sieh nochmal hin.«

Don Ross konnte nicht noch einmal hinsehen, weil er die ganze Zeit über hingesehen hatte, aber plötzlich sah er, was May gemeint hatte. Es war fast ein Rochester, aber nicht ganz. Es hatte etwas *Fremdes* an sich. Etwas? Es *war* fremd; es war die außerirdische Imitation eines Rochester. Und seine Finger huschten zum Feuerknopf, noch bevor er sich über die Folgen klarwerden konnte.

Mit dem Finger auf dem Knopf betrachtete er die Anzeigen auf dem Picar-Entfernungsmesser und dem Monold. Sie standen bei Null.

Er fluchte. »Er narrt uns, Kap. Wir können nicht feststellen, wie weit er entfernt ist, und auch nicht seine Maße und Größe!«

Kapitän May nickt langsam, sein Gesicht war bleich.

Im Inneren von Don Ross' Kopf sagte ein Gedanke: *»Beruhigt euch, Männer. Wir sind keine Feinde.«*

Ross wandte sich um und starrte May an. May sagte: »Ja, ich habe es mitbekommen. Telepathie.«

Ross fluchte erneut. *Wenn sie Telepathen waren . . .*

»Feuer, Don. Visuell.«

Ross drückte den Knopf. Der Bildschirm wurde vom Aufflackern der Energie erfüllt, aber als der Energiestrahl abebbte, war keine Spur von Wrackteilen eines Raumschiffes zu sehen . . .

Admiral Sutherland kehrte der Sternkarte an der Wand den Rücken zu und betrachtete sie mit säuerlicher Miene. Er sagte: »Ich bin nicht daran interessiert, Ihre formellen Reports noch einmal durchzukauen, May. Sie waren beide unter dem Psychographen; wir haben jede Minute der Begegnung aus Ihren Gehirnen extrahiert. Unsere Logiker haben sie analysiert. Sie sind wegen Disziplinarmaßnahmen hier. Kapitän May, Sie kennen die Strafe für Ungehorsam.«

May sagte steif: »Ja, Sir.«

»Und die lautet?«
»Tod, Sir.«
»Und welchen Befehl haben Sie mißachtet?«
»Den allgemeinen Befehl. Dreizehn-neunzig, Absatz zwölf. Quad-A-Priorität. Jedes terrestrische Schiff, militärisch oder sonstwie, hat den Befehl, unverzüglich jedes außerirdische Schiff zu zerstören, das ihm begegnet. Tut es das nicht, muß es sich von der Erde abwenden und so lange weiterfliegen, bis die Treibstoffvorräte erschöpft sind.«
»Und der Grund dafür, Kapitän? Ich frage lediglich, um nachzuprüfen, ob Sie es wissen. Selbstverständlich ist es weder wichtig noch relevant, ob Sie die Gründe für irgendwelche Befehle verstehen.«
»Ja, Sir. Damit keine Möglichkeit besteht, daß das aufgefundene Schiff unserem Schiff zu Sol folgen und damit die Position der Erde herausfinden kann.«
»Und dennoch haben Sie diesen Befehl mißachtet, Kapitän. Sie waren nicht sicher, ob Sie den Außerirdischen vernichtet hatten. Was haben Sie zu Ihrer Verteidigung zu sagen?«
»Wir hielten es nicht für nötig, Sir. Das fremde Schiff machte keinen feindseligen Eindruck. Davon abgesehen, Sir, müssen sie unsere Basis bereits kennen. Sie sprachen uns als ›Männer‹ an.«
»Unsinn! Die telepathische Botschaft wurde von einem außerirdischen Verstand abgestrahlt, aber von Ihrem empfangen. Ihr Verstand hat die Botschaft automatisch in seine eigene Terminologie übertragen. Er wußte nicht notwendigerweise, woher Sie kommen und daß Sie Männer sind.«
Leutnant Ross war nicht gefragt, dennoch sagte er: »Dann, Sir, nimmt man hier also nicht an, daß sie freundlich sind?«
Der Admiral schnob. »Wo haben Sie Ihre Ausbildung gemacht, Leutnant? Ihnen scheinen die grundlegendsten Punkte unseres Verteidigungsplans entgangen zu sein, die Gründe, weshalb wir seit vierhundert Jahren Raumpatrouillen ausschikken, die nach außerirdischem Leben Ausschau halten sollen. *Jeder Außerirdische ist ein Feind.* Auch wenn sie heute freund-

lich waren, woher sollen wir wissen, daß sie nächstes Jahr oder in einem Jahrhundert auch noch freundlich sein werden? Und ein potentieller Feind ist und bleibt ein Feind. Je schneller und erfolgreicher wir ihn vernichten, desto sicherer wird die Erde sein.

Sehen Sie sich doch die militärische Geschichte der Welt an! Sie beweist das, wenn sie schon nichts anderes beweist. Nehmen Sie Rom! Um sicher zu sein, konnte Rom sich keine mächtigen Nachbarn leisten. Alexander der Große! Napoleon!«

»Sir«, sagte Kapitän May. »Wird die Todesstrafe über mich verhängt werden?«

»Ja.«

»Dann kann ich auch sprechen. Wo ist Rom, wo ist Alexanders Reich, wo das Napoleons? Nazideutschland? Der Tyrannosaurus Rex?«

»Wer?«

»Der Vorgänger des Menschen, der mächtigste der Dinosaurier. Sein Name bedeutet ›König der Tyrannenechsen‹. Auch er hielt alle anderen Geschöpfe für seine Feinde. Und wo ist er heute?«

»Ist das alles, was Sie zu sagen haben, Kapitän?«

»Ja, Sir.«

»Dann werde ich darüber hinwegsehen. Irriges, sentimentales Denken. Sie werden *nicht* zum Tode verurteilt werden, Kapitän. Ich sagte es nur, um zu sehen, wie weit Sie gehen würden. Wir lassen aber nicht aufgrund von humanitärem Unsinn Gnade walten. Ein wirklich entlastender Umstand wurde entdeckt.«

»Darf ich fragen, welcher, Sir?«

»Der Außerirdische wurde *tatsächlich* vernichtet. Unsere Techniker und Logiker haben das herausgefunden. Ihr Picar und Monold haben einwandfrei funktioniert. Der einzige Grund, weshalb sie das außerirdische Schiff nicht registriert haben, war der, daß es zu klein war. Sie entdeckten einen Meteor, der weniger als fünf Pfund wiegt. Das außerirdische Schiff war kleiner.«

»Kleiner als . . .?«
»Gewiß. Sie dachten an außerirdisches Leben in Ihrer Größe. Es gibt aber keinen Grund, weshalb das so sein sollte. Es könnte sogar submikroskopisch sein, zu klein, als daß man es sehen kann. Das außerirdische Schiff muß aus eigenem Antrieb mit Ihnen Kontakt aufgenommen haben, in einer Entfernung von nur wenigen Metern. Und Ihr Feuer hat es auf diese Entfernung völlig vernichtet. Daher haben Sie keine Wrackteile als Beweis der erfolgreichen Vernichtung gesehen.«
Er lächelte. »Meinen Glückwunsch, Leutnant Ross, zu Ihren Fähigkeiten als Schütze. In Zukunft wird visuelles Zielen freilich unnötig sein. Die Detektoren und Estimatoren der Schiffe aller Klassen werden unverzüglich modifiziert, damit sie auch Objekte geringerer Größe erkennen und melden können.«
Ross sagte: »Danke, Sir. Aber sind Sie nicht auch der Meinung, daß das Schiff, das wir sahen, ungeachtet der Größe, eine Imitation unserer Schiffe der Rochester-Klasse war, und daß man aus dieser Tatsache schließen darf, daß die Fremden bereits viel mehr über uns wissen als wir über sie, möglicherweise auch die Koordinaten unseres Heimatplaneten? Und daß – selbst wenn sie uns feindlich gesonnen wären – ihre geringe Größe allein sie daran hindert, uns anzugreifen und aus dem System zu vertreiben?«
»Möglicherweise. Entweder beide Dinge treffen zu, oder keins von beiden. Offensichtlich sind sie uns – abgesehen von ihrer telepathischen Begabung – technisch weit unterlegen, denn andernfalls würden sie nicht unsere Schiffsmodelle imitieren. Und sie müssen den Verstand einiger unserer Ingenieure gelesen haben, um diese Modelle kopieren zu können. Doch selbst wenn das stimmt, folgt daraus noch lange nicht, daß sie den Standort von Sol kennen. Raumkoordinaten sind extrem schwierig zu übersetzen, und der Name Sol hätte keinerlei Bedeutung für sie. Selbst die ungefähre Beschreibung könnte auf Tausende Sterne zutreffen. Wie auch immer, es ist an uns, sie zu finden und zu eliminieren, bevor sie es mit uns tun. Jedes

Schiff wird nunmehr angewiesen, nach ihnen Ausschau zu halten, und es wird mit speziellen Geräten zum Aufspüren kleinster Objekte ausgerüstet. Es herrscht Kriegszustand. Aber wahrscheinlich ist es überflüssig, das zu erwähnen; zwischen uns und Außerirdischen herrscht immer Kriegszustand.«

»Ja, Sir.«

»Das ist alles, meine Herren. Sie können gehen.«

Draußen, auf dem Flur, warteten zwei bewaffnete Wachen. Sie stellten sich zu beiden Seiten von Kapitän May auf.

May sagte rasch: »Sag nichts, Don. Ich habe damit gerechnet. Vergiß nicht, daß ich einen wichtigen Befehl nicht befolgt habe, und denke stets daran, daß der Admiral gesagt hat, ich würde nicht zum Tode verurteilt werden. Halt dich da raus.«

Mit ineinander verkrampften Händen und zusammengebissenen Zähnen sah Don Ross zu, wie die Wachen seinen Freund abführten. Er wußte, er konnte nichts tun, außer sich in schlimmere Schwierigkeiten bringen als jene, in denen May steckte, und das würde auch für May alles verschlechtern.

Aber dennoch ging er fast blind aus dem Gebäude der Admiralität hinaus. Er ging hinaus und betrank sich auf der Stelle, aber das half nicht.

Er hatte die üblichen zwei Wochen frei, ehe er sich wieder zum Raumdienst melden mußte, und er wußte, daß er sich in dieser Zeit besser darum kümmerte, geistig wieder ins rechte Lot zu kommen. Er meldete sich bei einem Psychiater und ließ sich sein Gefühl der Bitterkeit und die rebellischen Gedanken größtenteils ausreden.

Er ging zurück an seine Schulbücher und tränkte sich mit der Notwendigkeit strikten und unangezweifelten Gehorsams gegenüber militärischer Autorität und der Notwendigkeit unablässiger Suche nach außerirdischen Rassen und der Notwendigkeit ihrer Vernichtung wo immer sie gefunden wurden.

Er gewann; er überzeugte sich davon, wie undenkbar es gewesen war zu glauben, daß man Kapitän May ungestraft vergeben konnte, einen Befehl mißachtet zu haben, aus welchen Gründen auch immer. Er war sogar entsetzt, daß er selbst an diesem Ungehorsam teilgenommen hatte. Technisch gesehen war er selbstverständlich unschuldig; May hatte den Befehl über das Schiff gehabt, und die Entscheidung, zur Erde zurückzukehren anstatt ins All hinauszustarten – und damit in den Tod –, war von May gekommen. Als Untergebenen traf Ross keinerlei Schuld. Aber nun, als Person, fühlte er sich schuldbewußt, weil er nicht versucht hatte, May seinen Ungehorsam auszureden.

Was wäre das Raumkorps ohne Gehorsam?

Wie konnte er das wieder gutmachen, was er inzwischen als seine Schmach betrachtete, sein Vergehen? In diesem Zeitraum verfolgte er die Telenachrichtensendungen aufmerksam und erfuhr, daß vier weitere außerirdische Schiffe in verschiedenen Raumsektoren vernichtet worden waren. Mit den verbesserten Suchgeräten waren alle vier beim ersten Auftauchen zerstört worden; nach dem ersten Kontakt hatte es keinerlei Kommunikation gegeben.

Am zehnten Tag seines Urlaubs beendete er ihn aus freien Stücken. Er ging zum Gebäude der Admiralität zurück und bat um eine Unterredung mit Admiral Sutherland. Natürlich wurde er ausgelacht, aber damit hatte er gerechnet. Es gelang ihm jedoch, dem Admiral eine kurze mündliche Botschaft zu übermitteln. Einfach: »Ich kenne einen Plan, der es uns vielleicht ermöglicht, den Planeten der Außerirdischen ohne Risiko für uns selbst zu finden.«

Das verschaffte ihm Zutritt.

Er stand in Hab-acht-Stellung vor dem Schreibtisch des Admirals. Er sagte: »Sir, die Außerirdischen haben versucht, Kontakt mit uns aufzunehmen. Das war ihnen nicht möglich, weil wir sie sofort vernichteten, bevor ein vollständiger telepathischer Gedanke übermittelt werden konnte. Wenn wir ihnen gestatten, Kommunikation durchzuführen, dann besteht die Möglichkeit, daß sie versehentlich oder sonstwie die Position ihres Heimatplaneten preisgeben.«

Admiral Sutherland sagte trocken: »Und ob sie das tun oder

nicht, sie werden bestimmt *unseren* finden, indem sie das Schiff zurückverfolgen.«

»Sir, das berücksichtigt mein Plan. Ich schlage vor, daß ich in denselben Sektor geschickt werde, in dem der erste Kontakt zustande kam – diesesmal in einem *unbewaffneten* Einmannschiff. Die Tatsache, daß ich das tue, sollte in breitem Rahmen publiziert werden, damit jeder Mann im All weiß, was ich vorhabe – daß ich mit einem unbewaffneten Schiff unterwegs bin, um mit den Außerirdischen Kontakt aufzunehmen. Meiner Meinung nach werden sie das erfahren. Sie scheinen Gedanken über große Entfernungen hinweg zu empfangen, sie aber – jedenfalls in die Köpfe von Menschen – nur auf kurze Distanzen senden zu können.«

»Wie kommen Sie darauf, Leutnant? Nein, lassen Sie's, es deckt sich mit dem, was unsere Logiker herausgefunden haben. Sie sagen, die Tatsache, daß sie unsere Wissenschaft gestohlen haben – indem sie unsere Schiffe verkleinert nachbauten – bevor wir uns ihrer Existenz bewußt waren, beweist ihre Fähigkeit, unsere Gedanken über eine, nun, mittlere Entfernung zu lesen.«

»Ja, Sir. Ich hoffe, wenn die Kunde von meiner Mission der ganzen Flotte bekanntgegeben wird, werden auch die Außerirdischen davon erfahren. Und mit dem Wissen, daß mein Schiff unbewaffnet ist, werden sie den Kontakt herstellen. Ich werde herausfinden, was sie mir und uns zu sagen haben, und diese Botschaft wird vielleicht einen Hinweis auf ihren Heimatplaneten enthalten.«

Admiral Sutherland sagte: »Und in diesem Falle würde der Planet noch ganze vierundzwanzig Stunden existieren. Aber wie sieht es mit dem Gegenteil aus, Leutnant? Wie ist es mit der Möglichkeit, daß sie Ihnen zurückfolgen?«

»Das, Sir, ist der Punkt, wo wir nichts zu verlieren haben. Ich werde *nur dann zurückkehren, wenn ich feststelle, daß sie die Position der Erde bereits kennen.*«

»Wegen ihrer telepathischen Fähigkeiten glaube ich, daß sie das bereits tun – und sie haben uns nur deshalb noch nicht angegriffen, weil sie nicht feindselig oder zu schwach sind. Wie auch immer, wenn sie die Koordinaten der Erde bereits kennen, werden sie das bei der Unterhaltung mit mir nicht abstreiten. Warum sollten sie? Es wird ihnen als zusätzlicher Punktvorteil uns gegenüber erscheinen, und sie werden fest davon überzeugt sein, daß wir das Risiko kennen. Sie behaupten vielleicht, sie zu kennen, auch wenn es nicht der Fall ist – aber ich werde ihren Worten nur dann glauben, wenn sie mir einen Beweis liefern.«

Admiral Sutherland sah ihn an. Er sagte: »Mein Junge, Sie haben da *tatsächlich* etwas. Es wird wahrscheinlich Ihr Leben kosten, aber wenn nicht, und Sie zurückkommen und wissen, woher die Außerirdischen stammen, dann werden Sie ein Volksheld sein. Sie werden möglicherweise *meinen* Job bekommen. Ich bin sogar fast versucht, Ihren Einfall zu stehlen und die Reise selbst zu unternehmen.«

»Sir, Sie sind zu wertvoll. Ich bin entbehrlich. Außerdem, Sir, ich *muß* gehen. Es geht mir dabei nicht um Ruhm und Ehre. Mein Gewissen ist mit einem Schandfleck behaftet, und den muß ich wieder wettmachen. Ich hätte versuchen müssen, Kapitän May daran zu hindern, einen Befehl zu mißachten. Ich dürfte jetzt eigentlich nicht hier und am Leben sein. Wir hätten ins All hinausrasen müssen, da wir nicht sicher waren, ob wir die Außerirdischen vernichtet hatten.«

Der Admiral räusperte sich. »Dafür sind Sie nicht verantwortlich, mein Junge. In so einem Fall ist nur der Kapitän eines Schiffes verantwortlich. Aber ich verstehe, was Sie meinen. Sie sind der Meinung, Sie hätten im Geiste einen Befehl mißachtet, weil Sie zu der Zeit mit dem einverstanden waren, was Kapitän May getan hat. Nun gut, das gehört der Vergangenheit an, und Ihr Vorschlag macht alles wieder wett, selbst wenn Sie nicht an Bord des Kontaktschiffes sein würden.«

»Aber, darf ich, Sir?«

»Sie dürfen, Leutnant. Oder besser, Sie dürfen, Kapitän.«

»Danke, Sir.«

»In drei Tagen wird ein Schiff für Sie bereitstehen. Wir könnten

es früher bereitstellen, aber so lange wird es dauern, bis sich unsere Meldung von den ›Verhandlungen‹ überall in der Flotte herumgesprochen hat. Aber Sie verstehen sicher, daß Sie unter gar keinen Umständen eigenmächtig von dem Rahmen abweichen dürfen, den Sie sich selbst gesetzt haben.«
»Ja, Sir. Wenn die Außerirdischen die Position der Erde nicht bereits kennen und das hinreichend beweisen können, werde ich nicht zurückkehren. Ich werde ins All rasen. Ich gebe Ihnen mein Wort darauf, Sir.«
»Sehr gut, Kapitän Ross.«

Der Einmannraumer schwebte in der Nähe des Zentrums von Sektor 1534, jenseits des Hundssterns. Kein anderes Schiff patrouillierte in diesem Sektor.
Kapitän Don Ross saß still da und wartete. Er betrachtete die Visiplatte und lauschte nach einer Stimme in seinem Kopf.
Als sie kam, hatte er noch keine drei Stunden gewartet. *»Unsere Grüße, Donross«*, sagte die Stimme, und gleichzeitig waren fünf winzige Raumschiffe vor seiner Visiplatte. Sein Monold zeigte, daß jedes weniger als eine Unze wog.
Er sagte: »Soll ich laut sprechen oder nur denken?«
»Das ist einerlei. Du kannst sprechen, wenn du dich auf einen bestimmten Gedanken konzentrieren möchtest, aber vorerst schweig einen Augenblick.«
Nach einer halben Minute glaubte Ross das Echo eines Seufzers in seinem Geist zu vernehmen. Dann: *»Es tut mir leid, ich fürchte, diese Unterhaltung wird keinem von uns etwas nützen. Du siehst, Donross, wir kennen die Position deines Heimatplaneten nicht. Wir hätten sie möglicherweise herausfinden können, aber daran waren wir nicht interessiert. Wir waren nicht feindselig, und aus den Gedanken der Menschen erfuhren wir, daß wir es nicht wagen durften, freundlich zu sein. Also wirst du niemals imstande sein, zum Bericht zurückzukehren, wenn du Befehlen gehorchst.«*
Don Ross schloß einen Augenblick die Augen. Also war dies das Ende; es hatte keinen Zweck, noch weiter zu sprechen. Er

hatte Admiral Sutherland sein Wort gegeben, die Befehle wortgetreu auszuführen.

»Das ist richtig, Donross«, sagte die Stimme. *»Wir sind beide zum Untergang verurteilt, und es ist einerlei, was wir erzählen. Wir können den Kordon eurer Schiffe nicht durchbrechen, wir haben bei dem Versuch die Hälfte unserer Rasse eingebüßt.«*

»Die Hälfte! Soll das heißen . . .?«

»Ja. Wir waren nur tausend. Wir haben zehn Schiffe gebaut, jedes konnte hundert transportieren. Fünf Schiffe wurden von Menschen vernichtet; es bleiben nur noch fünf Schiffe übrig, die du vor dir siehst, unsere gesamte Rasse. Würde es dich interessieren, auch wenn du sterben mußt, etwas über uns zu erfahren?«

Er nickte und vergaß dabei, daß sie ihn nicht sehen konnten, aber die Zustimmung in seinen Gedanken mußte verständlich gewesen sein.

»Wir sind eine alte Rasse, viel älter als ihr. Unsere Heimat ist – oder war – ein winziger Planet des dunklen Begleiters von Sirius; er mißt nur hundert Meilen im Durchmesser. Eure Schiffe haben ihn noch nicht gefunden, aber das ist nur eine Frage der Zeit. Wir sind schon viele, viele Jahrtausende intelligent, aber wir haben niemals den Raumflug entwickelt. Es bestand keine Notwendigkeit dazu, und wir verspürten den Wunsch dazu nicht.

Vor zwanzig eurer Jahre passierte ein Schiff der Erde unseren Planeten und wir fingen die Gedanken der Männer an Bord auf. Und wir wußten, daß unsere einzige Sicherheit, unsere einzige Überlebenschance darin bestand, sofort zum äußersten Rand der Milchstraße zu fliegen. Wir lasen in den Gedanken, daß wir früher oder später gefunden werden würden, auch wenn wir auf unserem Heimatplaneten blieben, und daß wir sofort nach der Entdeckung ruchlos ausgerottet werden würden.«

»Ihr habt nicht daran gedacht zu kämpfen?«

»Nein. Wir hätten es nicht können, selbst wenn wir es gewünscht hätten, aber wir wünschten es nicht. Uns ist es unmöglich zu töten. Wenn der Tod eines einzigen Menschen, selbst eines niedereren Geschöpfes, unser Überleben gewährleisten würde, wir würden es nicht über uns bringen.

Ihr könnt das nicht verstehen. Halt – ich sehe, daß du es doch kannst. Du bist nicht wie die anderen Menschen, Donross. Aber zurück zu unserer Geschichte. Wir nahmen die Einzelheiten des Raumflugs aus den Gedanken der Männer des vorbeifliegenden Schiffes und paßten sie der winzigen Größenordnung an, in der wir Schiffe bauten.

Wir erbauten zehn Schiffe, genug, die ganze Rasse zu transportieren. Aber wir können euren Patrouillen nicht entkommen. Fünf unserer Schiffe haben es versucht, und alle wurden zerstört.«

Don Ross sagte grimmig: »Und ich glaube, ich habe ein Fünftel davon zu verantworten. Ich habe eines eurer Schiffe zerstört.«

»Du hast lediglich einen Befehl befolgt. Mach dir keine Vorwürfe. Der Gehorsam ist in euch fast ebenso tief verwurzelt wie in uns der Abscheu vor dem Töten. Der erste Kontakt mit dem Schiff, an Bord dessen du dich befandest, kam vorsätzlich zustande; wir mußten sicher sein, ob ihr uns auf der Stelle erschießen würdet.

Aber seit diesem Zeitpunkt haben, eins nach dem anderen, vier weitere unserer Schiffe den Durchbruch versucht, und alle wurden vernichtet. Wir brachten alle fünf hierher, als wir erfuhren, daß du mit einem unbewaffneten Schiff mit uns Kontakt aufnehmen wolltest.

Aber selbst wenn du deinen Befehlen nicht gehorchen und zur Erde zurückkehren würdest, wo auch immer sie ist, um zu berichten, was ich dir gesagt habe, würde kein Befehl ausgegeben werden, uns durchzulassen. Bisher gibt es zu wenige Menschen wie dich. Möglicherweise wird es in ferner Zukunft, wenn die Menschen das andere Ende der Galaxis erreichen, mehr wie dich geben. Aber zunächst sind die Chancen gering, daß wir auch nur eines der fünf Schiffe durchbekommen werden.

Leb wohl, Donross. Was ist das für ein seltsames Gefühl in deinem Verstand, und die Konvulsion deiner Muskeln? Ich verstehe das nicht. Doch halt – es ist dein Erkennen der

Wahrnehmung von etwas Unangemessenem. Aber der Gedanke ist zu komplex, zu durcheinander. Was ist es?«
Schließlich gelang es Don Ross, aufzuhören zu lachen. »Hör zu, mein außerirdischer Freund, der nicht töten kann«, sagte er. »Ich bringe euch hier heraus. Ich werde zusehen, daß ihr durch unseren Kordon in die Sicherheit gelangt, dir ihr wollt. Komisch ist nur die Art und Weise, wie ich das bewerkstelligen werde. Indem ich einem Befehl gehorche und selbst in den Tod gehe. Ich werde ins Weltall flüchten, um dort zu sterben. Ihr, ihr alle, könnt mitkommen und dort *leben.* Per Anhalter. Eure winzigen Schiffe werden auf den Detektoren der Patrouille nicht sichtbar sein, wenn sie dieses Schiff berühren. Und nicht nur das, die Schwerkraft dieses Schiffes wird euch mitziehen, so daß ihr keinen Treibstoff zu vergeuden braucht, bis wir den Kordon durchbrochen haben und außerhalb der Reichweite unserer Detektoren sind. Mindestens hunderttausend Parsek, bevor mein Treibstoff zu Ende geht.«
Es folgte eine lange Pause, bevor die Stimme in Don Ross' Kopf leise, sanft, sagte: *»Danke.«*
Er wartete, bis die fünf Schiffe von seiner Visiplatte verschwunden waren und er fünf leise Geräusche hörte, als sie die Hülle berührten. Dann lachte er noch einmal. Und gehorchte seinem Befehl, indem er ins All hinausflog, dem Tod entgegen.

Auf dem winzigen Planeten eines weit entfernten, lichtschwachen Sterns, der von der Erde aus nicht zu sehen ist und sich am anderen Ende der Galaxis befindet, fünfmal so weit entfernt als Menschen bisher ins All vorgestoßen sind, steht die Statue eines Menschen. Sie ist aus wertvollem Metall angefertigt, und sie ist ein gewaltiges Ding, ganze zehn Zoll hoch, von erlesener Kunstfertigkeit.
Käfer kriechen darauf, aber sie haben das Recht dazu. Sie haben sie gemacht und verehren sie. Die Statue ist aus sehr hartem Metall. Auf einer luftleeren Welt wird sie ewig bestehen – oder bis die Menschen sie finden und vernichten. Es sei denn, die Menschen hätten sich bis dahin gewaltig geändert.

DER ZEHNPROZENTER
(Ten Percenter)

Ich bin starr vor Angst. Nicht nur weil morgen der große Tag ist, der Tag, an dem ich durch eine kleine grüne Tür gehen und eine Lektion erhalten soll, die nach Zyanidgas riecht. Das ist es nicht. Ich *möchte* sterben. Aber . . .

Alles fing damit an, daß ich Roscoe kennenlernte, aber bevor ich darauf zu sprechen komme, lassen Sie mich Ihnen rasch erklären, was ich v. R. war – *vor Roscoe.*

Ich war jung, sah auf eine rustikale Weise einigermaßen gut aus, war durchschnittlich intelligent und gebildet. Und mein Name damals lautete Bill Wheeler. Und ich war ein Möchtegern-Fernseh- oder Filmschauspieler, der es fünf Jahre lang versucht hatte und nicht einmal die Chance bekam, einen lokalen Werbespot zu drehen, geschweige denn, in einem B-Film aufzutreten. Ich verdiente meinen Lebensunterhalt damit, daß ich Schicht arbeitete, von sechs Uhr nachmittags bis zwei Uhr morgens, in einem Hamburgerlokal in Santa Monica.

Ich hatte den Job ursprünglich angenommen, weil ich Zeit hatte, tagsüber mit dem Bus nach Hollywood zu fahren und mich in den Büros von Agenten und Studios herumzutreiben. Aber an dem Abend, als alles anfing, als sich mein Glück so unvermittelt wendete, hatte ich fast aufgegeben. Ich war fast eine Woche nicht mehr in Hollywood gewesen. Ich hatte mich ausgeruht und mir am Strand eine gesunde Bräune geholt, während ich angestrengt über meine Zukunft nachdachte und mir überlegte, für was für eine Art von Job ich geeignet wäre, der mich in ein Leben führen könnte, das wenigstens halbwegs befriedigend war. Bis da war es Schauspielern oder gar nichts gewesen; selbst die vage Hoffnung aufzugeben, daß ich eines Tages ein Schauspieler werden konnte, erforderte ein nicht unerhebliches Umdenken meinerseits.

Mein Glück wendete sich eines Abends gegen sechs Uhr, genau zu der Zeit, zu der ich mich zur Arbeit im Lokal hätte melden müssen, wäre nicht mein freier Abend gewesen, und es geschah auf dem Olympic Boulevard nahe der Vierten Straße in Santa Monica.

Ich fand eine Brieftasche. Die Brieftasche enthielt nur fünfunddreißig Dollar in bar, aber dazu Karten von Diner's Club, Carte Blanche, International und anderen Kreditinstituten.

Ich hatte mein ganzes Leben lang nichts ernstlich Unehrliches getan, aber ich kam zu der Überzeugung, daß dieser Fund an einem Wendepunkt meines Lebens ein Zeichen von jemandem oder etwas sein mußte, daß dies die größte Nacht meines Lebens sein sollte, ebenso wie sein Wendepunkt.

Ich wußte, es würde nicht sicher sein, die Karten zu lange zu benützen, aber an einem Abend, in einer Nacht, bestand doch sicher kein Risiko. Ich würde mir ein ausgezeichnetes Essen gönnen, Drinks, ein Plüschhotel, ein Callgirl. (Ja, ich weiß, Callgirls nehmen keine Kreditkarten, aber ich konnte die Karten nehmen, um Schecks in Bargeld einzulösen, was immer der Verkehr an den Plätzen hergab, die ich besuchen wollte, und ich würde vor dem Callgirl-Stadium des Abends an so vielen Plätzen wie möglich einkehren.)

Mit ein wenig Glück würde ich hinterher mit einem ordentlichen Sümmchen dastehen. Zum letzten Mal würde ich die Karte nehmen, um mir einen Flug fort von diesem hoffnungslosen Platz zu erkaufen, und ich würde anderswo als *jemand anders* neu beginnen. Ich würde alles versuchen, nur nicht das Schauspielern. Niemals wieder – es sei denn irgendwann einmal, wenn der bittere Nachgeschmack des Scheiterns als Profi sich verflüchtigt hatte, als Amateurtheaterschauspieler, als Nebenbeschäftigung.

Ich begann, meine Pläne sorgfältig auszuarbeiten.

Ich begann damit, daß ich den Barkeeper fragte, ob er mir ein Taxi rufen könnte. Es brachte mich zu meinem Zimmer. Dort übte ich eine halbe Stunde lang die Unterschriften auf der Karte, bis ich sie perfekt nachahmen konnte, ohne sie über-

haupt anzusehen. Während ich packte, rief ich ein anderes Taxi, und ich war bereit, als es kam. Ich bat den Fahrer, mich zum nächstgelegenen Automobilverleih zu bringen.
Ich wollte einen Cadillac und war ein wenig enttäuscht darüber, daß ich mich mit einem Chrysler zufriedengeben mußte, aber eigentlich spielte das keine Rolle, denn es war unwahrscheinlich, daß ihn jemand anders als Parkplatzwächter zu sehen bekommen würden.
Ich sagte dem Mann, wie ich es noch vielen anderen Leuten an diesem Abend erzählen wollte, daß mir das Bargeld ausgegangen war und ich es sehr zu schätzen wissen würde, wenn er einen Blankoscheck zur Verfügung hätte und mir einen Scheck über den höchstmöglichen Betrag einlösen könnte, den er vertreten konnte. Selbstverständlich hatte ich genügend Ausweise, darunter zum Glück auch einen Führerschein, die zu den Kreditkarten paßten. Er überprüfte das Register, löste mir einen Scheck über fünfzig Dollar ein, und das war der Beginn meiner Verbrecherlaufbahn.
Ich wurde hungrig, daher fuhr ich auf der Wilshire nach Hollywood, überließ den Wagen im Derby einem Parkplatzwächter und ging hinein. Die Tische waren alle besetzt, und der Maître d'Hotel sagte mir, daß ich fünfzehn bis zwanzig Minuten auf einen Tisch warten mußte. Ich sagte ihm, daß das nichts ausmache und daß er mich an der Bar finden könnte, wenn ein Tisch frei wurde; und damit ging ich in die Bar. Dort setzte ich mich auf den einzigen freien Hocker und befand mich neben einem Mann, der ebenfalls eindeutig allein war, da neben ihm ein Pärchen saß, das mit sich selbst beschäftigt war und ihn nicht in seine Unterhaltung mit einschloß. Er war ein adretter kleiner Mann mit einem dichten, aber zurückweichenden Schopf fast weißen Haares und einem kleinen, sorgfältig rasierten weißen Schnurrbart, aber seine rosafarbene und babyglatte Haut deutete darauf hin, daß er wesentlich jünger war, als das weiße Haar und der Schnurrbart vermuten ließen. Er war anscheinend erst eine oder zwei Minuten an der Bar, da er noch keinen Drink vor sich stehen hatte.

In gewisser Weise war es der Barkeeper, der uns vorstellte. In der Annahme, daß wir zusammen gekommen waren, nahm er unsere Bestellungen zusammen auf und brachte sie zusammen, und er fragte, ob wir eine Bar-Rechnung oder zwei haben wollten. Der kleine adrette Mann kam mir zuvor, indem er, wie es just meine Absicht gewesen war, sich mir zuwandte und sich erkundigte, ob ich ihm die Ehre geben wollte, meinen Drink in seiner Gesellschaft und auf seine Kosten einzunehmen. Ich dankte ihm und nahm an; wir stießen an und begannen eine Unterhaltung.
Soweit ich mich erinnere, wählten wir das Wetter als Eröffnung, wechselten aber bald zum Mittsommerthema Numero zwei über, den Chancen der Los Angeles Dodgers' bei der Meisterschaft.
Als Schauspieler – oder besser, als ehemaliger Möchtegern-Schauspieler – haben mich Akzente stets interessiert, und seiner faszinierte mich ganz besonders. Es war Oxford-Englisch mit einem Hauch Libanesisch und nur hin und wieder mit einem reinen Hollywoodslang oder einem Bruchstück Umgangssprache gewürzt. Wenn und falls ich ihn später direkt zitiere, werde ich mich bemühen, das nicht wiederzugeben.
Ich mochte ihn, und er schien mich zu mögen. Fast auf der Stelle, ohne die übliche formelle Vorstellungsprozedur, gingen wir dazu über, uns beim Vornamen zu nennen. Nenn mich Roscoe, bat er. Und ich bat ihn, er solle mich Jerry nennen, anstatt Bill, denn J. war der erste Buchstabe der Initialen von J. R. Burger, dem Namen auf den Kreditkarten; ich hatte bereits beschlossen, Roscoe zu bitten, mit mir zu essen, falls er noch nicht gegessen hatte. Unter den gegenwärtigen Umständen kosteten mich zwei Essen nicht mehr als eines.
Nach Baseball, worin keiner von uns besonders gut Bescheid wußte, wechselte das Thema zu Filmen. Ja, er sagte mir, daß er in der Filmindustrie tätig war. Momentan nicht aktiv, aber er hatte Anteile an mehreren unabhängigen Produktionen und zwei Fernsehshows. Bis vor drei Jahren hatte er ein Dutzend Filme produziert oder Regie geführt, die ersten in London, den

Rest hier. Ob ich Schauspieler war? Er war der Meinung, ich würde reden und mich benehmen, als könnte ich einer sein. Fragen Sie mich nicht warum; plötzlich erzählte ich ihm die ganze bittere Wahrheit über mein Scheitern, aber seltsamerweise erzählte ich es nicht verbittert, sondern leichthin, so daß es sich fast komisch anhörte. Noch seltsamer, plötzlich betrachtete ich es selbst als komisch. Ich war gerade gut drauf, als ein Kellner kam und fragte, ob die Herren auf einen Tisch warteten. Ich bejahte und bat Roscoe, mein Gast zu sein, und er akzeptierte.

Danach bestellten wir, und ich bestritt den Großteil der Unterhaltung während des Essens. Selbstverständlich mußte ich das Ende der Geschichte ein wenig ändern, um meinen derzeitigen relativen Wohlstand zu erklären, aber das war nicht schwer; ich erfand einfach eine kleine Erbschaft von einem Onkel. Und sagte, daß ich meine Lektion gelernt hatte und sie nicht dasselbe Rattenloch hinunterschütten wollte wie die letzten fünf Jahre meines Lebens. Ich wollte in meine Heimatstadt zurückkehren und einen vernünftigen Job annehmen.

Der Kellner kam und ging und ließ die Rechnung liegen. Ich drehte sie um und gab ein großzügiges Trinkgeld dazu, dann legte ich eine Kreditkarte obenauf. Ich war froh, daß Roscoe nicht damit anfing, selbst zu bezahlen oder die Summe zu teilen. Ich wollte meinen Kredit überprüfen und feststellen, ob ich einen Scheck einlösen konnte. Hauptsächlich um Konversation zu machen, erwähnte ich Roscoe gegenüber, daß ich knapp an Bargeld war, und fragte ihn, ob er eine Vorstellung hätte, bis zu welcher Höhe das Derby wohl für mich einen Scheck einlösen würde.

»Weshalb die Mühe, alter Junge?« fragte er. »Ich habe stets genügend Bargeld bei mir. Wären fünfhundert genug?«

Ich bemühte mich, meine Hochstimmung nicht zu deutlich zu zeigen, als ich zustimmte. Ich hatte mir vom Restaurant kaum mehr als einen Bruchteil davon erhofft; sie würden bei einem Kreditkarten-Kunden wahrscheinlich ein Risiko eingehen, aber kein allzu großes. Als der Kellner zurückkam und die

Rechnung nebst Karte mitnahm, bat ich ihn, einen Blankoscheck zu bringen, was er tat. Während ich oben den Namen einer Bank eintrug und den Scheck auf Bargeld ausstellte, holte Roscoe einen goldenen Geldclip hervor, der ausschließlich Hunderter zu enthalten schien, wenigstens ein Dutzend, und zählte fünf ab.

Er gab sie mir, als ich ihm den Scheck reichte. Er sah ihn an und zog die Brauen ein wenig in die Höhe. »Jerry«, sagte er. »Ich wollte Sie sowieso auf einen Plausch mit zu mir bitten, aber nun gibt es einen doppelten Grund dafür. Wir scheinen denselben Namen zu haben. Oder haben Sie zufällig eine Brieftasche gefunden, die ich heute nachmittag in Santa Monica verloren habe?«

Oh Gott, oh Gott, oh Gott, ja, ich weiß *heute,* daß es mehr als nur Zufall war – in einer Stadt von der Größe von Los Angeles *mußte* es das sein –, aber was anders konnte ich damals denken? Es war nicht einmal so, daß er mir ins Derby *gefolgt* war, er war vor mir dagewesen.

Einen wilden Augenblick dachte ich daran zu türmen – schließlich kannte er meinen richtigen Namen nicht, und wenn ich rechtzeitig wegkam, war ich in Sicherheit. Aber wenn ich zu laufen begann und er rief: »Haltet den Dieb!«, würden sich mir ein halbes Dutzend Kellner in den Weg stellen und mich festhalten.

Er sprach ruhig weiter. »Das J. R. steht für Joshua Roscoe, Sie sehen also, warum ich mich für das kleinere Übel entschieden habe. Und jetzt machen Sie nicht so ein langes Gesicht. Ich kann Ihnen vielleicht ein interessantes Angebot machen. O. K.?«

Er stand auf, und ich nickte benommen und stand ebenfalls auf und überlegte mir, was für einen Vorschlag er auf Lager haben könnte. Er machte nicht den Eindruck, als sei er anders herum gepolt, aber wenn es das war, dann konnte ich mit ihm fertig werden.

Ich folgte ihm hinaus, und das war natürlich *wirklich* ein Zufall, aber gerade außerhalb der Ladezone parkte ein Polizeiauto mit zwei Polizisten darin. Er gab dem Türsteher eine Münze – Kleingeld verwahrte er lose in der Tasche, nur die großen Scheine hielt er mit dem Clip zusammen – und verlangte ein Taxi. Ich öffnete fast den Mund, um zu sagen, daß ich ein Auto auf dem Parkplatz stehen hatte, hielt aber dann doch die Klappe und beschloß abzuwarten, was passieren würde.

Wir stiegen ins Taxi, und er nannte eine Adresse in der La Cienega. Unterwegs sprach er kein Wort, und ich machte geistige Arithmetik. Ich konnte eine Rückerstattung versuchen, sollte es nötig sein. Mit meinen eigenen fünfundzwanzig Dollar, meine ich. Inklusive Trinkgeld hatte die Rechnung im Restaurant zwölf Piepen betragen. Und wenn ich den Chrysler gleich zurückbrachte, mit nur zwanzig gefahrenen Kilometern und einer Leihzeit von drei Stunden, konnte ich dieselben fünfzig, die ich für den falschen Scheck bekommen hatte, dazu verwenden, ihn zurückzukaufen. Wenn er mich ließ, würde ich reinen Tisch machen und die Sache auf diese Weise aus der Welt schaffen.

Das Taxi hielt vor einem wohlhabend aussehenden Apartmentblock. *War* es Zufall, daß wieder ein Polizeiauto an der gegenüberliegenden Straßenseite parkte? Wie auch immer, ich hatte bereits beschlossen, ihm zuzuhören, dann meinen Gegenvorschlag zu unterbreiten und erst wegzulaufen, wenn keine andere Wahl mehr blieb.

Wir fuhren mit dem Aufzug in den vierten Stock, wo er mit dem Schlüssel die Tür zum Wohnzimmer einer sehr angenehmen Junggesellenwohnung aufschloß. Sechs Zimmer, wie ich später erfuhr, aber keine Diener, da er Abgeschiedenheit liebte. Er bat mich, auf dem Sofa Platz zu nehmen, während er zur Hausbar in der Ecke ging. »Einen Brandy?«

Ich nickte, dann fing ich an zu reden, um meinen Vorschlag der Wiedergutmachung zu unterbreiten, während er den Brandy in zwei Schwenker eingoß. Er kam herüber und gab mir einen davon. »Verschonen Sie mich mit schäbigen Einzelheiten, Jer . . . Oh, ist das Ihr echter Vorname, oder haben Sie ihn nur gewählt, damit die Initialen stimmen?«

»Bill«, sagte ich, »William Trent.« Ich wollte ihm meinen richtigen Nachnamen erst verraten, wenn ich wußte, daß ich in Sicherheit war, aber beim Vornamen hatte ich nichts zu verlieren.
Ich stellte erleichtert fest, daß er in einem Sessel mir gegenüber Platz nahm, und nicht neben mir auf dem Sofa. »Nicht auffällig genug«, sagte er. »Bei Ihren roten Haaren, wie wäre es mit Brick? Brick Brannon. Gefällt Ihnen das?«
Ich nickte. Er gefiel mir wirklich, und außerdem konnte er mich ja nennen, wie er wollte, solange er keine Bullen rief oder einen Annäherungsversuch machte.
»Auf Ihr Wohl, Brick«, sagte er und hob den Schwenker. »Und nun zu der Geschichte, die Sie mir erzählt haben. Wieviel davon ist wahr?«
»Jedes Wort«, sagte ich, »wenn Sie statt der Erbschaft von einem Onkel den Fund einer Brieftasche nehmen.«
Er stellte sein Glas weg, durchquerte das Zimmer und holte ein abgezogenes Drehbuch aus einer Schreibtischschublade. Während er zurückkam, blätterte er eine Stelle in diesem Drehbuch auf, und gab es mir. »Lesen Sie den Teil von Philip auf dieser und den folgenden eineinhalb Seiten. Er ist ein zäher, ungebildeter Klotz, Canuck-Akzent. Er liebt seine Frau sehr, springt aber in dieser Streit-Szene übel mit ihr um. Lesen Sie es zuerst für sich, und dann versuchen Sie es. Anstelle ihrer Sätze lassen Sie einfach eine Pause.«
Ich las es durch und versuchte es dann. Er bat mich, ein Dutzend Seiten weiterzublättern und den Part eines anderen zu sprechen, dann eines dritten, wobei er mich jedesmal kurz einwies, um was für einen Charakter es sich handelte, wie er sprach und wie seine Beziehung zum Partner der jeweiligen Szene war.
Als ich den dritten Part gelesen hatte, nickte er und sagte, ich solle das Drehbuch weglegen und wieder den Brandy nehmen.
Er trank lässig aus seinem eigenen. »Okay«, sagte er. »Sie *sind* Schauspieler. Sie haben einfach noch nicht den Durchbruch geschafft. Ich kann innerhalb von zwei Jahren einen Star aus Ihnen machen, wenn Sie sich von mir managen lassen.«

»Kein Honorar?« fragte ich und überlegte mir, ob er den Verstand verloren hatte.
»Zehn Prozent«, sagte er. »Aber vor allen anderen Abzügen – und unter der Hand. Sehen Sie, Bill, ich bin kein eingetragener Agent, und Sie werden sich einen solchen nehmen und ihm ebenfalls zehn Prozent zahlen müssen, damit er sich um die Einzelheiten kümmert, Verträge abschließt und solche Sachen. Was ich tue, das wird hinter der Bühne stattfinden.«
Ich sagte: »Fein, was mich anbelangt, aber ich habe bisher noch keinen Agenten mit gutem Ruf dazu bringen können, mich unter Vertrag zu nehmen. Was soll ich dazu unternehmen?«
»Ich werde mich darum kümmern. Sie werden ihm auch zehn Prozent zahlen müssen, denn er darf nichts von Ihrer Vereinbarung mit mir wissen – niemand darf das! Seine zehn Prozent werden ganz normal steuerlich absetzbar für Sie sein, aber meine nicht, weil ich nicht in den Unterlagen auftauchen werde. Einverstanden?«
Ich sagte noch einmal: »Fein«, und das war mein Ernst. In meiner Verzweiflung hatte ich oft daran gedacht, einen Agenten zu bestechen, mich anzunehmen, indem ich ihm zwanzig oder fünfundzwanzig Prozent bieten wollte, wenn er mich wirklich groß rausbrachte; tatsächlich hatte ich das bei einigen versucht, zu denen ich vorgelassen worden war, und jedesmal war ich abgewiesen worden. »Weitere Bedingungen?«
»Nur eine. Da zwischen uns nichts Schriftliches festgehalten wird, erwarte ich von Ihnen, daß Sie sich nicht, bei Ihrer Ehre, von mir groß herausbringen lassen und dann versuchen, mich kaltzustellen. Das werden wir folgendermaßen regeln.
Jeder von uns kann diese Übereinkunft nach dem ersten Jahr kündigen. Sollte in diesem Jahr – in dem ich hinter der Bildfläche agiere, ob Sie meine feine italienische Hand nun erkennen oder nicht – Ihr Bruttoeinkommen fünfundzwanzigtausend Dollar oder mehr betragen, dann wird die Vereinbarung zwischen uns von Dauer und unwiderrufbar sein. Einverstanden?«
»Einverstanden«, sagte ich. Ich hatte in meinem ganzen Leben

keine hundert Dollar mit der Schauspielerei verdient; fünfundzwanzigtausend Dollar schienen eine unglaubliche Summe zu sein.
Und selbst wenn er verrückt war, ich hatte nichts zu verlieren, und zudem würde er mich nicht einsperren lassen. Was mich daran erinnerte, ihm die Brieftasche wiederzugeben. Ich sagte: »Und nun zur Wiedergutmachung . . .«
Er seufzte. »Nun gut«, sagte er. »Ich hasse Kleinigkeiten, also schaffen wir sie aus der Welt. Erzählen Sie mir alles, was Sie getan haben, seit Sie die Brieftasche gefunden haben.« Das tat ich, die Brieftasche selbst legte ich auf den Tisch.
Er nahm sie auf, entfernte alles Geld daraus und steckte die Brieftasche ein. »So«, sagte er. »Fünfhundertundfünfunddreißig Dollar davon gehören mir. Behalten Sie das als Darlehen. Sie können es mir in einem Monat oder so zurückgeben. Bringen Sie den Leihwagen zurück und kaufen Sie den Scheck über fünfzig Dollar zurück. Vergessen Sie die Rechnung im Derby. Das Essen geht auf meine Rechnung.
Gehen Sie nicht zum Hamburgerrestaurant zurück. Nehmen Sie sich heute nacht ein Zimmer oder ein Apartment in Hollywood. Der Anzug, den Sie anhaben, ist nicht schlecht, aber wenn es Ihr bester ist, dann sollten Sie sich besser einen neuen kaufen, dazu alles weitere, was Sie brauchen. Oh, eine schwarze Motorradlederjacke und Jeans, wenn Sie das noch nicht haben sollten.«
»Eine Motorradjacke?« fragte ich. »Warum?«
»Darum brauchen Sie sich nicht zu kümmern.« Er holte den Geldclip heraus, zählte die noch verbleibenden Hundertdollarscheine, es waren acht, und reichte sie mir. »Weitere achthundert, die Sie mir schulden. Kaufen Sie sich davon einen Wagen. Sie müssen mobil sein. Sie werden damit zu Universal City fahren müssen, Culver City – die Industrie konzentriert sich nicht in Hollywood. Geben Sie etwa fünfhundert davon für einen Gebrauchtwagen aus. Sie werden ihn innerhalb weniger Monate gegen einen Neuwagen eintauschen.
Was sonst noch. Oh, war Bill Trent Ihr wirklicher Name?«

»Er lautet Bill Wheeler.«
»Lautete; jetzt heißt er Brick Brannon. Und das ist alles, davon abgesehen, daß Sie mich morgen früh anrufen müssen. Die Nummer steht im Buch.« Er grinste. »Und Sie werden ihn kaum vergessen, da Sie ja lange genug geübt haben, um ihn zu fälschen.«

Ich hatte einen emsigen Abend, wenn auch ganz anders als ich es vorgehabt hatte. Ich fuhr mit dem Taxi zum Derby zurück und holte den Chrysler, brachte ihn nach Santa Monica und kaufte meinen Scheck mit der Bemerkung zurück, daß ich versehentlich mein Konto überzogen und mich aus der Verlegenheit befreit hatte, indem ich mir anderswo her Bargeld besorgte. Glücklicherweise befand sich der Autoverleih an der Verlängerung des Santa Monica Boulevards, wo es an Gebrauchtwagenhändlern nur so wimmelt, daher ließ ich meine Koffer dort und machte mich auf die Suche nach einem Gebrauchtwagen. Beim zweiten Händler fand ich genau das, was ich suchte, einen Rambler zu fünfhundert Dollar. Nach einer Fahrt um den Block konnte ich ihn mühelos auf vierhundertfünfzig herunterhandeln und kaufte ihn auf der Stelle.

Ich holte die Koffer und fuhr zurück nach Hollywood. Es war noch früh am Tag, und ich suchte am Sunset Strip nach einer Junggesellenbude, fand eine und zog ein. Für hundertfünfzig im Monat hatte ich ein Zuhause, eine Parkmöglichkeit für den Rambler, Zugang zum Swimmingpool, sogar Telefonservice mit Vermittlung. Und es war immer noch früh, Stunden bevor ich den Abend, so wie ich ihn ursprünglich geplant hatte, beendet haben wollte, aber plötzlich war ich todmüde und ging in dem Augenblick, als ich die Koffer ausgepackt hatte, in die Falle. Eigentlich hätte ich zu aufgeregt zum Schlafen sein sollen, aber ich legte mich hin und war binnen eines Augenblicks fest eingeschlafen.

Am Morgen begab ich mich zum Hollywood Boulevard, kaufte mir einen guten Anzug von der Stange und ein paar andere Dinge. Sogar eine verdammte schwarze Lederjacke, wenngleich ich nicht wußte, warum. Ich hatte bereits mehrere Paar

Jeans. Wieder daheim ging ich schwimmen, dann zum Essen über die Straße, und dann rief ich Roscoe an.

»Tapferer Bursche, Süßer«, sagte er. »Kennen Sie einen Agenten namens Ray Ramspaugh?«

»Ich kenne ihn«, sagte ich. Und ich kannte ihn, voll Ehrfurcht. Er war der größte der solo operierenden Fleischhändler, der größte und der beste. Er vertrat nur ein paar wenige handverlesene Klienten. Es wäre mir nie im Traum eingefallen, eine Verabredung mit ihm auch nur zu versuchen.

»Sie haben um zwei Uhr eine Verabredung mit ihm. Seien Sie pünktlich.«

»Werde ich«, sagte ich. »Soll ich Sie anrufen und erzählen, was passiert ist?«

»Ich weiß es bereits«, sagte er. »Brick, von nun an müssen Sie mich nur noch anrufen, wenn Sie einen Scheck erhalten. Dann machen wir einen Treffpunkt aus, hier oder sonstwo, und Sie geben mir meinen Anteil.«

Ich war auf die Minute pünktlich in Ramspaughs Büro am South Vernon Drive, und ich mußte keine Minute warten. Seine Sekretärin führte mich gleich hinein.

Er kam sofort zum Geschäft. »Roscoe sagt, daß Sie gut sind, und ich glaube ihm das. Hier ist ein Vertrag für Sie zur Unterschrift bereit. Es ist ein Standardvertrag, aber lesen Sie ihn durch, bevor Sie ihn unterschreiben. Gehen Sie dazu bitte ins Vorzimmer; ich werde inzwischen hier ein paar Anrufe tätigen.«

Es war ein vorgedruckter Vertrag, und ich hätte ihn in gutem Glauben unterschrieben, aber offensichtlich wollte er mich loswerden, während er telefonierte, und daher nahm ich ihn mit ins Büro der Sekretärin und las ihn, sogar das Kleingedruckte, dann unterschrieb ich. Seine Sekretärin vergewisserte sich über die Sprechanlage, daß er bereit war, mich wieder zu empfangen und daß ich hineingehen sollte, was ich tat.

Er sagte: »Ich glaube, ich habe etwas eingefädelt. Eine kleine Rolle, aber Sie müssen anfangs kleine Rollen annehmen, damit Sie sich einen Ruf machen. Einmaliger Part in einer neuen

Serie, deren Dreharbeiten eben im Revue begonnen haben. Sie hatten die Besetzung bereits fertig, aber der Bursche, der spielen sollte, hatte irgendwie heute morgen einen Autounfall. Sie brauchen Sie schnell. Können Sie um drei dort sein?«
Ich nickte sprachlos.
»Okay, fragen Sie nach Ted Crowther. Und Sie sparen Zeit, wenn Sie im Kostüm hingehen. Sie spielen einen harten Halbstarken, einen von denen, die sich wie Marlon Brando in *The Wild One* aufführen wollen. Haben Sie eine schwarze Lederjacke und Jeans?«
Ich schluckte und nickte erneut.
»Ziehen Sie sie unterwegs an. Und beeilen Sie sich, mein Junge. Es wird ernst.«
So einfach also klappte es, meine erste Rolle als Schauspieler zu bekommen, und ich überlegte mir lange, wie Roscoe in der Nacht zuvor hatte wissen können, daß es mir am nächsten Tag helfen würde, rasch meine erste Rolle zu erhalten, wenn ich eine schwarze Motorradlederjacke zum Anziehen hatte. Als er mir das aufgetragen hatte, hatte der Autounfall des jungen Mannes, der für die Rolle unterschrieben hatte, noch nicht stattgefunden.
Aber ich glaube, ich weiß, *warum* er mir von dieser Jacke erzählt hat. Abgesehen davon, daß er mich auf der Stelle und ohne Frage unter Vertrag brachte – bei einem Top-Agenten, was an sich schon ein Wunder war –, zeigte sich Roscoes »feine italienische Hand« selten. Alle meine Rollen kamen über Ramspaugh, und ich hätte vermuten können, daß er und ich es allein schafften. Bei diesem ersten Mal hatte Roscoe *gewollt,* daß seine Hand sichtbar wurde, um mir etwas zu beweisen. Er wollte mir etwas vorführen, worüber ich mir den Kopf zerbrechen konnte.
Aber ich hatte nicht genügend Zeit zum Nachdenken, und ganz sicher nicht genug, um Angst zu haben. Ich war zu beschäftigt. Anfangs kleine Rollen, manche nur winzige Auftritte, aber davon so viele, wie ich durchhalten konnte. Und gegen Ende des Jahres war ich zum Anwärter für solide, tragende Rollen

geworden oder gemacht worden. Ich hätte wahrscheinlich mehr Geld machen können, aber manchmal lehnte Ramspaugh für mich besser bezahlte Rollen zugunsten von weniger gut bezahlten ab. Als erstes wollte er nicht, daß ich auf etwas festgelegt wurde. Des weiteren wollte er mich keine feste Rolle in einer Serie annehmen lassen, für die ich unter Vertrag genommen worden wäre, um immer wieder dasselbe zu tun.

Dennoch verdiente ich in diesem Jahr ein wenig über fünfzigtausend Dollar, doppelt soviel wie die Summe, die mein Abkommen mit Roscoe dauerhaft besiegelt hätte, und so wurde es dauerhaft besiegelt. Nach Abzug von zweimal zehn Prozent, einmal steuerlich absetzbar und einmal nicht, und nach Abzug der Steuern selbst, blieben mir immer noch etwas mehr als fünfhundert Piepen wöchentlich übrig; außerdem ein Jaguar, wirklich gute Kleidung und eine hübsche Wohnung.

Im zweiten Jahr verdoppelte ich das. Ich meine, ich verdoppelte mein Nettoeinkommen auf tausend pro Woche, und das bedeutete, da ich in eine höhere Steuerklasse rutschte, daß ich mein Bruttoeinkommen mehr als verdoppelte. Ich bekam nun zunehmend größere Nebenrollen in Filmen; mein Name war hinreichend bekannt, so daß meine Auftritte in Fernsehserien als Auftritte eines »Gaststars« angekündigt wurden, und ich hatte eine führende Rolle in zahlreichen Sammelshows.

In diesem Jahr passierte allerdings etwas, das mich an Roscoes Voraussicht erinnerte, wenn man es so nennen will, und das mich auf eine neue Facette unserer Beziehung hinwies, die er als existent betrachtete, wenngleich ich mir nie darüber klargeworden war.

Das ist nicht die Episode, aber ich muß es als Einstimmung erzählen: Ich verbrachte eine Woche bei Dreharbeiten zu einem Film in Las Vegas. Normalerweise bin ich kein Spieler, aber an einem Abend ging ich in eines der Kasinos, kaufte für tausend Dollar Chips und begab mich an einen der Tische. Ich begann mit Wetten über einhundert Dollar, hatte eine Glückssträhne und setzte bald das Maximum von fünfhundert pro Runde. Ich gewann ein wenig über zwanzigtausend, dann begann ich zu verlieren. Und als ich bei elftausend angelangt war und mir ein solider Gewinn von zehn Riesen blieb, hörte ich auf. Als ich zurückkehrte, besuchte ich Roscoe und brachte ihm die vereinbarten zehn Prozent meiner Einnahmen, seit ich ihn zuletzt gesehen hatte. Er zählte und verlangte dann tausend mehr, wobei er mich an die zehn zusätzlichen Riesen in Las Vegas erinnerte. Ich gab sie ihm ohne Rückfragen. Ich hatte nicht versucht, ihn übers Ohr zu hauen, mir war nur nicht klar gewesen, daß er mit zehn Prozent von allem auch *alles* gemeint hatte. Es war kein Geheimnis, wie er von meinem Glück hatte erfahren können; verschiedene andere der Filmgesellschaft waren mit mir am selben Tisch gewesen.

Es war das Nachspiel dieser Episode, das mir heute Sorgen macht, und später werden Sie erkennen, warum. Eine Woche später fuhren wir noch einmal zu Nachaufnahmen nach Las Vegas. Ich spielte wieder ein wenig – warum nicht, da ich immer noch im Plus war? – und diesesmal verlor ich viertausend. Aber da ich keine Glückssträhne hatte, blieb ich nie lange an einem Ort; ich wanderte den ganzen Strip hinab und besuchte eine Menge Kasinos. Niemand war bei mir, und niemand konnte die Höhe meines Verlustes kennen. Dennoch, als ich Roscoe das nächste Mal sah, um ihm das Geld zu geben, gab er mir vierhundert zurück. Durchaus fair, wenn er an meinem Gewinn teilhatte, warum dann nicht auch an meinem Verlust? Aber woher hatte er es gewußt?

Wie auch immer, das war ein weiterer Hinweis darauf, was er mit zehn Prozent von allem meinte. Wirklich drastisch wurde es, als ich heiratete. Ja, Sie haben es erraten, aber ich muß erklären, wie es dazu kam.

Zu Beginn meines dritten Jahres wurde ich für die erste Hauptrolle in einem bedeutenden Film verpflichtet, bei einer Gage von fünftausend pro Woche. Meine Partnerin war eine wunderschöne und vielversprechende junge Schauspielerin namens Lorna Howard. Bei einer Absprache vor Beginn der Dreharbeiten saßen Lorna und ich im Büro des Produzenten zusammen, und er hatte einen plötzlichen Einfall. »Sagt ein-

mal, Kinder«, meinte er, »das ist nur so eine Idee, aber ihr seid beide frei und alleinstehend. Wenn ihr heiraten würdet – euch beide, natürlich –, dann könnten wir daraus eine große Publicity-Show machen. Das wäre gut für den Film *und* eure Karrieren.« Er grinste. »Es könnte natürlich eine Ehe sein, die nicht vollzogen werden müßte.«
Ich zog eine Braue hoch und sah Lorna an. »*Wäre* es das?« fragte ich.
Sie zog ebenfalls eine Braue hoch. »Das könnte es, Sir, je nachdem, was Sie unter vollziehen verstehen.«
Und so heirateten wir.
Während ich mich jetzt zurückerinnere, fällt es mir schwer einzusehen, geschweige denn zu erklären, weshalb ich so wenig Vorteile aus meinen zunehmenden Chancen bei den Frauen gezogen hatte, die mir mein kometenhafter Aufstieg in den beiden ersten Jahren verschafft hatte. Natürlich hatte ich nicht im Zölibat gelebt. Aber ich hatte nur wenige Affären und mir selbst waren sie relativ unbedeutend gewesen. Ich war überaus beschäftigt, und am Ende eines harten Tages war ich normalerweise todmüde und verabscheute den Gedanken, am nächsten Morgen früh aufstehen und alles von vorne durchmachen zu müssen. Manchmal dachte ich wochenlang nicht daran, eine Frau zu wollen.
Aber die Heirat befreite mich davon. Lorna und ich liebten einander nicht, aber sie war ebenso sinnlich wie schön, und die Ehe wurde schließlich doch noch vollzogen. Eine Zeitlang hatten wir Hals über Kopf Spaß, manchmal im wahrsten Sinne des Wortes. Mit dem gegenseitigen Wissen, daß jeder von uns moralisch frei war, und daß es, da wir uns nicht liebten, auch keine Eifersucht geben mußte. Ich persönlich nutzte dieses Wissen nicht aus, aber es dauerte nicht lange, da bemerkte ich, daß ich ihr offenbar nicht genügte und sie nebenher noch ein anderes Verhältnis hatte – für zehn Prozent der Zeit, dessen war ich sicher, als ich zufällig erfuhr, wer ihr Geliebter war.
Ich hatte keinen moralischen Grund, mich zu beschweren, aber mir nahm es den Spaß; sie spürte das, und wir entfremdeten uns

voneinander. Nachdem der Film fertiggestellt war, ging sie nach Reno, um sich ohne Aufsehen scheiden zu lassen. Ohne Kosten für mich, nebenbei, sie hatte mehr Kapital als ich und ein ebenso großes Einkommen. Hätte ich die Scheidung oder Alimente bezahlen müssen, sicher hätte ich zehn Prozent jedweder Summe zurückerstattet bekommen müssen.

Zu der Zeit unterschrieb ich für eine weitere Hauptrolle, diesmal für eine astronomische Gage, und plötzlich wurde mir etwas klar. Ab einer gewissen Einkommensebene verlor ich Geld, indem ich noch mehr verdiente. Den meisten Menschen ist das nicht klar, und ich wußte es auch nicht vorher, aber wenn das zu versteuernde Einkommen bei einem alleinstehenden Mann zweihunderttausend Dollar überschreitet, dann muß man einundneunzig Prozent auf alles, was darüber liegt, bezahlen, und somit bleiben neun Prozent, abzüglich, selbstverständlich, der staatlichen Einkommensteuer. Und da zehn Prozent meines Bruttoeinkommens unter der Hand an Roscoe gingen und daher nicht abzugsfähig waren, *verlor* ich Geld mit allem, was ich über zweihunderttausend verdiente. Wenn ich jemals eine halbe Million pro Jahr brutto verdiente, wäre ich bankrott. Ich durfte niemals ein Topstar werden.

Aber nicht das brachte mich zu dem Entschluß, Roscoe umzubringen – als einzige Möglichkeit, mich aus einem unwiderrufbaren Abkommen zu befreien. Ich war nicht so gierig nach mehr Geld und noch mehr Ruhm und ich konnte, was mich zwar nicht glücklich machen würde, mich mit einem Film pro Jahr bescheiden, was manche Stars bereits taten. Das würde zwar Ramspaugh nicht gefallen, aber er konnte es verschmerzen.

Was wirklich eine Änderung brachte, war die Tatsache, daß ich mich verliebte. Plötzlich, unerwartet und über beide Ohren, zum ersten Mal in meinem Leben, und, wie ich wußte, zum einzigen Mal. Sie war keine Schauspielerin und hatte auch nie eine sein wollen. Ihr Name war Bessy Evans, und sie war Scriptgirl bei Columbia. Und beim ersten Mal, als wir uns trafen, verliebte sie sich ebenso sehr in mich wie ich mich in sie.

Roscoe mußte verschwinden. Ich wollte mehr als nur eine Affäre mit ihr; ich wollte sie heiraten und für mich behalten, und so lange Roscoe lebte, konnte ich das nicht. Und wollte es nicht. Wenn er auf zehn Prozent aus *dieser* Ehe bestanden hätte, hätte ich ihn sowieso umgebracht, also konnte ich es auch gleich tun.
Selbstverständlich konnte ich Bessy nicht erklären, warum ich sie nicht auf der Stelle heiraten konnte; ich mußte sie einfach bitten, mir zu vertrauen, und das tat sie. Und während ich meine Pläne schmiedete, Roscoe zu töten und mich von ihm zu befreien, verbarg ich sie unter falschem Namen in einem kleinen Apartment in Burbank. Ich sah sie, so selten es unsere Leidenschaft zuließ, und traf die sorgfältigsten Vorsichtsmaßnahmen, damit mir niemand jemals dorthin folgte.
Ich werde keine Einzelheiten über meinen Plan verraten, Roscoe zu töten. Es soll genügen, zu sagen, daß ich eine nicht nachweisbare Waffe und einen Schlüssel zu seinem Apartment besorgte. Und ich trug eine perfekte Verkleidung, damit ich, wenn ich in oder in der Nähe seines Wohnblocks gesehen wurde, nicht erkannt und später identifiziert werden konnte.
Eines Morgens um drei Uhr benützte ich den Schlüssel. Mit der Waffe in der Hand durchquerte ich lautlos das Wohnzimmer und öffnete die Schafzimmertür. Es fiel gerade genügend Licht von draußen herein, daß ich sehen konnte, wie er sich beim Geräusch der aufgehenden Tür aufrichtete. Ich schoß sechsmal, und da saß er nicht mehr aufrecht.
Ich wäre in der nachfolgenden Stille sofort verschwunden, hätte ich nach den Schüssen nicht gehört, wie sich leise ein Fenster schloß, anscheinend in der Küche, ein Fenster, das, wie ich mich erinnerte, zur Feuerleiter führte.
Ein plötzlicher schrecklicher Verdacht ließ mich das Licht im Schlafzimmer einschalten, und der schreckliche Verdacht wurde bestätigt. Es war nicht Roscoe gewesen, der allein im Bett lag. Es war Bessy gewesen, die er einen Augenblick alleine zurückgelassen hatte. Warum war mir niemals auch nur im

entferntesten der Gedanke gekommen, daß zehn Prozent von allem nicht nur von Geld und Ehe bedeutete?

In gewisser Weise starb ich dort in diesem Moment. Ich beschloß jedenfalls, daß ich sterben *wollte,* und wäre noch eine Kugel in der Waffe gewesen, dann hätte ich sie mir wahrscheinlich in den Kopf gejagt. Statt dessen rief ich die Polizei an. Als sie kamen, war ich zu der Überzeugung gelangt, daß ich es auch ihnen überlassen konnte, diese Aufgabe in der Gaskammer auszuführen.

Ich weigerte mich, den Polizisten etwas zu sagen, damit nicht ein Anwalt, auch gegen meinen Willen, eventuell erfolgreich auf Unzurechnungsfähigkeit plädieren konnte. Um das zu vermeiden, erzählte ich dem Anwalt, den ich schließlich bekam, lauter Lügen, die ihn zu der Überzeugung brachten, er hätte die Grundlage für eine erfolgreiche Verteidigung, und so brachte ich ihn dazu, mich zur Aussage in den Zeugenstand zu rufen. Dann ließ ich mich vorsätzlich vom Staatsanwalt beim Kreuzverhör in Stücke reißen, damit kein Zweifel daran bestehen konnte, daß ich zum Tode verurteilt werden würde.

Roscoe verschwand und ist noch nicht wieder aufgetaucht. Seit der Mord in seinem Apartment geschehen war, wollte die Polizei ihn finden und verhören, aber die brauchten ihn nicht für ihren Fall und machten sich nicht viel Mühe, ihn zu suchen.

Aber wo immer er auch sein mag, das Abkommen zwischen uns ist »von Dauer und unwiderrufbar«, und das macht mir Angst, so große Angst, daß ich in den vergangenen Nächten nicht einmal mehr geschlafen habe.

Was sind zehn Prozent vom Tode? Bleibe ich ein Zehntel am Leben, ein Zehntel bei Bewußtsein, eine graue Ewigkeit lang? Werde ich alle zehn Tage oder alle zehn Jahre einmal zum Leben erwachen und wieder leiden – und in welcher Form? Oder wenn Roscoe derjenige ist, für den ich ihn zu halten beginne, was wird er mit den zehn Prozent meiner Seele anfangen?

Ich weiß nur, *daß ich es morgen herausfinden werde* – und ich habe Angst.

AELUROPHOBIE
(Aelurophobe)

Solange er sich zurückerinnern konnte, hatte Hilary Morgan an Aelurophobie gelitten, das ist eine morbide Furcht vor *Felis domestica,* der gewöhnlichen oder Hauskatze.
Das war, wie alle Phobien, eine von seinem Bewußtsein völlig unkontrollierbare Sache. Er konnte sich einreden, was er auch tat, und auch seine besorgten Freunde redeten es ihm ein, daß es keinen Grund für ihn gab, vor einer harmlosen kleinen Miezekatze Angst zu haben. Selbstverständlich konnten Katzen kratzen und taten es manchmal auch, aber sie waren um keinen Deut gefährlicher als Hunde. Auch ein kleiner Hund kann, wenn er dreist genug ist, recht schmerzhaft ein beachtliches Stück Haut wegbeißen, und ein großer Hund kann tödlich sein. Katzen! Ach geh! Dennoch liebte Hilary Hunde und haßte Katzen. Alle Katzen.
Wenn er zwanzig Meter entfernt auf der Straße eine Katze sah, dann zuckte er zusammen und wechselte zur anderen Seite, er nahm sogar einen Umweg in Kauf, um dem Tier nicht näherkommen zu müssen. Gab es keine Möglichkeit, einer Katze auszuweichen, dann machte er kehrt und ging den Weg zurück. Keiner seiner Freunde besaß eine Katze; eine erstmalige Einladung in die Wohnung eines neuen Freundes akzeptierte er niemals ohne die vorherige besorgte Rückfrage, ob der potentielle neue Freund etwa ein der Gattung Felis zugehöriges Haustier besaß. Er benützte stets solche Umschreibungen, denn selbst das *Wort* »Katze« oder jedes Wort, das mit der Vorsilbe »Kat« begann, stieß ihn ab. Er besuchte niemals den besten Nachtklub in Albany (dort wohnte er), weil er sich Katamaran Klub nannte, und er wurde jedesmal totenblaß, wenn sich eine Sekretärin im Büro der MacReady Noil Company (wo er arbeitete) katzenhaft bewegte. Er ging Männern aus dem Weg, die Tom oder Felix hießen, und schloß niemals

Freundschaft mit ihnen; er hatte Angst vor Weidenkätzchen und aß keine Katzenzungen; er machte niemals eine Katzenwäsche und nahm auf gar keinen Fall Katzenwels zu sich. Kataloge las er auch keine, und glücklicherweise war er nicht als Katholik erzogen worden, so daß er niemals den Katechismus lernen mußte.

Abgesehen von seiner Phobie und den zahlreichen Unannehmlichkeiten, die sie ihm bereitete, liebte und lebte er recht normal. Besonders liebte; Mitte dreißig war er immer noch Junggeselle, aber weit davon entfernt, im Zölibat zu leben; tatsächlich könnte man sagen, daß er das genaue Gegenteil war. Er liebte die Frauen, und glücklicherweise wirkte er auf Frauen sehr attraktiv, und so hatte er genügend . . . aber *das* war ein Wort, das er in Zusammenhang mit seinen amourösen Affären niemals dachte. In dieser Richtung lag der Wahnsinn.

Man könnte also sagen, daß Hilary Morgan, ungeachtet der Hemmungen und des Ärgers, den seine Aelurophobie mit sich brachte, ein sehr glücklicher Mann war. Und er wäre wahrscheinlich auch weiterhin ein glücklicher Mann geblieben, wären ihm in seinem fünfunddreißigsten Lebensjahr nicht zwei Dinge zugestoßen.

Er verliebte sich, verliebte sich wirklich unvermittelt und Hals über Kopf, und zwar in die attraktivste Frau, die er jemals kennengelernt hatte.

Und ein nicht unvermögender Onkel von ihm starb und hinterließ ihm eine Summe von fünfzigtausend Dollar.

Jedes dieser anscheinend wunderbaren Ereignisse für sich hätte er überleben können, aber in ihrer Verbindung erwiesen sie sich als sein Untergang. Selbstverständlich erklärte er sich seiner Liebsten unter diesen Umständen, und selbstverständlich akzeptierte sie ihn, und dies nicht aufgrund seiner Erbschaft, sondern weil seine Liebe ebenso heftig erwidert wurde; und seine Angebetete versuchte auch nicht, ihn um jeden Preis vor den Traualtar zu führen. Wenn sie überhaupt einen Fehler hatte, dann war es eine Spur Manie. Aber es war die beste aller möglichen Manien, nämlich Nymphomanie, und das machte

Hilary nichts aus, nicht im geringsten. Man könnte sagen, daß er selbst auch eine Spur Satyriasis hatte, und was für eine bessere Kur – »Behandlung« wäre das bessere Wort – gibt es für das eine wie für das andere als das exakte Gegenstück.

Ja, Hilary Morgan war sehr glücklich mit seiner Liebsten und mit seiner Erbschaft. Aber die Kombination erwies sich als fatal. Seine zukünftige Frau wollte ihn ganz und gesund, geistig wie körperlich, und sie überzeugte ihn davon, daß er einen Teil seines Erbes – soviel als nötig war; sicherlich, führte sie aus, konnte es sich um kaum mehr als ein paar tausend Dollar handeln – für die Dienste eines Seelenklempners ausgeben sollte, der ihn für immer von seiner Aelurophobie heilen konnte.

Der Psychiater, für den er sich entschied, war ganz ordentlich. Nach ein paar kurzen Sitzungen hatte er Hilarys Vergangenheit bis zum Alter von drei Jahren zurück freigelegt; damals war seine Angst vor Katzen noch stärker gewesen als heute.

Hilarys bewußte Erinnerungen führten ihn nicht weiter zurück. Was sein bewußter Verstand aus der Zeit davor noch wußte, war – und auch das nur vom Hörensagen –, daß seine Mutter im Kindbett gestorben war; vom Zeitpunkt seiner Geburt war er von einer Reihe von Ammen versorgt worden, bis sein Vater wieder geheiratet hatte, als er, Hilary, gerade drei Jahre alt war.

Um die Barriere der bewußten Erinnerungen zu durchdringen, hypnotisierte ihn der Psychiater, um das bekannte Phänomen der Regression hervorzurufen, der Umkehr von Verstand und Erinnerung, damit das Subjekt seine Erfahrungen der Vergangenheit noch einmal durchleben kann, die der bewußte Verstand vergessen hat.

Unter tiefster Hypnose führte er Hilarys Erinnerung bis ins Alter von zweieinhalb Jahren zurück. Damals hatte sein Vater ein Kätzchen für ihn nach Hause gebracht, und er hatte Hilary das Kätzchen hingehalten und hatte gesagt: »Für dich, mein Sohn. Siehst du? Ein Kätzchen. Deine Kitty!«

Und damals hatte Hilary geschrien – so wie jetzt seine Schreie durch die Praxis des Psychiaters hallten. Der Psychiater hatte ihn hastig geweckt; er hatte Hilary erklärt, was geschehen war, und damit war die Sitzung für heute beendet, nachdem er ihm versichert hatte, sie wären der Lösung mittlerweile so nahe gekommen, daß eventuell bereits die nächste Sitzung das Trauma erklären würde, das ihn veranlaßt hatte, in einem so zarten Alter beim Anblick eines Kätzchens zu schreien.

Bei der nächsten Sitzung versetzte der Psychiater ihn wieder in tiefe Hypnose und transportierte ihn noch weiter zurück. Als Hilary in Geist und Erinnerung zwei Jahre alt war, durchlebte er eine weitere Episode, und als ihn die Erinnerung übermannte, da schrie er wieder.

Diesesmal weckte ihn der Psychiater noch schneller aus der Trance und lächelte. Er sagte: »Wir haben endlich das traumatische Erlebnis freigelegt, das zu Ihrer Furcht vor Katzen geführt hat, und Sie werden sie nicht mehr fürchten.

Als Sie zwei Jahre alt waren, hatten Sie eine Amme, die eine gefährliche Psychopathin war. Eines Morgens bekam sie, erzürnt durch Ihre Schreie im Laufstall, Mordgelüste, holte ein Messer aus der Küche und griff Sie damit an, um Sie zu töten. Glücklicherweise war Ihr Vater im Zimmer nebenan und hörte Ihre Schreie, als sie mit dem Messer auf Sie zukam, und er kam gerade noch rechtzeitig, sie zurückzureißen und Ihnen das Leben zu retten. Sie wurde in eine Anstalt für geisteskranke Kriminelle eingewiesen.«

»Aber was«, verlangte Hilary zu wissen, »hat das mit meiner Furcht vor dem . . . äh, Tier zu tun, vor dem ich mich fürchte?«

»Der Name des Kindermädchens war Kitty. Und als Ihr Vater Ihnen sechs Monate später ein kleines Kätzchen mit dem Namen Kitty brachte, verband Ihr Unterbewußtsein das mit dem schrecklichen traumatischen Erlebnis mit einer mordlüsternen Frau namens Kitty, und Sie schrien.

Nun, da Sie die Erinnerung durchlebt haben und die Wahrheit über die Ereignisse wissen, werden Sie keine Furcht vor Katzen mehr empfinden. Sie sind von Ihrer Aelurophobie geheilt.

Das werde ich Ihnen hier und jetzt beweisen. In Erwartung meines Erfolges habe ich meine Sekretärin gebeten, eine Katze, ihre Katze, mit hierherzubringen. Sie hielt sie in ihrem Transportkörbchen, damit Sie sie beim Durchqueren des Wartezimmers nicht sehen konnten. Ich werde sie jetzt bitten, sie hereinzubringen – und Sie werden keine Angst vor ihr haben. Sie werden sie als ein schönes Tier bewundern, was sie ist, und sie sogar streicheln.«

Er hob den Telefonhörer ab und sprach kurz mit seiner Sekretärin.

»Ich hoffe sehr, daß Sie recht haben, Doktor«, sagte Hilary aufrichtig. »Wenn ja, dann scheint es, als habe mein Verstand eine absurde Umschreibung vorgenommen – wenn das das richtige Wort ist. Vielleicht wäre ›Assoziation‹ zutreffender. Wie dem auch sei, es scheint so, als hätte ich niemals Angst vor Katzen haben sollen. Ich hätte mich statt dessen vor etwas anderem fürchten müssen, nämlich vor . . .«

Die Tür ging auf, und die wunderschöne Sekretärin des Psychiaters kam herein. Sie hatte die Katze auf dem Arm. Hilary Morgan wandte sich ihr zu und sah sie – und schrie.

Nicht wegen der Katze.

Man hätte ihn vielleicht irgendwann von seiner Gynephobie heilen können, seiner morbiden Furcht vor Frauen, und zwar durch Katharsis, hätte nicht die katastrophale Plötzlichkeit des Erkennens der wahren Kategorie seiner Phobie ihn kataklysmisch in eine katabolische Katatonie katapultiert, und damit in eine so tiefe Katalepsie, daß sie so lange anhielt, bis er nach kurzem Zwischenaufenthalt auf einem Katafalk in einer Katakombe in den nahegelegenen Catskills begraben wurde.

EINE KLEINE NACHTMUSIK
(Eine kleine Nachtmusik)
(In Zusammenarbeit mit Carl Onspaugh)

Sein Name war Dooley Hanks, und er war einer von uns, womit ich meine, daß er teilweise ein Paranoider, teilweise ein Schizophrener, größtenteils aber ein Irrer mit einer starken *idée fixe* war, einer Besessenheit. Er war davon besessen, daß er eines Tages einmal den KLANG finden würde, nach dem er sein ganzes Leben lang gesucht hatte, wenigstens aber sein ganzes Leben seit zwanzig Jahren, seit er ein Teenager gewesen war, als er eine Klarinette bekam und lernte, wie man sie spielte. Eigentlich war er nur ein durchschnittlicher Musiker, aber die Klarinette war sein ein und alles, mit ihr konnte er über das Antlitz der Erde reisen, durch alle Kontinente, um den KLANG zu suchen. Er gab ein Konzert hier und ein Konzert da, und wenn er sich ein paar Dollar oder Pfund oder Drachmen oder Rubel verdient hatte, begann er eine Tour zu Fuß, bis ihm das Geld ausging, und dann suchte er sich die nächstbeste Stadt aus, die groß genug war, um wieder ein Konzert geben zu können.

Er hatte keine Vorstellung, wie der KLANG klingen würde, aber er wußte, daß er ihn erkennen würde, wenn er ihn hörte. Dreimal hatte er *geglaubt,* er hätte ihn gefunden. Einmal in Australien, als er zum ersten Mal eine Rassel hörte. Einmal in Kalkutta, im Klang einer Musette, mit der ein Fakir eine Kobra beschwörte. Und einmal westlich von Nairobi, als das Lachen einer Hyäne mit dem Brüllen eines Löwen verschmolz. Aber beim zweiten Hinhören war die Rassel nur ein Geräusch, die Musette, die er für zwanzig Rupien von dem Fakir gekauft und heimgebracht hatte, erwies sich als ein grobes und heiseres Blasinstrument mit wenig Möglichkeiten und nicht einmal einer chromatischen Skala; und aus den Dschungellauten war schließlich nur das Bellen einer Hyäne und das Brüllen eines Löwen geworden, ganz und gar nicht der KLANG.

Tatsächlich hatte Dooley Hanks ein seltenes und großes Talent, das ihm viel mehr hätte bedeuten können als seine Klarinette, die Gabe der Sprache. Er kannte ein Dutzend Sprachen und sprach alle flüssig, idiomatisch und akzentfrei. Ein paar Wochen in einem fremden Land reichten ihm, die Sprache zu lernen und sie wie ein Eingeborener zu beherrschen. Aber er hatte nie versucht, aus seiner Begabung Kapital zu schlagen, und er würde es auch nie tun. So mittelmäßig er als Musiker auch war, seine Liebe galt der Klarinette.

Derzeit war die Sprache, die er gerade gemeistert hatte, Deutsch, das er sich in drei Wochen aneignete, während er mit einer Kombo in einer Bierstube in Hannover spielte. Daher hatte er als Geld diesmal D-Mark in der Tasche. Eines Tages, am Ende eines Tages, an dem er per Anhalter unterwegs war, stand er nach einer recht langen Fahrt in einem Volkswagen im Mondenschein am Ufer der Weser. Er hatte seine Reisekleidung an, die gute Kleidung, seinen Anzug, hatte er in einem Rucksack auf dem Rücken. Die Klarinette trug er wie immer in der Hand, denn er traute keinem Koffer, wenn er einen dabei hatte, und auch keinem Reisefutteral.

Er fühlte sich wie von einem Dämon getrieben, und plötzlich verspürte er eine Aufregung, die ein Hinweis sein mußte, daß er endlich kurz davorstand, den KLANG zu finden. Er zitterte ein wenig, das Gefühl war niemals zuvor so stark gewesen, nicht einmal bei dem Löwen und der Hyäne, und die waren seiner Imagination am nächsten gekommen.

Aber wo? Hier im Wasser? Oder in der nächsten Stadt? Sicher nicht weiter als in der nächsten Stadt. Das Gefühl war so stark. So bebend stark. Wie am Rand des Wahnsinns, und plötzlich wußte er, daß er wahnsinnig werden würde, wenn er ihn nicht bald fand. Vielleicht war er schon ein wenig verrückt.

Er sah über das mondbeschienene Wasser. Und plötzlich störte etwas die Oberfläche, blitzte im Mondlicht weiß auf und war wieder verschwunden. Dooley starrte die Stelle an. Ein Fisch? Kein Laut war zu hören gewesen, kein Plätschern. Eine Hand? Die Hand einer Meerjungfrau, die von der Nordsee heraufgeschwommen war und ihn lockte? Komm herein, das Wasser ist herrlich. (Aber das wäre es nicht; es würde *kalt* sein.) Ein übernatürlicher Wassergeist? Eine verirrte Rheinjungfrau in der Weser?

Aber war es wirklich ein Zeichen? Dooley, der nun zitterte, stand am Ufer der Weser und stellte sich vor, wie es sein würde . . . langsam vom Ufer hineinzuwaten, die Melodie der Klarinette von seinen Gefühlen leiten lassen, den Kopf zu neigen, wenn das Wasser tiefer wurde, damit sie noch aus dem Wasser ragen würde, wenn er, Dooley, bereits untergegangen war, und schließlich ganz zu verschwinden. Und der Klang, wenn es einen Klang gab, würde vom Blubbern des Wassers über seinem Kopf erzeugt werden. Zuerst über seinem Kopf, dann über der Klarinette. Er erinnerte sich der klischeehaften Vorstellung, die er zuvor als banalen Aberglauben verworfen hatte, mittlerweile aber fast glauben wollte, daß ein Ertrinkender alle Bilder seines Lebens in einem großen Finale blitzartig an sich vorüberziehen sieht. Was für eine irre Montage da zustande kommen würde! Welche Inspiration für das letzte Gurgeln der Klarinette. Welcher irrwitzige Verschnitt seiner wilden, süßen, traurigen und gepeinigten Existenz, wenn seine überlasteten Lungen ihren letzten Atemzug zu einer letzten Note hervorstießen und dann das kalte, dunkle Wasser inhalierten. Ein Schauer atemloser Erwartung durchlief Dooley Hanks' Körper, während seine Finger nervös auf den Kasten der Klarinette trommelten.

Aber *nein* sagte er sich. Wer würde es hören? Wer würde es wissen? Es war wichtig, daß es jemand hörte. Andernfalls wären seine Suche, seine Entdeckung, sein ganzes Leben vergebens. Unsterblichkeit kann nicht vom isolierten Wissen über die eigene Größe abgeleitet werden. Was nützte der KLANG, wenn er ihm den Tod brachte, und nicht die Unsterblichkeit?

Eine Sackgasse. Wieder eine Sackgasse. Vielleicht die nächste Stadt. Ja, die nächste Stadt. Seine Vorahnung war wieder da. Wie hatte er so närrisch sein und daran denken können, sich zu

ertränken? Um den KLANG zu finden, würde er töten, sollte es notwendig sein – aber nicht sich selbst. Das würde das ganze Spektakel bedeutungslos machen.
Mit dem Gefühl eines Mannes, der gerade noch einmal davongekommen ist, wandte er sich um und ging fort vom Fluß, zurück zur Straße, die parallel zu ihm verlief, und dann auf die Lichter der nächsten Stadt zu. Wenngleich Dooley Hanks seines Wissens kein indianisches Blut in sich hatte, ging er wie ein Indianer, indem er einen Fuß direkt vor den anderen setzte, als würde er auf einem Hochseil gehen. Geräuschlos, so geräuschlos es in Wanderstiefeln eben möglich war, setzte er zuerst den Ballen auf, um den Schritt zu dämpfen, bevor er die Ferse folgen ließ. Und er ging mit raschen Schritten, denn es war immer noch früh am Abend und er würde genügend Zeit haben, nachdem er sich in einem Hotel eingetragen und sich des Rucksacks entledigt hatte, um eine Weile die Stadt zu erkunden, bevor sie die Gehwege einrollten. Langsam kam Nebel auf.
Wie knapp er dem Selbstmordimpuls am Ufer der Weser entkommen war, machte ihm immer noch Sorgen. Auch das hatte er früher schon erlebt, aber niemals so heftig. Das letzte Mal war es in New York gewesen; auf der Spitze des Empire State Building, über hundert Stockwerke über der Straße. Es war ein heller, klarer Tag gewesen, und die Schönheit des Ausblicks hatte ihn gefangengenommen. Und unvermittelt war er vom selben Überschwang erfüllt worden, von der Gewißheit, daß eine blitzartige Inspiration seine Suche beendet und ihm das Ziel zum Greifen nahe gebracht hatte. Er mußte lediglich die Klarinette aus dem Kasten nehmen und sie zusammensetzen. Der magische Anblick würde in den ersten reinen Tönen des Instruments offenbart werden, und die anderen Zuschauer würden verwundert die Köpfe drehen. Dann der Kontrapunkt des Aufschreis, wenn er sprang, und die wimmernden, klagenden, schreienden Töne des Instruments, während er dem Pflaster entgegensank, die unheimliche Melodie, inspiriert von der Szene wirbelnder Farben, von Straße und

Gehweg und Menschen, die voll schreckensstarrer Faszination zusahen, ihn ansahen, Dooley Hanks, und den KLANG hörten, seinen Klang, der sich zu einem superben Fortissimo aufbaute, dem Grand Finale seines größten Solos – die schrille letzte Note, wenn sein Körper auf dem Pflaster aufprallte und Fleisch, Blut und Knochen mit Beton verschmolzen, wobei ein letztesmal ein überwältigender Atemstoß durch die Klarinette gepreßt wurde, bevor sie seinen leblosen Fingern entglitt. Aber er hatte sich damit gerettet, daß er kehrtgemacht hatte und zum Fahrstuhl geflüchtet war.

Er wollte nicht sterben. Daran mußte er sich stets erinnern. Aber kein anderer Preis wäre zu groß, als daß er ihn nicht bezahlen würde.

Mittlerweile befand er sich bereits in der Stadt. In einem alten Viertel mit dunklen, schmalen Straßen und uralten Häusern. Der Nebel glitt vom Fluß herauf, anfangs gleich einer gigantischen Schlange, welche am Straßenpflaster kroch, dann jedoch stieg er allmählich auf, verschleierte die Szenerie und trübte seine Sicht. Aber durch ihn hindurch, jenseits der Kopfsteinpflasterstraße, sah er ein erleuchtetes Hotelschild: *Unter den Linden*. Ein gewichtiger Name für ein so kleines Hotel, aber es sah billig aus, und genau das suchte er. Es war tatsächlich preiswert, und so nahm er ein Zimmer und trug den Rucksack hinauf. Er überlegte, ob er die Reisekleidung ablegen und den guten Anzug anziehen sollte, entschied sich dann aber dagegen. Heute nacht würde er nicht nach einem Engagement suchen; dazu war morgen noch Zeit. Aber natürlich würde er die Klarinette mitnehmen, die hatte er immer bei sich. Er hoffte, er würde einen Ort finden, wo sich andere Musiker aufhielten, eventuell gebeten werden, sich zu ihnen zu setzen. Und selbstverständlich würde er sie nach dem besten Weg fragen, wie man hier zu einem Auftritt kommen konnte. Daß er einen Instrumentenkoffer bei sich trug, würde ihm automatisch Zutritt zu Musikerkreisen verschaffen, hier in Deutschland ebenso wie anderswo.

Als er auf dem Hinausweg wieder an der Rezeption vorbeikam,

fragte er den Portier – einen Mann, der so uralt aussah wie das Hotel selbst – nach dem Weg zum Stadtzentrum und den belebteren Gegenden. Draußen machte er sich in die Richtung auf, die der alte Mann gewiesen hatte, aber die Gassen waren so verwinkelt, der Nebel so dicht, daß er sich nach wenigen Häuserzeilen verirrt hatte und nicht einmal mehr die Richtung wußte, aus der er gekommen war. Daher spazierte er ziellos weiter und fand sich wenige Blocks entfernt in einer unheimlichen Umgebung wieder. Ohne ersichtlichen Grund begann er in dieser gespenstischen Atmosphäre die Nerven zu verlieren, er geriet in Panik und rannte so schnell als möglich, um dieses Viertel hinter sich zu bringen, aber dann blieb er stehen, als er plötzlich Musik in der Luft vernahm – die unheimlichen packenden Töne einer Musik, die ihn, nachdem er ihr einen Augenblick gelauscht hatte, auf der Suche nach ihrem Ursprung durch die dunklen Straßen zog. Es schien ein einziges Instrument zu sein, ein Holzblasinstrument, das aber nicht exakt wie eine Klarinette oder Oboe klang. Es wurde lauter und dann wieder leiser. Vergebens suchte er nach einem Licht, einer Bewegung, einem Hinweis auf seine Quelle. Er drehte sich um und ging ein Stück zurück, inzwischen auf Zehenspitzen, und das Geräusch schwoll wieder an. Wenige Schritte, und es wurde wieder leiser. Dooley machte erneut kehrt und ging wenige Schritte zurück, um vor einem düster aussehenden Haus stehenzubleiben. Kein Licht war hinter den Fenstern zu sehen. Aber die Musik war nun rings um ihn herum und – konnte sie von unten kommen? Von unter dem Gehweg?

Er machte einen Schritt auf das Gebäude zu und sah etwas, das ihm bislang entgangen war. Parallel zur Front des Hauses, offen und durch kein Geländer geschützt, führte eine Flucht ausgetretener Stufen nach unten. Am Fuße dieser Stufen deutete ein schmaler Lichtstreifen die Spalten einer Tür an. Hinter dieser Tür erklang die Musik. Und, wie er nun vernehmen konnte, Stimmen einer Unterhaltung.

Er stieg vorsichtig die Stufen hinab und verharrte vor der Tür, wobei er überlegte, ob er anklopfen oder einfach öffnen und eintreten sollte. War dies, ungeachtet der Tatsache, daß er kein Schild gesehen hatte, ein öffentlicher Ort? Einer, den Besuchern so gut bekannt, daß kein Schild vonnöten war? Oder vielleicht eine private Party, bei der er nur stören würde?

Er beschloß, diese Frage von der Tatsache beantworten zu lassen, ob die Tür versperrt war oder nicht. Er legte die Hand auf den Griff, sie öffnete sich, und er trat ein.

Die Musik schwoll an und umhüllte ihn zärtlich. Der Ort sah wie eine öffentliche Schänke aus, wie ein Weinkeller. Am anderen Ende eines langen Raumes befanden sich drei Weinfässer mit Zapfen. Es gab Tische und Menschen, Männer und Frauen saßen an ihnen. Keine Krüge, anscheinend wurde nur Wein ausgeschenkt. Ein paar Leute sahen ihn an, aber desinteressiert, nicht mit Blicken, mit denen man einen Eindringling ansieht, daher stand zu vermuten, daß es sich nicht um eine private Party handelte.

Der Musiker – es war nur einer – saß in einer Ecke des Raumes auf einem hohen Hocker. Im Raum war der Rauch fast so dick wie der Nebel auf den Straßen, und Dooleys Augen waren nicht die besten, daher konnte er aus der Entfernung nicht sagen, ob das Instrument des Musikers eine Klarinette, eine Oboe oder keines von beidem war. Auch seine Ohren konnten diese Frage nicht beantworten, obwohl er sich mittlerweile im selben Zimmer befand.

Er schloß die Tür hinter sich und bahnte sich einen Weg zwischen den Tischen hindurch, wobei er nach einem freien in größtmöglicher Nähe zu dem Musiker Ausschau hielt. Er fand einen nicht zu weit entfernt und nahm daran Platz. Er begann, das Instrument mit Augen und Ohren gleichermaßen zu studieren. Es machte einen vertrauten Eindruck. Er hatte ein ähnliches schon irgendwo einmal gesehen, aber wo?

»Ja, mein Herr?« wurde dicht neben seinem Ohr geflüstert, und er wandte sich um. Ein kleiner Kellner in Lederhosen stand an seiner Seite. »Zinfandel. Burgunder. Riesling.«

Dooley verstand nichts von Wein und kümmerte sich auch nicht darum, aber er nannte einen der drei. Während der Kellner auf

Zehenspitzen davonschlich, legte er ein paar Mark auf den Tisch, damit er nicht mehr gestört werden würde, wenn der Wein kam.

Dann studierte er das Instrument erneut und versuchte für den Augenblick, ihm *nicht* zuzuhören, damit er sich darauf konzentrieren konnte, wo er so etwas schon einmal gesehen hatte. Es war ungefähr so lang wie seine Klarinette, nur der Trichter war etwas breiter und ausladender. Es bestand – alles aus einem Stück, soweit er sehen konnte – aus einem dunklen Holz, irgendwo in der Tönung zwischen Walnuß und Mahagoni, auf Hochglanz poliert. Es hatte Fingerlöcher und nur drei Ventile, zwei am unteren Teil, um die Tonskala um zwei Halbtöne zu erweitern, und eines, das mit dem Daumen bedient wurde, bei dem es sich um ein Oktavventil handeln mußte.

Er schloß die Augen, und er hätte auch die Ohren geschlossen, wenn es möglich gewesen wäre, um sich darauf zu konzentrieren, wo er dasselbe schon einmal gesehen hatte. Wo?

Allmählich kam er darauf. Ein Museum, irgendwo. Möglicherweise in New York, weil er dort geboren worden und aufgewachsen war und erst mit vierundzwanzig von dort weggegangen war, und das war vorher gewesen, als er noch ein Teenager gewesen war. Das naturwissenschaftliche Museum? Dieser Teil spielte keine Rolle. Dort jedenfalls hatte es einen Saal gegeben, voll Glasvitrinen, in denen alte und mittelalterliche Instrumente ausgestellt waren: Viola da Gambas und Viola d'amores, Dudelsäcke und Panflöten, Lauten und Tambourine und Flöten. Und in einer Vitrine hatten sich ausschließlich Schalmeien und Oboen befunden, Vorläufer der heutigen Oboe. Und dieses Instrument, dem er momentan gebannt lauschte, war eine Oboe. Die Schalmeien konnte man unterscheiden, weil sie kugelförmige Mundstücke und das Rohr im Inneren hatten; die mittelalterliche Oboe bildete gewissermaßen ein Zwischenstück zwischen der Schalmei und der modernen Oboe. Die Oboe hatte verschiedenartige Entwicklungsstufen durchgemacht, anfangs ohne Ventile, nur mit Fingerlöchern, bis hin zu einem runden Dutzend Ventilen. Ja, es hatte eine

Version mit drei Ventilen gegeben, die mit dieser hier identisch gewesen war, davon abgesehen, daß sie aus hellem und nicht aus dunklem Holz bestanden hatte. Ja, er war ein Teenager gewesen, ein junger Teenager, als er es gesehen hatte, als Schulanfänger der High School. Weil er gerade angefangen hatte, sich für Musik zu interessieren, seine Klarinette aber noch nicht besaß; er hatte immer noch zu entscheiden versucht, welches Instrument er spielen wollte. Darum hatten alte Instrumente und ihre Geschichte ihn eine Zeitlang fasziniert. In der Bibliothek der High School hatte er ein Buch darüber gefunden und gelesen. Dort war zu lesen gewesen – großer Gott, dort war zu lesen gewesen, daß die mittelalterliche Oboe in den unteren Registern einen rauhen Ton hatte und bei den hohen Tönen schrill klang! Schlichtweg eine Lüge, wenn dieses Instrument typisch war. Die gesamte Tonfolge war glatt wie Honig; es hatte einen vollklingenden Ton, der wesentlich angenehmer war als die Brüchigkeit einer heutigen Oboe. Sogar besser als eine Klarinette, nur in ihrer tiefsten Lage konnte eine Klarinette ihm in etwa nahekommen.

Und Dooley Hanks wußte ganz genau, daß er dieses Instrument haben mußte, und daß er es auch haben *würde*, ganz egal, was er dafür zahlen oder tun mußte.

Und nachdem dieser Entschluß unumstößlich feststand, und während die Musik ihn immer noch zärtlich wie eine Frau liebkoste und ihn so erregte, wie keine Frau es vermochte, öffnete Dooley die Augen. Und da sein Kopf vornüber gesunken war, während er sich konzentriert hatte, sah er als erstes den sehr großen Kelch roten Weins, den der Kellner vor ihm abgestellt hatte. Er nahm ihn auf und sah über den Rand hinweg, und so gelang es ihm, die Aufmerksamkeit des Musikers zu erwecken; Dooley hob den Kelch zu einem stummen Trinkspruch und trank ihn mit einem Zug leer.

Als er nach dem Trinken – der Wein hatte unerwartet gut geschmeckt – den Kopf senkte, hatte sich der Musiker ein wenig auf seinem Hocker gedreht und sah nun in eine andere Richtung. Nun, das gab ihm eine Möglichkeit, den Mann zu studieren. Der Musiker war groß, aber er machte einen mageren und zerbrechlichen Eindruck. Sein Alter war unbestimmbar; er hätte alles zwischen vierzig und sechzig sein können. Seine Erscheinung war ein wenig heruntergekommen; der fadenscheinige Mantel paßte nicht zu den ausgebeulten Hosen; und um seinen Hals hing ein greller rot und gelb gestreifter Schal. Sein vorstehender Adamsapfel hüpfte jedesmal, wenn er zum Spielen Atem holte. Sein zerzaustes Haar mußte geschnitten werden, das Gesicht war verkniffen, die Augen so hellblau, daß sie verblaßt wirkten. Nur die Finger wiesen die Spuren eines meisterhaften Musikers auf, sie waren lang und schmal und anmutig. Sie tanzten geschmeidig zu der Melodie, die sie erzeugten.

Dann endete die Musik mit einer abschließenden Folge hoher Töne, die Dooley verblüfften, weil sie mindestens eine halbe Oktave über der von ihm vermuteten höchsten Lage des Instruments lagen und dennoch so volltönend wie die unteren Lagen klangen.

Ein paar Sekunden herrschte fast gebannte Stille, dann begann der Applaus und schwoll an. Dooley machte mit, seine Handflächen begannen zu schmerzen. Der Musiker, der starr geradeaus sah, schien es nicht zu bemerken. Und nach kaum dreißig Sekunden hob er das Instrument erneut an die Lippen, und beim ersten Ton, den er spielte, verstummte der Applaus.

Dooley spürte eine sanfte Berührung an der Schulter und sah sich um. Der kleine dicke Kellner war wieder da. Dieses Mal flüsterte er nicht, sondern zog lediglich fragend eine Braue in die Höhe. Als er mit dem leeren Weinglas verschwunden war, schloß Dooley die Augen und widmete seine ganze Aufmerksamkeit der Musik.

Musik? Ja, es war Musik, aber eine, wie er sie noch niemals zuvor gehört hatte. Oder war es eine Verschmelzung aller Musikrichtungen, uralt und modern, Jazz und Klassik, eine meisterhafte Verbindung von Paradoxa, oder eher Gegensätzen, süß und sauer, Eis und Feuer, sanfte Brisen und rasende Stürme, Liebe und Haß.

Wieder stand ein volles Glas vor ihm, als er die Augen öffnete. Diesesmal nippte er langsam daran. Wie um alles in der Welt hatte er jemals den Wein so außer acht lassen können? Oh, er hatte schon hin und wieder ein Glas getrunken, aber nichts hatte je wie dieser Wein geschmeckt. Oder war es die Musik, die seinen Geschmack so veränderte? Die Musik hörte auf, und wieder applaudierte er heftig. Diesesmal stieg der Musiker vom Hocker herunter und bedankte sich mit einem kaum wahrnehmbaren Nicken für den Applaus, dann klemmte er das Instrument unter den Arm und schritt rasch durch den Raum – unglücklicherweise nicht in Dooleys Nähe vorbei –, wobei sein Gang nach vorne gebeugt und linkisch war. Dooley drehte den Kopf und folgte dem Musiker mit dem Blick. Der Musiker nahm an einem sehr kleinen Tisch Platz, einem Tisch für eine Person, wie es schien, denn an ihm stand nur ein Stuhl. Dooley überlegte, ob er mit seinem Stuhl hinübergehen sollte, entschied sich dann aber dagegen. Eindeutig wollte der Mann alleine sitzen, sonst hätte er sich nicht diesen besonderen Platz ausgesucht.

Dooley sah sich um, bis er den kleinen Kellner entdeckte, und gab ihm ein Zeichen. Als er kam, bat Dooley ihn, ein Glas Wein zum Tisch des Musikers zu bringen, ihn zu fragen, ob er mit Dooley an einem Tisch sitzen wollte, und ihm zu sagen, daß Dooley ebenfalls Musiker war und ihn gerne kennenlernen würde.

»Ich glaube kaum, daß er das tun wird«, sagte der Kellner zu ihm. »Das haben die Leute schon früher versucht, und der hat stets höflich abgelehnt. Und was den Wein anbelangt, das ist nicht nötig, wir lassen mehrmals am Abend einen Hut für ihn herumgehen. Jemand tut das soeben, und Sie können auch Ihren Teil beisteuern, wenn Sie möchten.«

»Das werde ich«, sagte Dooley. »Aber bringen Sie ihm dennoch den Wein und meine Nachricht.«

»Ja, mein Herr.«

Der Kellner kassierte eine Mark im voraus, dann ging er zu einem der Fässer und füllte ein Glas Wein, das er zu dem

Musiker trug. Dooley beobachtete, wie der Kellner das Glas an den Tisch des Musikers brachte und in seine Richtung deutete. Er stand auf und verbeugte sich ein wenig, damit es keine Verwechslung geben konnte.

Der Musiker stand ebenfalls auf und verbeugte sich, etwas tiefer und mehr aus der Hüfte heraus. Aber dann wandte er sich wieder seinem Tisch zu und setzte sich, und Dooley wußte, daß sein erster Versuch abgelehnt worden war. Nun, es würde noch andere Chancen und andere Abende geben. Daher lehnte er sich nur ein wenig enttäuscht zurück und nippte erneut an seinem Wein. Ja, auch ohne die Musik, oder mit den Nachwirkungen der Musik, schmeckte er herrlich.

Der Hut »Für den Musiker«, kam, von einem untersetzten Bürger mit rotem Gesicht getragen, und Dooley, der keine größeren Scheine darin sah und sich nicht verdächtig machen wollte, fügte von seinem kleinen Stapel auf dem Tisch zwei weitere Mark zu.

Dann sah er, wie ein Paar von einem Tisch für zwei Personen aufstand, der sich direkt vor dem Hocker befand, auf dem der Musiker zu sitzen pflegte. Ah, genau das, was er wollte. Er trank rasch das Glas leer, sammelte sein Kleingeld ein, nahm die Klarinette und ging hinüber zu dem Tisch, von dem sich das Paar entfernte. Nun konnte er nicht nur besser hören und sehen, er war auch in einer idealen Position, den Musiker nach der nächsten Vorstellung persönlich einzuladen. Und den Koffer der Klarinette stellte er nicht auf den Boden, sondern legte ihn auf den Tisch, gut sichtbar, damit der Mann merkte, daß er nicht nur Musiker war, was alles bedeuten konnte, sondern ebenfalls ein Holzblasinstrument spielte.

Wenige Minuten später konnte er dem Kellner ein Zeichen geben, daß er noch ein Glas Wein haben wollte, und als es kam, verwickelte er den kleinen Kellner in eine Unterhaltung. »Ich schätze, unser Freund hat meine Einladung ausgeschlagen«, sagte er. »Dürfte ich fragen, wie er heißt?«

»Otto, mein Herr.«

»Otto was? Hat er keinen Nachnamen?«

Die Augen des Kellners zwinkerten. »Ich habe ihn einmal danach gefragt. Niemand hat er gesagt. Otto Niemand.«
Dooley kicherte. Er kannte die Bedeutung des deutschen Wortes *Niemand*. »Wie lange spielt er schon hier?« fragte er.
»Oh, heute nacht. Er reist herum. Heute nacht sehen wir ihn seit fast einem Jahr zum ersten Mal wieder. Wenn er kommt, dann stets für eine Nacht, und wir lassen ihn spielen und den Hut für ihn herumgehen. Normalerweise haben wir keine Musik hier, dies ist nur ein Weinkeller.«
Dooley runzelte die Stirn. Also mußte er ganz sicherstellen, daß der Kontakt heute nacht noch zustande kam.
»Nur ein Weinkeller«, wiederholte der kleine Kellner. »Aber wir haben auch belegte Brote, wenn Sie hungrig sind. Schinken, Knackwurst oder Bierkäse . . .«
Dooley hatte nicht zugehört und unterbrach ihn: »Wann wird er wieder spielen? Macht er zwischen zwei Auftritten lange Pausen?«
»Oh, heute nacht spielt er nicht mehr. Vor einer Minute, gerade als ich Ihren Wein brachte, habe ich gesehen, wie er gegangen ist. Vielleicht werden wir ihn lange Zeit nicht wiedersehen . . .«
Aber Dooley hatte den Klarinettenkoffer gepackt und lief los, so schnell es der gewundene Kurs zwischen den Tischen hindurch zuließ. Durch die Tür hindurch, ohne sich die Mühe zu machen, sie zu schließen, und die Treppe zum Gehweg hinauf. Der Nebel war nun nur noch stellenweise so dicht wie zuvor. Aber er konnte *niemand* sehen, weder in der einen noch in der anderen Richtung. Er blieb vollkommen still stehen und lauschte. Anfangs konnte er lediglich die Geräuschkulisse aus dem Weinkeller vernehmen, dann schloß glücklicherweise jemand die Tür, die er offengelassen hatte, und in der so entstandenen Stille glaubte er einen Augenblick, daß er rechts von sich Schritte vernahm, in der Richtung, aus der er gekommen war.
Er hatte nichts zu verlieren, also lief er in diese Richtung. Die Straße machte eine Biegung, dann kam eine Ecke. Er blieb stehen und lauschte erneut, und dann glaubte er, in *jener*

Richtung hinter der Ecke Schritte zu hören, er lief ihnen nach. Nach einem halben Block konnte er vor sich eine Gestalt sehen, zu weit entfernt, als daß er sie hätte erkennen können, aber Gott sei dank groß und schlank; es *konnte* der Musiker sein. Und jenseits der Gestalt, trübe und undeutlich durch den Nebel, konnte er Lichter sehen und Verkehrslärm hören. Das mußte die Abzweigung sein, die er verfehlt hatte, als er der Beschreibung des Portiers folgte, wie er zum belebteren Stadtzentrum gelangen konnte, sofern man bei einer Stadt dieser Größe überhaupt davon sprechen konnte.
Er verringerte die Entfernung auf einen Viertelblock, dann öffnete er den Mund, um zu rufen, mußte aber einsehen, daß es dazu zu windig war. Er verringerte seinen Schritt zu einer langsameren Gangart. Nun, da er so dicht hinter ihm war, bestand keine Gefahr mehr, daß er den Mann verlor. Er versuchte, wieder zu Atem zu kommen, während er die Distanz zwischen ihnen langsam verringerte.
Er war nur noch wenige Schritte hinter dem Mann – Gott sei dank, es war der Musiker –, er versuchte, mit größeren Schritten an seine Seite zu gelangen und ihn anzusprechen, als der Mann vom Fußweg herabtrat und diagonal die Straße zu überqueren begann. Im selben Augenblick schoß ein Wagen mit überhöhter Geschwindigkeit, dessen Fahrer betrunken sein mußte, um die Ecke, kam einen Augenblick ins Schleudern, fing sich dann wieder und raste auf den achtlosen Musiker zu. Reflexartig sprang Dooley, der in seinem ganzen Leben noch nichts Heldenhaftes vollbracht hatte, auf die Straße und stieß den Musiker aus der Bahn des rasenden Autos. Im Schwung stürzte er zusammen mit dem Musiker auf das Kopfsteinpflaster, wo er atemlos liegenblieb, während das Auto so dicht vorbeiraste, daß der Fahrtwind mit gierigen Fingern an seinen Kleidern zerrte. Dooley hob den Kopf und sah die roten Augen der Rücklichter einen Block entfernt im Nebel verschwinden.
Dooley lauschte dem Rauschen des Blutes in seinen Ohren, während er sich zur Seite bewegte, um den Musiker freizugeben, worauf sich beide Männer erhoben.

»War es nahe?«
Dooley nickte und schluckte mühsam. »Wie eine Rasur mit einer scharfen Klinge.«
Der Musiker holte sein Instrument unter dem Mantel hervor und untersuchte es. »Nicht entzwei«, sagte er. Aber Dooley stellte fest, daß er selbst mit leeren Händen dastand, und wirbelte herum, um nach dem Koffer Ausschau zu halten. Und sah ihn. Er mußte ihn fallengelassen haben, als er die Hände hob, um den Musiker wegzustoßen. Ein Vorder- und Hinterreifen des Autos waren darüber hinweggefahren, denn er war an beiden Enden flachgedrückt. Der Koffer und jedes Teil der Klarinette waren nutzloser Schrott. Er betastete sie einen Augenblick, dann ging er ein paar Schritte weg und warf beides in den Straßengraben.
Der Musiker kam zu ihm herüber. »Ein Jammer«, sagte er leise. »Der Verlust eines Instrumentes ist wie der Verlust eines Freundes.«
Dooley hatte einen Einfall, daher antwortete er nicht, aber es gelang ihm, trauriger auszusehen, als ihm tatsächlich zumute war. Der Verlust der Klarinette war ein schwerer Schlag ins Budget, aber keiner, der nicht zu verschmerzen gewesen wäre. Er hatte genug, um sich eine gebrauchte, nicht ganz so gute, kaufen zu können, und er würde eine Weile härter arbeiten und weniger ausgeben müssen, bis er sich wieder eine von dem Format leisten konnte, wie er sie verloren hatte. Dreihundert hatte sie ihn gekostet. Dollars, nicht Mark. Aber er würde schon wieder eine Klarinette finden. Momentan war er ungleich mehr an der mittelalterlichen Oboe des deutschen Musikers interessiert, oder an einer ähnlichen. Dreihundert Dollar, nicht Mark, waren ein Pappenstiel verglichen mit dem, was er für sie geben würde. Und wenn sich der alte Junge verantwortlich fühlte und ihm anbot . . .
»Es war meine Schuld«, sagte der Musiker. »Ich habe nicht aufgepaßt. Ich wünschte, ich könnte es mir leisten, Ihnen eine neue zu kaufen. Es war doch eine Klarinette, nicht?«
»Ja«, sagte Dooley und bemühte sich, wie ein Verzweifelter zu

klingen, und nicht wie ein Mann, der an der Schwelle der größten Entdeckung seines Lebens stand. »Nun, was kaputt ist, ist kaputt. Sollen wir irgendwohin gehen, etwas trinken und lange wach bleiben?«
»Mein Zimmer«, sagte der Musiker. »Ich habe Wein dort. Und dort sind wir ungestört, so daß ich ein oder zwei Melodien spielen kann, die ich nicht in der Öffentlichkeit spiele. Da Sie ebenfalls Musiker sind.« Er kicherte. »*Eine kleine Nachtmusik*, – aber nicht die von Mozart, meine eigene.«
Es gelang Dooley, seine Begeisterung zu verbergen und wie einer zu nicken, dem nicht besonders an einem Vorschlag gelegen ist. »Okay, Otto Niemand. Mein Name ist Dooley Hanks.«
Der Musiker kicherte. »Nennen Sie mich Otto, Dooley. Ich verwende keinen Nachnamen, daher sage ich Niemand zu jedem, der darauf besteht, einen zu hören. Kommen Sie, Dooley, es ist nicht weit.«
Es war tatsächlich nicht weit, lediglich einen Block entfernt in einer Seitenstraße. Der Musiker betrat ein dunkles und vom Alter gezeichnetes Haus, dessen Tür er mit einem Schlüssel öffnete, anschließend leuchtete er mit einer kleinen Taschenlampe eine schmale Holztreppe empor. Das Haus, erklärte er, war unbewohnt und stand zum Abbruch bereit, daher gab es keine Elektrizität hier. Aber der Eigentümer hatte ihm einen Schlüssel und die Erlaubnis gegeben, es zu benutzen, solange es noch stand; hier und da standen noch ein paar Möbelstücke, und er kam zurecht. Es gefiel ihm, alleine in einem Haus zu sein, denn er konnte zu jeder Tages- und Nachtzeit spielen, ohne jemanden zu stören, der schlafen wollte.
Er öffnete die Tür eines Zimmers und trat ein. Dooley wartete unter der Tür, bis der Musiker eine Öllampe angezündet hatte, die auf der Kommode stand, dann folgte er ihm hinein. Neben der Kommode befanden sich ein normaler Stuhl, ein Schaukelstuhl und ein Bett in dem Zimmer.
»Setzen Sie sich, Dooley«, sagte der Musiker zu ihm. »Das Bett wird bequemer sein als der Stuhl. Wenn ich für uns

spielen soll, würde ich den Schaukelstuhl vorziehen.« Er nahm zwei Gläser und eine Flasche aus dem obersten Fach der Kommode. »Ich sehe, ich habe mich geirrt. Ich dachte, ich hätte noch Wein übrig, aber es ist Brandy. Aber das ist noch besser, nicht?«

»Ja, das ist besser«, sagte Dooley. Er konnte sich kaum zurückhalten, um Erlaubnis zu bitten, selbst auf der Oboe spielen zu dürfen, aber er hielt es für klüger zu warten, bis der Brandy seine Wirkung getan hatte. Er nahm auf dem Bett Platz.

Der Musiker reichte Dooley ein großes Glas Brandy; er ging zurück zur Kommode und holte sein eigenes Glas, dann ging er mit dem Instrument in der Hand zum Schaukelstuhl. Er hob das Glas. »Auf die Musik, Dooley.«

»Auf die *Nachtmusik*«, sagte Dooley. Er nahm einen kräftigen Schluck, der wie Feuer brannte, aber es war guter Brandy. Dann konnte er nicht länger warten. »Otto, macht es Ihnen etwas aus, wenn ich mir das Instrument einmal ansehe? Es ist eine mittelalterliche Oboe, nicht?«

»Ja, genau. Nicht viele hätten das erkannt, auch Musiker nicht. Aber es tut mir leid, Dooley, ich kann sie Ihnen nicht geben. Und ich kann Sie auch nicht damit spielen lassen, wenn Sie das vorhaben sollten. Tut mir leid, aber so ist das nun einmal, mein Freund.«

Dooley nickte und bemühte sich, nicht zu düster dreinzuschauen. Die Nacht ist noch jung, sagte er sich. Noch ein oder zwei Brandy, dann überlegt er es sich vielleicht. Derweil wollte er so viel als möglich herausfinden.

»Ist es – Ihr Instrument meine ich, ein echtes? Ich meine, ist es tatsächlich aus dem Mittelalter? Oder handelt es sich um eine moderne Nachbildung?«

»Ich habe es selbst von Hand angefertigt. Eine Liebhaberarbeit. Aber, mein Freund, bleiben Sie bei Ihrer Klarinette. Diesen Rat gebe ich Ihnen. Bitten Sie mich vor allem nicht, Ihnen so eines zu machen; ich könnte es nicht. Ich habe seit vielen Jahren nicht mehr mit Werkzeugen gearbeitet. Meine

Fähigkeiten sind verkümmert. Haben Sie Geschick im Umgang mit Werkzeugen?«
Dooley schüttelte den Kopf. »Ich kann keinen Nagel einschlagen. Wo könnte ich eines finden, das Ihrem auch nur annähernd gleichkommt?«
Der Musiker zuckte die Schultern. »Die meisten befinden sich in Museen unter Verschluß. Sie könnten ein paar Sammlungen alter Musikinstrumente in Privathand finden, möglicherweise auch eines zu einem exorbitanten Preis kaufen – den Sie vielleicht sogar zu zahlen bereit sind. Aber, mein Freund, ich gebe Ihnen den dringenden Rat, bleiben Sie bei Ihrer Klarinette.«
Dooley Hanks konnte nicht aussprechen, was er dachte, daher schwieg er.
»Morgen werden wir darüber sprechen, eine neue Klarinette zu finden«, sagte der Musiker. »Heute nacht wollen wir sie vergessen. Und vergessen Sie Ihren Wunsch nach dieser Oboe, auch Ihren Wunsch, sie zu spielen – ja, ich weiß, Sie baten nur, sie sich ansehen zu dürfen, aber könnten Sie sie tatsächlich in Händen halten, ohne sie an die Lippen setzen zu wollen? Trinken wir noch etwas, dann werde ich für uns spielen. *Prosit.*«
Sie tranken erneut. Der Musiker bat Dooley, etwas über sich selbst zu erzählen, und das tat Dooley. Er erzählte fast alles über sich, abgesehen von dem einen, das wirklich bedeutsam war – seiner Besessenheit und der Tatsache, daß er gerade beschlossen hatte zu töten, wenn es keine andere Möglichkeit gab.
Es bestand kein Grund zur Eile, dachte Dooley, er hatte noch die ganze Nacht vor sich. Daher redete er, und sie tranken. Sie hatten die dritte Runde halb geleert – auch die letzte Runde, da der Brandy zu Ende war –, als ihm der Gesprächsstoff ausging und er schwieg.
Mit einem sanften Lächeln leerte der Musiker sein Glas, stellte es weg und griff mit beiden Händen nach dem Instrument. »Dooley . . . hätten Sie gerne ein paar Mädchen?«

Dooley stellte plötzlich fest, daß er ein wenig betrunken war. Aber er lachte. »Klar«, sagte er. »Ein ganzes Zimmer voller Mädchen. Blonde, Brünette, Rothaarige.« Und dann, weil er es nicht zulassen konnte, daß ein Deutscher besser im Trinken war als er, leerte auch er sein Glas in einem Zug, lehnte sich auf dem Bett zurück und stützte Kopf und Schultern an der Wand ab. »Bringen Sie sie herbei, Otto.«

Otto nickte und begann zu spielen. Und plötzlich war die qualvolle, packende Schönheit der Musik, die er in dem Keller gehört hatte, wieder da. Aber diesesmal eine neue Melodie, eine Melodie, die rhythmisch und gleichzeitig einfühlsam war. Sie war so wunderschön, daß es schmerzte, und Dooley dachte einen Augenblick wütend: Zum Teufel mit ihm, er spielt auf meinem Instrument; das schuldet er mir für die Klarinette, die ich verloren habe. Und er beschloß, um ein Haar, aufzustehen und etwas dagegen zu unternehmen, weil Neid und Eifersucht wie Feuer in ihm brannten.

Doch bevor er sich bewegen konnte, vernahm er allmählich von irgendwoher ein anderes Geräusch, zwischen der Musik. Es schien von draußen zu kommen, vom Fußweg unter dem Fenster, und es war ein rasches *Klick-klack-klick-klack*, wie von hohen Absätzen, und dann kam es näher, und es *war* das Geräusch von Absätzen, auf Holz, auf der Treppe draußen, und dann – alles in Übereinstimmung mit der Musik – wurde leise an die Tür geklopft. Traumhaft drehte Dooley den Kopf, die Tür ging auf und Mädchen strömten in das Zimmer, umringten ihn und hüllten ihn ein mit ihrer Körperwärme und exotischen Parfüms. Dooley betrachtete sie voll wonnigem Unglauben, doch dann drängte er diese Empfindung beiseite. Wenn dies eine Illusion war, dann sollte es so sein. So lange . . . Er streckte beide Hände aus, und ja, man konnte sie auch berühren, nicht nur sehen. Es gab braunäugige Brünette, grünäugige Blondinen und Rothaarige mit schwarzen Augen. Sie waren alle von unterschiedlicher Größe, von klein bis statuesk, und alle waren wunderschön.

Irgendwie schien das Licht der Öllampe dunkler zu werden,

ohne völlig zu verlöschen, und die Musik, die nun wilder klang, schien von anderswoher zu kommen, als wäre der Musiker nicht mehr hier im Zimmer, was Dooley für sehr rücksichtsvoll hielt. Wenig später tollte er mit den Mädchen herum, ohne Unterlaß, kostete hier und da wie ein kleiner Junge im Süßwarenladen. Oder ein Römer bei einer Orgie, aber die Römer hatten es nie so gut gehabt, und auch die Götter auf dem Olymp nicht.

Schließlich legte er sich herrlich erschöpft auf dem Bett zurück und schlief, umgeben von zartem Mädchenfleisch, bald ein.

Und plötzlich erwachte er, völlig nüchtern, er wußte nicht, wieviel später. Aber das Zimmer war jetzt kalt, vielleicht hatte ihn das aufgeweckt. Er öffnete die Augen und sah, daß er allein im Bett lag und die Öllampe wieder (oder noch?) normal brannte. Und auch der Musiker war da, sah er, als er den Kopf hob; er schlief tief und fest in seinem Schaukelstuhl. Das Instrument hielt er mit beiden Händen fest, und auch das gelb und rot gestreifte Halstuch hatte er noch um den Nacken geschlungen. Den Kopf hatte er nach hinten gegen die Lehne gebeugt.

War alles wirklich geschehen? Oder hatte ihn die Musik eingeschläfert und er hatte die Sache mit den Mädchen geträumt? Dann schob er den Gedanken beiseite; es war einerlei. Was zählte, das einzige, was zählte, war die Tatsache, daß er nicht ohne die alte Oboe von hier fortgehen würde. Aber *mußte* er töten, um sie zu bekommen? Ja, das mußte er. Denn wenn er sie stahl, würde er damit nicht mehr aus Deutschland herauskommen. Otto kannte seinen Namen, er stand in seinem Paß, und sie würden an der Grenze auf ihn warten. Wenn er dagegen den Leichnam zurückließ – die Leiche in dem verlassenen Haus würde möglicherweise erst in Monaten gefunden werden, wenn er sich längst wieder wohlbehalten in Amerika befand. Und bis dahin wäre jeder Verdacht gegen ihn, selbst die Tatsache, daß er das Instrument besaß, so dünn, daß er nicht nach Europa ausgeliefert werden würde. Er konnte behaupten, daß Otto ihm das Instrument als Gegenleistung für die Klarinette geschenkt hatte, die zu Bruch gegangen war, als er Otto das Leben gerettet hatte. Dafür hatte er keinen Beweis, aber sie würden auch nicht das Gegenteil beweisen können.

Rasch und lautlos stand er vom Bett auf, schlich auf Zehenspitzen zu dem Mann im Schaukelstuhl hinüber und sah auf ihn hinab. Es würde einfach sein, denn die Mittel standen zur Verfügung. Der Schal war bereits um den dünnen Hals geschlungen und war vorne einmal verknotet, die Enden hingen herab. Dooley schlich auf Zehenspitzen rings um den Schaukelstuhl herum, griff über die dünnen Schultern, griff nach den beiden Enden des Schals und zog sie mit aller Kraft auseinander. Und hielt sie so. Der Musiker schien älter und zerbrechlicher gewesen zu sein, als Dooley vermutet hatte, denn seine Gegenwehr war schwach. Und selbst im Sterben hielt er das Instrument mit einer Hand fest und versuchte lediglich mit der anderen, an dem Schal zu ziehen. Er starb schnell.

Dooley fühlte zuerst nach dem Herzschlag, um sicherzugehen, dann erst löste er die toten Finger von dem Instrument. Und hielt es endlich selbst in Händen.

Nun, hier und jetzt, in diesem verlassenen Haus, hatte er die beste und sicherste Gelegenheit, wie er sie nie wieder bekommen würde, bevor er das Land wohlbehalten verlassen hatte. Hier und jetzt, in diesem Haus, bevor er sich um Fingerabdrükke auf allen Gegenständen kümmerte, die er berührt haben konnte, und bevor er die anderen Spuren seiner Anwesenheit auslöschte. Hier und jetzt, aber leise, um nicht irgendwelche Nachbarn aufzuwecken, damit diese keinen Unterschied zwischen seiner Spielweise und der des ursprünglichen Besitzers feststellen konnten.

Daher würde er leise spielen, wenigstens zu Anfang, und gleich wieder aufhören, wenn das Instrument das häßliche Quietschen und die schrecklichen Laute hervorbrachte, die mit jedem Instrument, das man nicht richtig beherrschte, so leicht hervorzubringen waren. Aber er hatte das seltsame Gefühl, daß ihm das nicht passieren würde. Er kannte sich bereits mit einem mit doppeltem Rohr aus, einmal, in New York, hatte er sich eine Wohnung mit einem Oboespieler geteilt und es auch mit dessen Instrument versucht, um eine Ausweichmöglichkeit zu haben. Aber schließlich entschied er sich dagegen, denn er zog es vor, mit kleinen Bands zu spielen, und eine Oboe paßte nur zu einem großen Ensemble. Und das Fingerspiel? Er sah hinab und stellte fest, daß seine Finger auf natürliche Weise über die Löcher gefallen waren oder auf den Ventilen verharrten. Er bewegte sie und beobachtete, wie sie scheinbar eigenmächtig einen kleinen Fingertanz begannen. Er hörte auf, sie zu bewegen, führte verwundert das Instrument an die Lippen und atmete leise hinein. Und heraus kam, ebenso leise, ein klarer Ton mittlerer Lage. Eine so volle und wohlklingende Note wie alle, die Otto gespielt hatte. Behutsam hob er erst einen Finger, dann den anderen, und spielte eine diatonische Skala. Und dann vergaß er, einer Eingebung folgend, seine Finger und *dachte* einfach nur eine Tonleiter, und seine Finger übernahmen und jeder Ton kam rein und klar heraus. Er *dachte* eine Tonleiter in einer anderen Tonart, dann spielte er ein kleines Arpeggio. Er kannte die Fingerarbeit nicht, aber seine Finger sehr wohl.

Er konnte damit spielen, und das würde er auch.

Er konnte es sich getrost gemütlich machen, dachte er, trotz seiner zunehmenden Erregung. Er ging zum Bett hinüber und nahm wieder darauf Platz wie zuvor, als er dem Musiker zugehört hatte. Kopf und Schultern an die Wand dahinter gelehnt. Und führte das Instrument an die Lippen und spielte, dieses Mal ohne auf die Lautstärke zu achten. Wenn die Nachbarn dies hörten, würden sie sicher denken, daß Otto spielte, und daran mußten sie gewöhnt sein.

Er dachte an ein paar Melodien, die er im Weinkeller gehört hatte, und seine Finger spielten sie. Ekstatisch entspannte er sich und spielte, wie er noch niemals zuvor eine Klarinette gespielt hatte. Wieder verblüffte ihn, wie schon bei Ottos Spiel, die Reinheit und Klarheit der Töne, deren Tonlagen an sein eigenes Instrument erinnerten, die aber viel höher reichten.

Er spielte, und tausend Klänge verschmolzen zu einem. Wieder diese süße Melodie der Paradoxe, schwarz und weiß, die zu einem strahlenden Grau faszinierender Musik verschmolzen.
Und dann, scheinbar ohne Übergang, spielte er eine seltsame Melodie, wie er sie noch niemals zuvor gehört hatte. Aber eine, die er instinktiv als zu diesem wunderbaren Instrument gehörig erkannte. Eine rufende, lockende Melodie, ähnlich der, mit der Otto die Mädchen angelockt hatte, ob nun wirklich oder eingebildet, die mit ihren klappernden Absätzen gekommen waren, aber anders – lag dieser Melodie ein bedrohliches Thema zugrunde, anstatt eines sinnlichen?
Aber sie war wunderbar, und er konnte den Tanz seiner Finger nicht beenden und auch nicht aufhören, ihr mit seinem Atem Leben einzuhauchen, selbst wenn er es gewollt hätte.
Und dann hörte er zwischen der Musik ein anderes Geräusch. Diesesmal kein *Klick-klack* hoher Absätze, sondern ein kratzendes, schabendes Geräusch, wie von Tausenden winziger Krallenfüße. Und er sah sie, als sie sich plötzlich aus unzähligen Löchern im Holz ergossen, die ihm zuvor nicht aufgefallen waren, und zum Bett wuselten und darauf sprangen. Und mit lähmender Plötzlichkeit fielen die Teile des Puzzles zusammen, und mit einer Anstrengung, die die letzte seines Lebens war, zog Dooley das verfluchte Instrument von den Lippen und öffnete den Mund zu einem Schrei. Aber sie waren mittlerweile rings um ihn herum: große, lange, kleine, schlanke, schwarze . . . Und bevor er aus dem offenen Mund schreien konnte, sprang die größte schwarze Ratte, diejenige, die sie angeführt hatte, in die Höhe und schlug die scharfen Zähne in seine Zungenspitze und hielt sich dort fest, und der begonnene Schrei endete mit einem Gurgeln.
Und der KLANG ihres Festschmauses hallte noch lange durch die Nacht der Stadt Hameln.

NICHT SIRIÖS
(Nothing Sirius)

Glücklich nahm ich die letzten Münzen aus unseren Maschinen und zählte sie, während Ma die Zahlen, die ich rief, in das kleine rote Buch eintrug. Es waren hübsche Zahlen.

Ja, wir machten ein gutes Spiel auf beiden Planeten des Sirius, Thor und Freda. Besonders auf Freda. Diese kleinen Erdkolonien dort draußen sind völlig ausgehungert nach jeder Form von Vergnügen, und Geld bedeutet ihnen überhaupt nichts. Sie standen Schlange, um in unser Zelt zu gelangen und ihre Münzen in unsere Maschine stecken zu können – daher hatten wir trotz der hohen Kosten für die Reise unseren Schnitt gemacht.

Ja, diese Zahlen, die Ma eintrug, waren wirklich beruhigend. Natürlich würde sie sie falsch addieren, aber das würde Ellen verbessern, wenn Ma schließlich aufgab. Ellen macht beim Rechnen eine gute Figur. Und sie hat auch eine, wie ich hinzufügen möchte, wenngleich sie meine Tochter ist. Das ist jedenfalls Mas Verdienst, nicht meiner. Ich bin so ungeschlacht gebaut wie jeder Raumer.

Ich schob die Geldkassette des Raketenrennens wieder an Ort und Stelle und sah auf. »Ma . . .«, begann ich zu sagen. Dann ging die Tür der Pilotenkabine auf, und John Lane stand da. Ellen, die Ma gegenüber saß, legte ihr Buch weg und sah ebenfalls auf. Ihre Augen begannen zu leuchten.

Johnny salutierte verschmitzt – den pflichtgemäßen Salut, den der Pilot eines privaten Schiffes dem Besitzer und Kapitän des Schiffes schuldig ist. Er ging mir immer unter die Haut, dieser Salut, aber ich konnte ihm das nicht ausreden, weil die Vorschriften es von ihm verlangten.

Er sagte: »Objekt voraus, Kapitän Wherry.«

»Objekt?« fragte ich. »Was für ein Objekt?«

Wissen Sie, man konnte aus Johnnys Tonfall nicht ersehen, ob es etwas zu bedeuten hatte oder nicht. Das Polytechnikum in

Mars City bringt ihnen bei, völlig stoisch zu sein, und Johnny hatte magna cum laude promoviert. Er ist ein netter Junge, aber er würde das Ende der Welt mit demselben Tonfall verkünden wie eine Aufforderung zum Essen, wäre es Sache des Piloten gewesen, zum Essen zu rufen.

»Es scheint ein Planet zu sein, Sir«, war alles, was er sagte.

Es dauerte eine Weile, bis seine Worte verdaut waren.

»Ein Planet?« fragte ich, nicht eben brillant. Ich starrte ihn an und hoffte, daß er getrunken hatte, oder sonst etwas. Nicht daß ich etwas dagegen gehabt hätte, wenn er einen Planeten nüchtern sah, aber wenn Johnny sich jemals so weit gehenließ, ein paar Drinks einzunehmen, würde der Alkohol möglicherweise seinem Rückgrat etwas von seiner Starrheit nehmen. Dann hätte ich jemanden, mit dem ich Geschichten austauschen konnte. Es wird langweilig, nur mit zwei Frauen und einem Absolventen des Polytechnikums durchs All zu reisen, der alle Vorschriften beachtet.

»Ein Planet, Sir. Ein Objekt von den Dimensionen eines Planeten, sollte ich sagen. Durchmesser etwa dreitausend Meilen, Entfernung zwei Millionen. Kurs anscheinend ein Orbit um den Stern Sirius A.«

»Johnny«, sagte ich. »Wir befinden uns innerhalb des Orbits von Thor, und das ist Sirius I, und das bedeutet, der erste Planet von Sirius, wie also soll es hier noch einen Planeten geben können? Du veralberst mich doch nicht, Johnny?«

»Sie können sich an der Sichtscheibe vergewissern, Sir, und meine Berechnungen überprüfen«, sagte er steif.

Ich stand auf und ging in die Pilotenkabine. Tatsächlich, in der Mitte der ersten Sichtscheibe schwebte eine Scheibe. Seine Berechnungen überprüfen, das war wieder eine andere Sache. Meine mathematischen Kenntnisse enden dort, wo es darum geht, Münzen aus Spielautomaten nachzuzählen. Aber ich war bereit, mich auf sein Wort zu verlassen, was die Berechnungen anbelangte. »Johnny«, brüllte ich fast, »wir haben einen neuen Planeten entdeckt. Ist das nichts?«

»Ja, Sir«, bemerkte er in seiner üblichen nüchternen Art.

Es war etwas, aber nicht sehr viel. Das Sirius-System war noch nicht lange kolonisiert, daher war es nicht allzu überraschend, daß ein kleiner, dreitausend Meilen durchmessender Planet bisher noch nicht entdeckt worden war. Besonders da sein Orbit sehr exzentrisch war (aber das wußte man zu dem Zeitpunkt noch nicht).
Ma und Ellen hatten uns nicht in die enge Pilotenkabine folgen können, aber sie sahen herein und beugten sich zur Seite, damit sie die Scheibe auf dem Sichtschirm sehen konnten.
»Wann werden wir dort sein, Johnny?« wollte Ma wissen.
»Unser Punkt größter Annäherung bei Beibehaltung dieses Kurses wird in zwei Stunden erreicht sein, Mrs. Wherry«, antwortete er. »Wir kommen auf eine halbe Million Meilen heran.«
»Ach, *wirklich?*« wollte ich wissen.
»Es sei denn, Sir, Sie halten es für ratsam, den Kurs zu ändern und ihn sich etwas eingehender anzusehen.«
Ich räusperte mich, schaute zu Ma und Ellen und sah, daß es von ihnen aus in Ordnung ging. »Johnny, sagte ich, wir *werden* ihn uns näher ansehen. Ich wollte schon immer einen von Menschen unberührten Planeten sehen. Wir werden dort landen, auch wenn wir das Schiff nicht ohne Sauerstoffmasken verlassen können.«
Er sagte: »Ja, Sir«, und salutierte, aber ich glaubte, ein wenig Mißbilligung in seinem Blick zu erkennen. Wenigstens hatte er allen Grund dazu. Man weiß nie, worüber man stolpert, wenn man weit draußen jungfräuliches Land besucht. Eine Fracht, bestehend aus Leinwand und Spielautomaten, ist schließlich nicht die richtige Ausrüstung, um auf Erforschungsfahrt zu gehen, nicht?
Aber der perfekte Pilot stellt die Befehle des Besitzers niemals in Frage, verflucht nochmal! Johnny setzte sich und gab einen Kode in den Rechner ein, und wir gingen hinaus und ließen ihn in Ruhe.
»Ma«, sagte ich, »ich bin ein schuldiger Narr.«
»Das wärst du jetzt, wenn du es nicht sowieso schon wärst«,

erwiderte sie. Ich grinste, als ich mir das zusammengereimt hatte, und sah Ellen an.

Aber sie sah mich nicht an. Ihre Augen hatten wieder diesen verträumten Blick. Er erweckte den Wunsch in mir, in die Pilotenkabine zu gehen und Johnny zu stoßen, um herauszufinden, ob er dann endlich aufwachen würde. »Hör zu, Liebling«, sagte ich. »Dieser Johnny . . .«

Aber etwas brannte an der Seite meines Gesichts, und ich wußte, daß es Ma war, die mich ansah, und daher verstummte ich. Ich holte ein Kartenspiel heraus und spielte Solitaire, bis wir landeten.

Johnny schnalzte aus der Pilotenkabine und salutierte. »Gelandet, Sir«, sagte er. »Atmosphäre eins-null-sechzehn gegenüber normal.«

»Und was«, fragte Ellen, »bedeutet das auf englisch?«

»Sie ist atembar, Miß Wherry. Verglichen mit der Luft der Erde etwas viel Stickstoff und weniger Sauerstoff, aber dennoch eindeutig atembar.«

Er war originell, dieser junge Mann, wenn es um Genauigkeit ging.

»Worauf warten wir dann?« wollte ich wissen.

»Auf Ihre Befehle, Sir.«

»Zum Teufel mit meinen Befehlen, Johnny. Öffnen wir die Tür und gehen wir hinaus.«

Wir öffneten die Tür, und Johnny ging als erster hinaus, wobei er sich ein paar Heatojektoren überstreifte. Wir folgten dicht hinter ihm.

Draußen war es kühl, aber nicht kalt. Die Landschaft sah wie auf Thor aus, kahle Geröllhügel aus getrocknetem Ton. Es gab Pflanzenleben, trockene bräunliche Büsche, die ein wenig wie Prärieteufel aussahen.

Ich riskierte einen Blick in die Höhe, um die Zeit abzuschätzen, und Sirius stand fast im Zenit, was bedeutete, daß Johnny uns in der Mitte der Tageszone heruntergebracht hatte. »Haben Sie eine Vorstellung, Johnny«, fragte ich, »wie hoch die Rotationszeit ist?«

»Ich hatte nur Zeit für eine grobe Berechnung, Sir. Dabei kam ich auf einundzwanzig Stunden und siebzehn Minuten.«
Das nannte er grobe Berechnung.
Ma sagte: »Uns ist das grob genug. Damit haben wir den ganzen Nachmittag für einen Spaziergang Zeit, also worauf warten wir noch?«
»Auf die Zeremonie, Ma«, informierte ich sie. »Wir müssen dem Kind einen Namen geben, nicht? Und wo hast du die Flasche Champagner, die wir für meinen Geburtstag aufgehoben haben? Ich würde meinen, dies ist ein wichtigerer Anlaß als das.«
Sie sagte mir wo, und ich ging und holte sie, zusammen mit ein paar Gläsern.
»Haben Sie einen Vorschlag für einen Namen, Johnny? Sie haben ihn zuerst gesehen.«
»Nein, Sir.«
»Das bedeutet, daß Thor und Freda nun falsch benannt sind. Ich meine, Thor ist Sirius I und Freda ist Sirius II, und da dieser Orbit innerhalb von ihnen liegt, müßten sie eigentlich II und III heißen. Andernfalls müßte dies Sirius 0 sein. Das bedeutet, er ist Nicht Siriös.«
Ellen lächelte, und ich glaube, auch Johnny hätte das getan, wäre es nicht unter seiner Würde gewesen.
Aber Ma runzelte die Stirn. »William . . .«, sagte sie und hätte sicher in dieser Art weitergemacht, wenn nicht etwas passiert wäre.
Etwas sah über die Kuppe des nächsten Hügels. Ma war die einzige, die in diese Richtung blickte, und sie stieß einen spitzen Schrei aus und packte mich. Dann drehten wir uns alle um und sahen hin.
Es war ein Kopf von etwas, das wie ein Strauß aussah, aber der mußte größer sein als ein Elefant. Außerdem befand sich ein Kragen und eine blaue getupfte Krawatte um den dünnen Hals des Wesens, und es trug einen Hut. Der Hut war hellgelb und hatte eine lange purpurne Feder. Das Ding sah uns eine Minute lang an, dann blinzelte es fragend und zog den Kopf zurück.

Eine Minute lang sagte keiner von uns etwas, dann atmete ich tief durch. »Das«, sagte ich, »räumt jegliche Einwände beiseite. Planet, ich taufe dich auf den Namen Nicht Siriös.«
Ich beugte mich hinab und schlug den Hals der Champagnerflasche gegen einen Tonklumpen, aber sie drückte lediglich den Ton ein und zerbrach nicht. Ich sah mich nach einem Stein um, um sie daran aufzuschlagen. Es gab keine Steine.
So nahm ich statt dessen den Korkenzieher aus der Tasche und öffnete sie so. Wir tranken alle, außer Johnny, der lediglich einmal höflichkeitshalber nippte, weil er weder raucht noch trinkt. Ich selbst gönnte mir einen langen Zug. Dann goß ich ein paar Tropfen auf den Boden und korkte die Flasche wieder zu; ich hatte das Gefühl, daß ich sie dringender brauchte als der Planet. Im Schiff befand sich eine Menge Whiskey sowie etwas marsianisches Grünbräu, aber kein Champagner mehr. Ich sagte: »Nun denn, auf geht's.«
Ich wurde auf Johnny aufmerksam, und er sagte: »Halten Sie das für klug, äh, angesichts der Tatsache, daß es hier . . . Bewohner gibt?«
»Bewohner?« sagte ich. »Johnny, was auch immer dieses Ding war, das den Kopf über den Hügel streckte, es war kein Bewohner. Und wenn es noch einmal auftaucht, dann ziehe ich ihm mit dieser Flasche hier eins über.«
Dennoch ging ich, bevor wir losgingen, noch einmal in die *Chitterling* und holte noch ein paar Heatojektoren. Ich steckte mir einen in den Gürtel und gab Ellen den anderen. Sie ist ein besserer Schütze als ich. Ma hätte die Wand eines Regierungspalastes nicht mit einer Spraydose getroffen, daher gab ich ihr keinen.
Wir gingen los, und wie durch gegenseitige Übereinkunft gingen wir in die entgegengesetzte Richtung als die, in welcher wir das Was-auch-immer-es-war gesehen hatten. Eine Zeitlang sahen die Hügel alle gleich aus, und kaum hatten wir den ersten überquert, konnten wir die *Chitterling* nicht mehr sehen. Aber mir fiel auf, daß Johnny alle paar Minuten auf die Armbanduhr sah, und ich wußte, daß er den Heimweg finden würde. Drei

Hügel lang passierte nichts, und dann sagte Ma: »Seht«, und wir sahen.
Etwa zwanzig Meter links von uns befand sich ein purpurner Busch. Ein Summen kam aus ihm heraus. Wir gingen ein wenig näher heran, und ich sah, daß das Summen von zahlreichen Wesen stammte, die drumherum flogen. Sie sahen wie Vögel aus, bis man genauer hinblickte und feststellte, daß sich ihre Flügel nicht bewegten. Dennoch schossen sie hinauf und hinab und im Kreis herum. Ich versuchte, mir ihre Köpfe anzusehen, aber wo die Köpfe sein sollten, sah ich lediglich einen verschwommenen Fleck. Einen kreisrunden Fleck.
»Sie haben Propeller«, sagte Ma. »Wie die alten Flugzeuge sie hatten.«
Es sah ganz so aus.
Ich sah Johnny an, und er sah mich an, und wir gingen rasch zu dem Busch hinüber. Aber die Vögel, oder was auch immer, verschwanden sofort, als wir auf sie zugingen. Sie sanken dicht zum Boden und waren innerhalb einer Minute weg.
Wir gingen weiter, keiner sagte ein Wort, bis Ellen an meine Seite kam. Als wir gerade außer Hörweite der anderen waren, sagte sie: »Paps . . .«
Und nichts weiter, daher antwortete ich: »Was, mein Kind?«
»Nichts«, antwortete sie niedergeschlagen. »Vergiß es.«
Damit wußte ich natürlich, was sie sagen wollte, aber ich konnte an nichts anderes denken, abgesehen davon, daß ich das Polytechnikum auf dem Mars verfluchen konnte, und das hätte nichts genützt. Das Polytechnikum auf dem Mars ist einfach zu gut, was Ausbildung anbelangt, und dasselbe gilt für seine Absolventen. Nach einem Dutzend Jahren außerhalb sind aber einige imstande, sich davon zu befreien.
Aber Johnny war noch nicht so lange draußen, zehn Jahre oder so. Natürlich war die Chance, die *Chitterling* als Pilot zu betreuen, ein Umschwung für ihn gewesen, sein erster Job. Ein paar Jahre bei uns, und er hätte sich qualifiziert, etwas Größeres zu steuern. Und zwar wesentlich rascher, als wenn er als

niederer Offizier auf einem größeren Schiff hätte anfangen müssen.
Das Problem war nur, daß er zu gut aussah und sich selbst nicht darüber klar war. Er wußte überhaupt nichts, das sie ihm am Polytechnikum nicht beigebracht hatten, und dort hatten sie ihn Mathematik und Astrogation gelehrt und beigebracht, wie man salutierte, nicht aber, wie man es sein ließ.
»Ellen«, begann ich. »Ich kann nicht . . .«
»Ja, Paps?«
»Äh – nichts. Vergiß es.« Ich hatte das ganz und gar nicht sagen wollen, aber plötzlich grinste sie mich an, und ich grinste zurück, und es war, als hätten wir die ganze Sache durchgesprochen. Sicher, wir waren natürlich zu keinem Ergebnis gekommen, aber das wären wir auch nicht, wenn wir es durchgesprochen hätten, wenn Sie verstehen, was ich meine.
Wir kamen jetzt über eine kleine Hügelkuppe und blieben stehen, denn direkt vor uns befand sich das Ende einer gepflasterten Straße.
Eine völlig normale, gewöhnlich gepflasterte Straße, wie man sie in jeder Stadt der Erde sehen kann, mit Pflastersteinen und Gehwegen und Kanalisationsabflüssen und einem aufgemalten Mittelstreifen. Aber sie begann aus dem Nichts, wo wir standen, und sie führte mindestens bis über die Kuppe der nächsten Anhebung, und es war kein Haus und kein Fahrzeug und kein Lebewesen zu sehen.
Ich sah Ellen an, und sie sah mich an, und dann sahen wir beide Ma und Johnny Lane an, die uns gerade eingeholt hatten. Ich sagte: »Was ist das, Johnny?«
»Scheint eine Straße zu sein, Sir.«
Er bemerkte den Blick, den ich ihm zuwarf, und errötete ein wenig. Er beugte sich hinab und untersuchte das Pflaster eingehender, und als er sich wieder aufrichtete, waren seine Augen noch überraschter.
Ich wollte wissen: »Nun, was ist es? Karameleis?«
»Permaplast, Sir. Wir sind nicht die Entdecker dieses Planeten, denn dieses Material ist ein typisches Erdprodukt.«

»Hmpft«, murmelte ich. »Könnten die hiesigen Eingeborenen nicht denselben Prozeß entwickelt haben? Sie könnten über dieselben Zutaten verfügen.«

»Ja, Sir. Aber die Pflastersteine tragen das Firmenabzeichen, wenn Sie genauer hinsehen.«

»Könnten die Eingeborenen nicht . . .« Doch dann verstummte ich, weil mir klar wurde, wie albern das war. Aber es ist hart, wenn man der Meinung ist, einen neuen Planeten entdeckt zu haben, und dann feststellen muß, daß die Straßen dort mit auf der Erde angefertigten Pflastersteinen belegt sind. »Aber was hat hier überhaupt eine Straße zu suchen?« wollte ich wissen.

»Es gibt nur einen Weg, das herauszufinden«, sagte Ma einfühlsam. »Wir müssen ihr folgen. Weshalb stehen wir also hier herum?«

Also stapften wir weiter, diesesmal wesentlich bequemer, und auf der nächsten Hügelkuppe sahen wir ein Haus. Ein zweistöckiges Haus aus roten Ziegelsteinen mit einem Schild, auf dem in alten englischen Buchstaben zu lesen stand: »Bon-Ton Restaurant.«

Ich sagte: »Ich will ein . . .« Aber Ma legte mir rasch die Hand vor den Mund, bevor ich zu Ende sprechen konnte, und das war vielleicht ganz gut so, denn was ich hätte sagen wollen, wäre sehr unangemessen gewesen. Dort war das Gebäude, nur hundert Meter entfernt, an einer scharfen Biegung der Straße.

Ich begann rasch zu laufen und kam mit ein paar Schritten Vorsprung als erster dort an. Ich öffnete die Tür und wollte hineingehen. Dann blieb ich unvermittelt auf der Schwelle stehen, denn es gab kein »hinein« in diesem Haus. Es war eine falsche Fassade, wie eine Kinokulisse, und alles, was man hinter der Tür sehen konnte, waren weitere Geröllhügel.

Ich trat einen Schritt zurück und betrachtete das »Bon-Ton Restaurant«-Schild, und die anderen kamen herbei und sahen durch die Tür, die ich offengelassen hatte. Wir standen einfach da, bis Ma ungeduldig wurde und sagte: »Nun, was wirst du tun?«

»Was soll ich denn tun?« wollte ich wissen. »Hineingehen und ein Hummergericht bestellen? Mit Champagner? – He, den habe ich ja ganz vergessen.«
Die Champagnerflasche befand sich immer noch in meiner Jackentasche, und ich holte sie heraus und gab sie zuerst Ma, dann Ellen, dann trank ich selbst den größten Teil des noch verbliebenen Rests. Ich mußte zu schnell getrunken haben, denn die Kohlensäurebläschen kitzelten mich in der Nase, und ich mußte niesen.
Nun fühlte ich mich zu allem bereit, und ich trat noch einmal über die Schwelle des Hauses, das nicht da war. Vielleicht bildete ich mir ein, einen Hinweis darauf zu finden, wann es aufgebaut worden war, oder so etwas. Es gab aber keinerlei erkennbare Anzeichen. Die Innenseite, oder besser, die Rückseite der Fassade, war glatt und eben wie eine Glasscheibe. Sah wie eine Art Kunststoff aus.
Ich betrachtete mir den Boden hinter der Fassade, aber ich konnte lediglich ein paar Löcher sehen, die wie Insektenlöcher aussahen. Und das waren sie wahrscheinlich auch, denn neben einem saß (oder stand, wie kann man unterscheiden, ob ein Insekt sitzt oder steht?) eine große schwarze Küchenschabe. Ich trat einen Schritt näher, und sie hüpfte in das Loch hinab.
Ich fühlte mich ein wenig besser, als ich wieder zur Tür hinaustrat. Ich sagte: »Ma, ich habe eine Küchenschabe gesehen. Und weißt du, was das Besondere daran war?«
»Was?« fragte sie.
»Nichts«, sagte ich zu ihr. »Das ist das Besondere, es gab nichts Besonderes. Hier tragen die Strauße Hüte und die Vögel haben Propeller und die Straßen führen ins Nichts und die Häuser haben nichts hinter der Fassade, aber diese Küchenschabe hatte nicht einmal Federn.«
»Bist du sicher?« wollte Ellen wissen.
»Sicher bin ich sicher. Gehen wir über den nächsten Hügel und sehen wir, was dahinter liegt.«
Wir gingen und wir sahen. Zwischen diesem Hügel und dem nächsten machte die Straße wieder eine scharfe Biegung, und

uns zugekehrt befand sich die Fassade eines großen Zelts mit einer großen Flagge mit der Aufschrift »Spielsalon«.

Diesesmal beschleunigte ich meinen Schritt nicht einmal. Ich sagte: »Diese Flagge haben sie von Sam Heidemans Show kopiert. Erinnerst du dich noch an Sam und die gute alte Zeit, Ma?«

»Dieser betrunkene Tunichtgut«, sagte Ma.

»Aber Ma, du hast ihn auch gemocht.«

»Ja, und ich mochte dich, aber das bedeutet nicht, daß er nicht oder du nicht . . .«

»Aber Ma«, unterbrach ich sie. Aber mittlerweile standen wir schon direkt vor dem Zelt. Sah wie echte Leinwand aus, denn sie blähte sich leicht. Ich sagte: »Ich bringe es nicht übers Herz. Wer möchte diesesmal hineingehen?«

Aber Ma hatte den Kopf bereits durch die Zeltöffnung gesteckt. Ich hörte sie sagen: »Hallo, Sam, alte Saufnase.«

Ich sagte: »Ma, laß diese Scherze, sonst werde ich . . .«

Aber da war ich schon an ihr vorbei im Zelt; und es *war* ein Zelt, mit allen vier Seiten, und ziemlich groß obendrein. An den Wänden standen die altbekannten Spielautomaten. Und dort saß Sam Heideman und zählte die Münzen in der Wechselgeldkasse; sein Gesichtsausdruck war ebenso überrascht wie wohl meiner.

Er sagte: »Paps Wherry! Ich will ein schmutziges Wort sein.«

Aber er sagte nicht »schmutziges Wort« – und er entschuldigte sich deswegen erst dann bei Ma und Ellen, als er und ich einander umarmt und uns eine Weile auf die Rücken geklopft hatten, worauf er ringsum die Hände schüttelte und Johnny Lane vorgestellt wurde.

Es war genau wie in den alten Zeiten in den Spielhöllen auf Mars und Venus. Er sagte Ellen, daß sie »so groß« gewesen war, als er sie zuletzt gesehen hatte, und ob sie sich noch an ihn erinnerte?

Und dann schniefte Ma.

Und wenn Ma auf diese Weise schnieft, dann gibt es immer etwas zu bestaunen, und daher riß ich mich von dem guten alten

Sam los und sah zu Ma, und dann dorthin, wohin Ma schaute. Ich schniefte nicht, ich keuchte.
Aus dem rückwärtigen Teil des Zelts kam eine Frau hervor, und wenn ich sie eine Frau nenne, dann nur deshalb, weil mir das angemessene Wort nicht einfällt, wenn es eines gibt. Sie war die heilige Cäcilia und Guinevere und ein Petty-Mädchen, alle zu einer einzigen verschmolzen. Sie war wie ein Sonnenuntergang in Mexiko und die kalten Silbermonde des Mars von den Äquatorialen Gärten aus betrachtet. Sie war wie ein venusisches Tal im Frühling und wie das Violinenspiel von Dorzalski. Sie war wirklich etwas.
Ich hörte ein weiteres Keuchen neben mir, und das war mir nicht vertraut. Ich brauchte einen Augenblick um zu begreifen, warum es nicht vertraut war; ich hatte Johnny Lane zuvor noch nie keuchen gehört. Es kostete einige Anstrengung, aber ich wandte den Blick ab und sah ihn an. Und ich dachte: »Oh – oh. Arme Ellen.« Denn der arme Junge war hinüber, daran konnte kein Zweifel bestehen.
Und gerade noch rechtzeitig – vielleicht weil mir Johnnys Anblick dabei half – erinnerte ich mich, daß ich auf die Fünfzig zugehe und glücklich verheiratet bin. Ich ergriff Mas Arm und hielt mich daran fest. »Sam«, sagte ich. »Was, auf der Erde, ich meine, auf jedem anderen Planeten, ist das . . .«
Sam drehte sich um und sah hinter sich. Er sagte: »Miß Ambers, ich würde Ihnen gerne ein paar Freunde von mir vorstellen, die eben vorbeigekommen sind. Mrs. Wherry, dies ist Miß Ambers, der Filmstar.«
Dann stellte er uns alle vor, zuerst Ellen, dann mich, und dann Johnny. Ma und Ellen waren viel zu freundlich. Ich schoß vielleicht umgekehrt über das Ziel hinaus, indem ich vorgab, die Hand nicht zu bemerken, die Miß Ambers mir hinhielt. So alt ich war, ich hatte das Gefühl, daß ich vergessen könnte, sie wieder loszulassen, wenn ich sie ergriff. So ein Mädchen war sie.
Johnny vergaß sie loszulassen.
Sam sagte zu mir: »Paps, du alter Pirat, was treibst du hier? Ich dachte, du würdest dich an die Kolonien halten. Ich habe sicher

nicht damit gerechnet, daß du in eine Filmkulisse hineinspazieren würdest.«
»Eine Filmkulisse?« Nun begannen die Dinge beinahe einen Sinn zu ergeben.
»Klar. Planetenkino GmbH. Und ich bin der technische Berater bei den Spielhallenszenen. Sie wollten Aufnahmen in einer alten Spielhölle, daher habe ich einfach meine alte Ausrüstung aus dem Lager geholt und sie hier aufgestellt. Das ganze Team ist momentan im Lager.«
Allmählich dämmerte es mir. »Und diese Restaurantfront weiter vorne? Ist das die Kulisse?« fragte ich.
»Sicher. Und die Straße ebenfalls. Sie brauchen sie nicht, mußten aber für eine Einstellung ihren Bau filmen.«
»Oh.« Ich fuhr fort: »Aber was ist mit dem Strauß mit Krawatte und den Vögeln mit Propellern? Das können doch keine Filmattrappen sein. Oder doch?« Ich hatte schon gehört, daß die Planetenkino GmbH einige recht unmögliche Dinge bewerkstelligen konnte.
Sam schüttelte ein wenig nichtssagend den Kopf. »Nee. Ihr müßt einigen Exemplaren der hiesigen Tierwelt begegnet sein. Sie sind nicht zahlreich, und sie stören uns nicht.«
Ma sagte: »Hör zu, Sam Heideman, wenn dieser Planet entdeckt worden ist, wie kommt es, daß wir davon noch nichts gehört haben? Wie lange ist er bekannt, und was hat es damit auf sich?«
Sam kicherte. »Ein Mann namens Wilkins hat diesen Planeten vor zehn Jahren entdeckt. Er meldete die Entdeckung dem Rat, aber bevor sie publik gemacht wurde, bekam Planetenkino Wind von der Sache und bot dem Rat eine irrsinnige Miete für den Planeten unter der Bedingung, daß er geheimgehalten würde. Und da es hier keinerlei Mineralien und derartiges gibt und der Boden keinen Pfifferling wert ist, vermietete ihn der Rat zu den ausgemachten Bedingungen.«
»Aber warum geheim?«
»Keine Besucher, keine Störung, ganz zu schweigen von dem großen Vorsprung vor den Konkurrenten. Alle großen Filmge-

sellschaften spionieren einander nach und stehlen sich die Einfälle. Hier haben sie soviel Gelände, wie sie wollen, und können ungehindert und abgeschieden arbeiten.«

»Was werden sie tun, da wir nun diesen Ort gefunden haben?« fragte ich.

Sam kicherte erneut. »Ich könnte mir vorstellen, daß sie euch fürstlich unterhalten und euch zu überreden versuchen, die Sache für euch zu behalten. Wahrscheinlich bekommt ihr auch auf Lebenszeit freien Eintritt in alle Kinos von Planetenfilm.«

Er ging zu einem Schrank und kam mit einem Tablett, einer Flasche und Gläsern zurück. Ma und Ellen lehnten ab, aber Sam und ich tranken ein paar, es war guter Stoff. Johnny und Miß Ambers waren in einer Ecke des Zeltes und flüsterten ernst miteinander, daher störten wir sie nicht, besonders nachdem ich Sam versichert hatte, daß Johnny nichts trank.

Johnny hielt immer noch ihre Hand und sah ihr in die Augen wie ein kranker Welpe. Mir fiel auf, daß Ellen sich umdrehte, damit sie in die andere Richtung schaute und sich das nicht mit ansehen mußte. Sie tat mir leid, aber ich konnte nichts tun. So etwas passiert eben, wenn es passieren soll. Und wenn Ma nicht gewesen wäre . . .

Aber ich sah, daß Ma nervös wurde, und daher sagte ich, daß es besser wäre, zum Schiff zurückzukehren und uns umzuziehen, wenn wir fürstlich unterhalten werden sollten. Dann konnten wir auch das Schiff näher bringen. Ich sagte, daß wir vielleicht ein paar Tage auf Nicht Siriös verbringen konnten. Sam blieb mit Seitenstechen zurück, als ich ihm erklärte, wie wir den Planeten nach der ersten Begegnung mit der lokalen Tierwelt getauft hatten.

Dann eiste ich Johnny behutsam von dem Filmstar weg und führte ihn nach draußen. Das war nicht leicht. Sein Gesicht hatte einen leeren, wonnigen Ausdruck, und er hatte sogar vergessen zu salutieren, als ich ihn ansprach. Hatte mich auch nicht »Sir« genannt. Eigentlich hatte er überhaupt nichts gesagt.

Was auch keiner der anderen tat, während wir die Straße entlang gingen.

Etwas klopfte in meinem Verstand, aber ich konnte mir nicht zusammenreimen, was es war. Etwas stimmte nicht, etwas, das keinerlei Sinn ergab.
Auch Ma machte sich Sorgen. Schließlich hörte ich sie sagen: »Paps, wenn sie diesen Ort wirklich geheimhalten wollen, könnten sie dann nicht . . . äh . . .«
»Nein, das werden sie nicht«, antwortete ich, vielleicht eine Spur zu barsch. Aber das war es nicht, was mir Kopfzerbrechen bereitete.
Ich sah auf die neue und vollkommene Straße hinab, und da war etwas, das mir ganz und gar nicht gefiel. Ich ging diagonal zum Straßenrand und schritt dort entlang, wobei ich den grünlichen Ton daneben betrachtete, aber da war nichts zu sehen, abgesehen von weiteren Löchern und Käfern wie ich sie im Bon-Ton Restaurant gesehen hatte.
Vielleicht waren es gar keine Küchenschaben, es sei denn, die Filmgesellschaft hätte sie mitgebracht. Aber sie glichen in jeder Hinsicht Küchenschaben. Und sie hatten immer noch keine Krawatten oder Propeller oder Federn. Sie waren ganz gewöhnliche Küchenschaben.
Ich trat vom Belag herunter und versuchte, eine oder zwei zu zertreten, aber sie verschwanden zu schnell in ihren Löchern. Mit ihren Beinen waren sie verdammt schnell und beweglich.
Ich trat auf die Sraße zurück und ging neben Ma. Als sie fragte: »Was tust du da?« antwortete ich: »Nichts.«
Ellen ging an Mas anderer Seite und behielt einen einstudiert leeren Gesichtsausdruck bei. Ich konnte mir vorstellen, was sie dachte, und ich wünschte, man hätte etwas unternehmen können. Mir fiel jedoch nur ein, daß wir am Ende dieser Reise eine ganze Weile auf der Erde bleiben konnten, damit sie die Gelegenheit bekam, Johnny zu vergessen, indem sie andere junge Burschen kennenlernte. Vielleicht fand sie sogar einen, der ihr gefiel.
Johnny ging wie benommen dahin. Er war tatsächlich völlig hinüber, und er hatte sich derart plötzlich verknallt, wie das bei Männern seines Typs stets der Fall ist. Vielleicht war es gar

keine Liebe, nur Verblendung, aber im Augenblick wußte er nicht, auf welchem Planeten er sich befand.
Wir hatten den ersten Hügel überwunden und konnten Sams Zelt nicht mehr sehen.
»Paps, hast du irgendwelche Kameras gesehen?« fragte Ma plötzlich.
»Nee, aber die Dinger kosten Millionen. Die lassen sie nicht einfach herumstehen, wenn sie nicht gebraucht werden.«
Vor uns war die Front des Restaurants. Aus der seitlichen Perspektive sah sie teuflisch komisch aus, wenn man aus dieser Richtung darauf zuging. Nichts war zu sehen, abgesehen von der Straße und den Geröllhügeln.
Auf der Straße waren keine Küchenschaben, und mir fiel auf, daß ich noch nie eine darauf gesehen hatte. Es schien, als würden sie sie nie überqueren oder darauf kriechen. Warum sollte eine Küchenschabe die Straße überqueren? Um auf die andere Steite zu gelangen?
Irgend etwas pochte immer noch in meinem Kopf, etwas, das weniger Sinn denn je ergab.
Das Gefühl wurde stärker und stärker, und es trieb mich fast zum Wahnsinn. Ich wünschte mir, ich hätte noch einen Drink gehabt. Die Sonne Sirius näherte sich dem Horizont, aber es war immer noch warm genug. Sogar mit einem Glas Wasser wäre ich jetzt zufrieden gewesen.
Auch Ma sah müde aus. »Ruhen wir uns aus«, schlug ich vor. »Wir haben die Hälfte bereits geschafft.«
Wir hielten an. Wir befanden uns direkt vor dem Bon-Ton, und ich sah grinsend zu dem Schild empor. »Johnny, würden Sie bitte hineingehen und uns etwas zu essen bestellen?«
Er salutierte und antwortete »Ja,Sir«, und ging auf die Tür zu. Plötzlich wurde er rot im Gesicht und blieb stehen. Ich kicherte, machte es aber nicht noch schlimmer, indem ich noch etwas sagte.
Ma und Ellen nahmen am Straßenrand Platz.
Ich ging wieder durch die Tür des Restaurants, und nichts hatte sich verändert. Glatt wie Glas an der anderen Seite. Dieselbe

Küchenschabe – ich denke, daß es dieselbe war – stand oder saß immer noch vor demselben Loch.
Ich sagte: »Hallo, du«, aber sie antwortete nicht, daher versuchte ich, sie zu zertreten, aber sie war wieder zu schnell für mich. Mir fiel etwas Komisches auf. Sie hatte schon begonnen, in das Loch zu kriechen, als ich erst beschlossen hatte, sie zu zertreten. Noch bevor ich tatsächlich einen Muskel bewegt hatte.
Ich ging wieder durch die Tür und lehnte mich an die Wand. Sie war solide und angenehm, geschaffen zum Anlehnen. Ich nahm eine Zigarre aus meiner Tasche und wollte sie gerade anzünden, doch ich ließ das Streichholz fallen. *Beinahe* wußte ich, was nicht stimmte.
Etwas mit Sam Heideman.
»Ma«, sagte ich. »Ist Sam Heideman nicht . . . tot?«
Und auf einmal lehnte ich nicht mehr an einer Wand, die Wand war einfach nicht mehr da, und ich kippte nach hinten.
Ich hörte Ma und Ellen quietschen.
Ich richtete mich auf dem grünlichen Ton auf. Ma und Ellen richteten sich ebenfalls auf; sie waren unsanft auf den Boden geplumpst, weil der Bordstein, auf dem sie saßen, einfach nicht mehr da war. Johnny strauchelte ein wenig, weil die Straße unter seinen Füßen verschwand, und fiel wenige Zentimeter tiefer.
Keine Spur war mehr von der Straße oder dem Restaurant zu sehen, nur noch die grünen Geröllhügel. Und – ja, die Küchenschaben waren noch da.
Der Sturz hatte mich gehörig durchgeschüttelt, und ich war wütend. Ich wollte etwas, woran ich meine Wut auslassen konnte. Da blieben nur die Küchenschaben. Schon hatten sie sich nicht in Nichts aufgelöst, wie alles andere. Ich unternahm mit der nächsten einen neuen Versuch und verfehlte sie wieder. Diesesmal war ich ganz sicher, daß sie sich vor mir bewegt hatte.
Ellen sah hinab, wo die Straße hätte sein sollen, dorthin, wo die Fassade des Restaurants hätte sein sollen, und dann in die

Richtung zurück, aus der wir gekommen waren, als überlegte sie, ob das Zelt der Spielautomaten immer noch dort sein mochte.
»Ist es nicht«, sagte ich.
Ma fragte: »Ist was nicht?«
»Ist nicht da«, erklärte ich.
Ma funkelte mich an. »Was ist nicht da?«
»Das Zelt«, sagte ich ein wenig verärgert. »Die Filmgesellschaft. Der ganze Laden. Und ganz besonders Sam Heideman. Es passierte, als ich mich an Sam Heideman erinnerte – vor fünf Jahren hörten wir in Luna City, daß er tot war, daher ist er nicht da. Nichts hiervon ist da. Und in dem Augenblick, als mir das klar wurde, haben sie alles unter uns weggezogen.«
»›*Sie*‹? Wen meinst du mit ›*sie*‹, Paps Wherry? Wer ist ›*sie*‹?«
»Du meinst, wer *sind* ›sie‹?« sagte ich, zuckte aber unter Mas Blick zusammen.
»Reden wir nicht hier«, fuhr ich fort. »Gehen wir so schnell wir können zum Schiff zurück. Können Sie uns dorthin führen, Johnny, auch ohne die Straße?«
Er nickte und vergaß, mich »Sir« zu nennen und zu salutieren.
Wir gingen weiter, keiner von uns sagte etwas. Ich machte mir keine Sorgen, daß Johnny uns nicht zurückführen könnte. Bis wir in dem Zelt angekommen waren, war er bei Verstand gewesen, und er hatte unsere Route mit dem Kompaß verfolgt.
Als wir dort ankamen, wo die Straße begonnen hatte, war es nicht mehr schwer, denn von hier konnten wir unsere Fußabdrücke im Ton erkennen und mußten ihnen nur noch folgen. Wir kamen an dem Hügel vorbei, wo der purpurne Busch und die Propellervögel gewesen waren, aber die Vögel waren nicht mehr da, und der Busch ebensowenig.
Aber, dem Himmel sei dank, die *Chitterling* war noch da. Wir sahen sie auf der letzten Hügelkuppe, und sie sah so aus, wie wir sie verlassen hatten. Sie sah aus, wie ein Zuhause und wir gingen schneller.

Ich öffnete die Tür und trat beiseite, damit Ma und Ellen einsteigen konnten. Ma war gerade dabei, als wir die Stimme hörten. Sie sagte: »Wir verabschieden uns von euch.«

Ich sagte: »Wir verabschieden uns ebenfalls. Und zum Teufel mit euch!«

Ich bedeutete Ma, ins Schiff einzusteigen. Je schneller ich von hier verschwunden war, desto besser.

Aber die Stimme sagte: »Wartet!« Und sie hatte etwas an sich, das uns tatsächlich innehalten ließ. »Wir möchten es euch erklären, damit ihr nicht zurückkehrt.«

Nichts hätte mir ferner gelegen, aber ich sagte: »Warum nicht?«

»Eure Zivilisation ist nicht kompatibel mit unserer. Wir haben eure Gedanken studiert, um ganz sicher zu gehen. Wir projizierten Bilder der Gegenstände, die wir in euren Gedanken fanden, um eure Reaktionen darauf zu studieren. Unsere ersten Bilder, unsere ersten Gedankenprojektionen, waren wirr. Aber zu dem Zeitpunkt, als ihr den weitest entfernten Punkt eurer Wanderschaft erreicht habt, verstanden wir euer Denken völlig. Wir waren sogar imstande, Dinge zu projizieren, die euch ähnlich waren.«

»Sam Heideman, ja«, sagte ich. »Aber was ist mit der Da . . . der Frau? Sie konnte nicht in der Erinnerung von einem von uns sein, weil keiner von uns sie kannte.«

»Sie war eine Komposition – was ihr ein Idealbild nennen würdet. Aber das spielt keine Rolle. Indem wir euch studierten fanden wir heraus, daß eure Zivilisation sich mit Dingen beschäftigt, unsere dagegen mit Gedanken. Keiner von uns hat dem anderen etwas zu bieten. Nichts Gutes kann aus einem Kontakt entstehen, aber viel Schlimmes. Unser Planet verfügt über keinerlei stoffliche Ressourcen, die euch interessieren könnten.«

Dem mußte ich zustimmen, als ich über die monotonen Hügel blickte, die lediglich karge Büsche zu ernähren schienen, und selbst davon nicht viele. Und was die Mineralien anbelangte, ich hatte nicht ein Krümelchen gesehen.

»Recht habt ihr«, rief ich zurück. »Jeder Planet, der nichts weiter hervorbringt als Gestrüpp und Küchenschaben, kann ungestört bleiben, was uns anbelangt. Daher . . .« Dann dämmerte mir etwas. »He, Moment mal. Da muß noch etwas anderes sein, mit wem, zum Teufel, spreche ich überhaupt?«

»Du sprichst«, sagte die Stimme, »mit dem, was du Küchenschaben nennst, was ein weiterer Punkt der Unvereinbarkeit zwischen uns ist. Um präziser zu sein, du sprichst mit einer gedankenprojizierten Stimme, aber wir projizieren sie. Und wir wollen eines klarstellen – daß wir euch körperlich noch abstoßender finden als ihr uns.«

Ich sah hinab und sah sie, drei von ihnen – bereit, in ihre Löcher zu hüpfen, sollte ich an eine Bewegung denken.

Im Inneren des Schiffes sagte ich: »Johnny, starten Sie. Richtung Erde.«

Er salutierte und sagte: »Ja, Sir«, und ging in die Pilotenkabine und schloß die Tür. Er kam erst wieder heraus, als wir uns auf automatischem Kurs befanden und Sirius hinter uns zurückblieb.

Ellen war in ihr Zimmer gegangen. Ma und ich spielten Cribbage.

»Darf ich jetzt meinen Posten verlassen, Sir?« fragte Johnny, und ging mit steifen Schritten weg, nachdem ich »Aber sicher«, gemurmelt hatte.

Nach einer Weile legten Ma und ich uns hin. Nach einer weiteren Weile hörten wir Geräusche. Ich stand auf und sah nach.

Ich kam grinsend zurück. »Alles in Ordnung, Ma«, sagte ich. »Es ist Johnny Lane, er ist betrunken wie eine Schleiereule!« Ich gab Ma einen spielerischen Schubs.

»Autsch, du alter Narr«, schniefte sie. »Dort tut es mir noch weh von dem Sturz, als der Bordstein unter uns veschwand. Und was ist so schön daran, daß Johnny betrunken ist? *Du* bist es doch nicht, oder?«

»Nein«, gab ich zu, vielleicht ein wenig bedauernd. »Aber, Ma, er hat mir gesagt, ich solle mich zum Teufel scheren. Und das ohne zu salutieren. Mir, dem Besitzer des Schiffs.«

Ma sah mich nur an. Manchmal sind Frauen schlau, aber manchmal sind sie auch ganz schön dumm.
»Hör zu, er wird sich nicht ständig weiter betrinken«, sagte ich. »Dies ist eine einmalige Gelegenheit. Ist dir nicht klar, was mit seinem Stolz und seiner Würde passiert ist?«
»Du meinst, weil er . . .«
»Weil er sich in die Gedankenprojektion einer Küchenschabe verliebt hat«, legte ich dar. »Jedenfalls hat er das geglaubt. Er muß sich betrinken, um das zu vergessen, und wenn er wieder nüchtern ist, wird er wieder ein ganz normaler Mensch sein. Darauf verwette ich jeden Einsatz. Und ich wette auch, *wenn* er normal ist und Ellen sieht und erkennt, wie hübsch sie ist, wird er sich Hals über Kopf in sie verlieben, bevor wir zur Erde zurückkehren. Ich hole eine Flasche, dann trinken wir darauf. Auf Nicht Siriös!«
Und damit hatte ich endlich einmal recht: Johnny und Ellen hatten sich verlobt, da waren wir der Erde noch nicht nahe genug, um das Bremsmanöver beginnen zu können.

DER NEUE
(The New One)

»Papa, sind Menschen real?«

»Was denn, Kind, bringen sie euch das denn nicht in Ashtaroths Unterricht bei? Wenn nicht, warum zahle ich dann zehn BTU pro Semester?«

»Ashtaroth redet darüber, Papa. Aber ich verstehe nicht viel von dem, was er sagt.«

»Hm-m-m . . . Ashtaroth ist ein wenig – Nun, was sagt er denn?«

»Er sagt, daß *sie* sind und *wir* nicht; daß wir nur existieren weil sie an uns glauben, daß wir Aus . . . Aus . . . Aus-irgendwas sind.«

»Ausgeburten ihrer Phantasie?«

»Genau, Papa. Wir sind Ausgeburten ihrer Phantasie, sagt er.«

»Nun, was ist daran so schwer? Beantwortet das deine Frage denn nicht?«

»Aber, Papa, wenn wir *nicht* real sind, wie können wir dann hier sein? Ich meine, wie können wir . . .«

»Schon gut, ich werde dir das erklären. Aber zuerst einmal, laß dich von so etwas nicht bekümmern. Sie sind rein akademisch.«

»Was ist akademisch?«

»Etwas, das eigentlich gar keine Rolle spielt. Etwas, das du lernen mußt, damit du nicht dumm bist, wie eine dumme Dryade. Die wirklichen Lektionen, die du genau lernen solltest, sind die, die du in Lebalomes Unterricht bekommst, und in dem Marduks.«

»Du meinst Rote Magie und Besessenheit und . . .«

»Ja, ganz genau das. Besonders Rote Magie; das ist dein Spezialgebiet als Feuerelementargeist, klar? Aber um zu diesem Realitäts-Thema zurückzukommen. Es gibt zwei Arten

von . . . äh . . . Dingen; Geist und Materie. Hast du das bisher verstanden?«
»Ja, Papa.«
»Nun, *Geist* steht höher als *Materie*, nicht? Eine höhere Existenzebene. Nun sind Dinge wie Steine und . . . äh . . . Steine sind reine Materie, das ist der unterste Zustand der Existenz. Menschen sind eine Art Gabel. Sie haben beides, Geist und Materie. Ihre Körper sind Materie, wie Steine, aber sie haben auch Geist, der sie leitet. Das bedeutet, daß sie in der Hälfte der Skala stehen. Kapiert?«
»Ich denke schon, Papa, aber . . .«
»Unterbrich mich nicht. Die dritte und höchste Form der Existenz ist . . . äh . . . sind wir. Die Elementargeister und die Götter und alle Arten von Mythen – Banshees und Meerjungfrauen und Geister und *loups-garou* und – nun, alle und jeder, die du hier siehst. Wir sind höher.«
»Aber wenn wir nicht *real* sind, wie . . .«
»Pssst. Wir sind höher, weil wir reine Gedanken sind, klar? Wir sind reiner Geiststoff. So wie die Menschen sich aus nicht vernunftbegabter Materie entwickelt haben; haben wir uns aus ihnen entwickelt. Sie haben uns *erfunden*. Begreifst du jetzt?«
»Ich denke schon, Papa. Aber was ist, wenn sie aufhören, an uns zu glauben?«
»Das werden sie niemals – völlig. Es wird stets ein paar geben, die es glauben, und das genügt. Selbstverständlich ist es so, je mehr an uns glauben, desto stärker sind wir, individuell. Nun nimm ein paar der älteren Burschen, etwa Ammon-Ra oder Bel-Marduk – die sind heutigentags recht schwach und hager geworden, weil sie nicht mehr viele echte Anhänger haben. Aber früher waren sie große Macker hier, Kind. Ich kann mich noch daran erinnern, da konnte Bel-Marduk sein Gewicht in Harpyen aufwiegen. Und sieh ihn dir heute an – geht am Krückstock. Und Thor – Junge, *den* hättest du mal zornig erleben sollen, das ist erst ein paar Jahrhunderte her.«
»Aber, Papa, wenn es je soweit kommt, daß da oben niemand mehr an sie glaubt? Sterben sie dann?«

»Hm-m-m. Theoretisch ja. Aber eines rettet uns. Es gibt ein paar Menschen, die einfach *alles* glauben. Oder besser, für die es nichts gibt, was sie nicht glauben. Diese Gruppe ist eine Art Kern, der die Dinge zusammenhält. Wie sehr ein Glauben auch erschüttert sein mag, sie halten daran fest, indem sie ein wenig zweifeln.«

»Aber was, Papa, wenn sie ein neues mythologisches Wesen ausdenken? Würde es dann hier unten zum Leben erwachen?«

»Selbstverständlich, Kind. So sind wir alle hierher gekommen, hier und da. Schau dir doch nur die Poltergeister an. Das sind Neuankömmlinge. Und das ganze Ektoplasma, das hier herumschwebt und jedem in die Quere kommt, auch das ist neu. Und – nun, dieser große Bursche, Paul Bunyan; der ist erst seit etwa einem Jahrhundert hier, er ist kaum älter als du. Und viele andere. Selbstverständlich müssen sie *eingeweiht* werden, bevor sie hier aufkreuzen können, aber früher oder später passiert das immer.«

»Puh, danke, Papa, dich verstehe ich viel besser als Ashtaroth. Der gebraucht immer große Worte wie ›Transmogrifikation‹ und ›Superaktualisierung‹ und was weiß ich noch alles.«

»Okay, Kind, und jetzt geh spielen. Aber bring keines dieser Wassergeisterkinder mit. Dann dampft es hier so sehr, daß ich nichts mehr sehen kann. Außerdem werde ich sehr bedeutenden Besuch bekommen.«

»Wen denn, Papa?«

»Darveth, den obersten Feuerdämon. Der Großkotz persönlich. Darum möchte ich, daß du nach draußen gehst.«

»Herrje, Papa, kann ich nicht . . .«

»Nein. Er möchte mir etwas Wichtiges sagen. Er hat einen Menschen am Faden, und das ist eine komplizierte Sache.«

»Was meinst du damit, er hat einen Menschen am Faden? Was hat er mit ihm vor?«

»Er möchte natürlich, daß er Feuer legt. Dort oben. Was Darveth mit diesem Burschen machen will, wird großartig

werden. Er sagt, besser als mit Nero oder Mrs. O'Learys Kuh. Es ist diesesmal etwas wirklich Großes.«
»Herrje, kann ich zusehen?«
»Vielleicht später. Vorerst gibt es noch nichts zu sehen. Dieser Bursche ist noch ein Baby. Aber Darveth ist weitsichtig. Man muß sie jung bekommen, das ist seine Devise. Es wird Jahre dauern, bis es ausgearbeitet ist, aber dann wird es wirklich starker Tobak werden.«
»Kann ich dann zusehen?«
»Sicher, Kind. Aber nun lauf und geh spielen. Und halte dich von diesen Frostriesen fern.«
»Ja, Papa.«

Es dauerte zweiundzwanzig Jahre bis es ihn packte. So lange bekämpfte er es, aber dann – paff!
Oh, es war schon immer dagewesen, seit Wally Smith ein Baby gewesen war; seit – nun, es war dagewesen, bevor er sich erinnern konnte. Seit es ihm gelungen war, auf den dicken Stummelbeinen seiner Babyjahre zu stehen, sich mit beiden Händen an den Stäben des Laufstalls festzuhalten und seinem Vater zuzusehen, wie er ein kleines Hölzchen nahm und an der Schuhsohle rieb und dann an die Pfeife hielt.
Komisch, diese Rauchwölkchen, die aus der Pfeife stiegen. Sie waren da, und dann wieder verschwunden, wie graue Phantome. Aber sie waren lediglich von gelindem Interesse.
Was seinen Blick fesselte, den Blick seiner runden, großen, faszinierten Augen, das waren die *Flammen*.
Das Ding, das am Ende des Hölzchens tanzte. Das Ding, das dort leuchtete und dauernd seine Gestalt veränderte. Gelb-rot-blaues Wunder, magische Schönheit.
Eine seiner pummeligen Hände hielt sich an der Stange des Laufstalls fest, die andere streckte sich der *Flamme* entgegen. Seine; er wollte sie. Seine.
Und sein Vater, der sie sicher außer Reichweite hielt, grinste voll blindem Vaterstolz. Niemals argwöhnend. »Hübsch, Sohn, was? Aber nicht berühren. Feuer *brennt*.«

Ja, Wally, Feuer *brennt.*

Als er in die Schule kam, wußte Wally Smith bereits eine Menge über Feuer. Er wußte, daß Feuer brennt, und das wußte er aus eigener Erfahrung. Es war eine schmerzliche, aber keine bittere Erfahrung gewesen. Die Narbe an seinem Unterarm erinnerte ihn daran. Der weiße Fleck der Narbe, die immer da war, wenn er den Ärmel emporrollte.

Es hatte ihn auch auf andere Weise gezeichnet. Seine Augen.

Auch das war früh geschehen. Die Sonne, die strahlende Sonne, die mörderische Sonne. Auch sie hatte er betrachtet, wenn seine Mutter den Laufstall in den Hof gestellt hatte. Er hatte sie mit atemloser Faszination betrachtet, bis seine Augen schmerzten, und so schnell er konnte hatte er wieder hingesehen und ihr die kleinen Ärmchen entgegengestreckt. Er wußte, daß sie Feuer war, Flamme, irgendwie identisch mit dem Ding, das am Ende der Hölzchen tanzte, die sein Vater an die Pfeife hielt.

Feuer. Er *liebte* es.

Und daher trug er schon recht jung eine Brille. Sein ganzes Leben lang war er kurzsichtig und mußte eine dicke Brille tragen.

Die Musterungskommission warf einen Blick auf seine dicken Gläser und machte sich erst gar nicht mehr die Mühe, ihn zur körperlichen Untersuchung zu schicken. Aufgrund seiner dikken Brillengläser erklärten sie ihn für untauglich und sagten ihm, daß er heimgehen sollte.

Das war schlimm, denn er *wollte* dazu. Er hatte einen Informationsfilm gesehen, der die neuen Flammenwerfer vorstellte. Wenn er *so ein* Ding bedienen könnte . . .

Aber dieser Wunsch war unterbewußt, er wußte nicht, daß er ein großer Teil des Wunsches war, weswegen er eine Uniform tragen wollte. Das war im Herbst 41, und wir waren noch nicht im Krieg. Später, im Dezember, war er immer noch Teil des Grundes, weswegen er dazu wollte, aber nicht der größte Teil. Wally Smith war ein guter Amerikaner; das war sogar noch wichtiger als ein guter Pyromane zu sein.

Wie auch immer, er hatte die Pyromanie besiegt. Glaubte er. Wenn sie noch da war, dann irgendwo tief begraben, wo er die meiste Zeit vermeiden konnte, daran zu denken, und im Geiste hatte er dort ein »Bis hierher und nicht weiter«-Schild aufgestellt.

Der Wunsch nach einem Flammenwerfer besorgte ihn ein wenig. Dann kam Pearl Harbor, und Wally Smith mußte mit sich selbst ausfechten, ob es *nur* Patriotismus war, daß er die Japaner töten wollte, oder ob der Wunsch nach einem Flammenwerfer die Ursache war.

Und während er darüber nachgrübelte, wurde die Lage in den Philippinen immer brisanter, und die Japaner rückten nach Malaya und Singapur vor, und vor der Küste waren U-Boote und es sah ganz so aus, als würde sein Land ihn brauchen. Und er selbst verspürte eine Kampfeslust in sich, die ihm sagte, zum Teufel damit, ob es Pyromanie war oder nicht – es war noch mehr Patriotismus, und über die Psychologie würde er sich später Gedanken machen.

Er versuchte es bei drei Rekrutierungsstellen, und alle drei wiesen ihn ab. Dann änderte sich alles in der Fabrik, in der er arbeitete und . . . aber wir greifen den Geschehnissen etwas vor.

Als der kleine Wally Smith sieben Jahre alt war, brachten sie ihn zum Psychiater. »Ja«, sagte der Psychiater. »Pyromanie. Jedenfalls ein ausgeprägter Hang zur Pyromanie.«

»Und . . . äh . . . was ist die Ursache, Doktor?«

Sie haben diesen Psychiater viele Male gesehen. Auf Hefewerbung. Identifiziert – möglicherweise korrekt – als berühmter Wiener Spezialist. Erinnern Sie sich noch, als es eine lange Reihe berühmter Wiener Spezialisten gab, die den Genuß von Hefe für alles empfahlen, angefangen von moralischer Verworfenheit bis hin zu einwärts wachsenden Zehennägeln? Das war natürlich, bevor die Nazi-Dampfwalze über Österreich hinwegrollte und Blut wie Wein zu fließen begann. Nun, vergegenwärtigen Sie sich in Gedanken ein Bild der Wiener Hefedynastie, und Sie werden wissen, wie eindrucksvoll dieser Psychiater aussah.

»Und . . . äh . . . was verursacht sie, Doktor?«
»Emotionale Instabilität, Mr. Smith. Pyromanie ist nicht Wahnsinn, das müssen Sie genau wissen. Nicht, so lange sie . . . äh . . . unter Kontrolle bleibt. Es handelt sich um eine durch emotionale Instabilität verursachte Neurose. Und weshalb sich die Neurose gerade diese besondere Ausdrucksform wählte; irgendwann während der Kindheit muß es ein psychisches Trauma gegeben haben, welches . . .«
»Ein was, Doktor?«
Und der Psychiater lächelte begütigend und winkte mit seinem Zauberstab – ich meine seinem Kneifer am langen schwarzen Seidenband – in einer Geste des Exorzismus. »Natürlich ist die Wahrheit gerade umgekehrt. Das gebrannte Kind *liebt* das Feuer. Hat sich der junge Wally jemals verbrannt, Mr. Smith?«
»Aber ja, Doktor. Als er vier Jahre alt war, erwischte er ein paar Streichhölzer und . . .«
An seinem rechten Arm ist eine deutliche Narbe, Doc. Ist Ihnen das nicht aufgefallen? Und selbstverständlich liebt das gebrannte Kind das Feuer, andernfalls hätte es sich ja gar nicht erst verbrannt.
Der Psychiater verabsäumte es, nach Symptomen vor dem Feuer zu fragen – aber wenn es Mr. Smith eingefallen wäre, sie ihm zu schildern, hätte er sie wahrscheinlich lediglich von der Hand gewiesen. Er hätte versichert, daß es normal ist, von Flammen gefesselt zu sein, und daß das erst nach dem Brand abnormale Formen annahm. Wenn ein Psychiater erst einmal mit voller Kriegsbemalung auf dem Trauma-Pfad ist, dann kann er auch solche winzigen Diskrepanzen erklären, ohne auf halbem Wege stehenzubleiben.
Und nachdem der Psychiater die Ursache herausgefunden hatte, heilte er ihn. Auf Dauer.

»*Jetzt*, Darveth?«
»Nein, ich warte noch ab.«
»Aber es wäre doch lustig, das Schulhaus niederbrennen zu

sehen. Es würde mühelos brennen, und die Notausgänge sind für den Brandfall nicht breit genug.«
»Hm-hmmm. Dennoch werde ich warten.«
»Du meinst, er wird sich später etwas Größeres suchen?«
»Daran dachte ich.«
»Bist du sicher, daß er dir nicht wieder von der Angel springt?«
»*Der* nicht.«

»Zeit zum Aufstehen, Wally.«
»Schon gut, Mama.« Er richtete sich mit zerzaustem Haar im Bett auf und griff nach der Brille, damit er sie sehen konnte. Und dann: »Mama, ich hatte vergangene Nacht wieder so einen Traum. Das Ding bestand ganz aus Feuer, und ein anderes ähnliches aber nicht ganz so großes unterhielt sich mit ihm. Über das Schulhaus und . . .«
»Wally, der Doktor hat dir gesagt, du sollst über solche Träume nicht sprechen. Nur dann, wenn er dich fragt. Siehst du, wenn du darüber redest, dann prägst du sie dir in Gedanken ein und erinnerst dich daran und denkst darüber nach. Und darum träumst du dann wieder von ihnen. Klar, Wally, mein Junge?«
»Ja, aber warum kann ich dir nicht erzählen . . .«
»Weil der Arzt gesagt hat, daß du es nicht tun sollst, Wally. Und nun erzähl mir, was du gestern in der Schule gemacht hast? Hast du wieder hundert Punkte in Arithmetik geschafft?«
Selbstverständlich interessierte sich der Psychiater außerordentlich für diese Träume; sie gehörten zur Grundausstattung in seinem Gewerbe. Aber er hielt sie für wirre, bedeutungslose Stücke. Und das kann man ihm kaum zum Vorwurf machen; haben Sie jemals einem siebenjährigen Kind zugehört, das versucht hat, Ihnen den Inhalt eines Films zu erzählen, den es gesehen hat?
Wie Wally sich daran erinnerte und es erzählte, war es ein wildes Durcheinander: ». . . und dann hat dieses große gelbe Ding – nun, ich glaube, da hat es noch nicht sehr viel getan. Und

dann sagte der große, der größer und röter war als der andere, etwas zu ihm übers Angeln und daß er ihm schon nicht von der Angel springen würde, und . . .«

Er saß da auf dem Rand der Couch, betrachtete den Psychiater durch die dicken Brillengläser, hatte die Hände eng ineinandergepreßt und die Augen weit aufgerissen. Aber er redete zusammenhanglosen Unsinn.

»Mein kleiner Freund, wenn du heute nacht einschläfst, dann solltest du versuchen, an etwas Angenehmes zu denken. An etwas, das dir sehr viel Spaß macht, etwa . . . äh . . .«

»Ein Freudenfeuer, Doktor?«

»*Nein!* Ich meinte etwas wie Baseballspielen oder Rollschuhlaufen.«

Sie beobachteten ihn genau. Sie hielten Streichhölzer und Feuer von ihm fern. Seine Eltern kauften statt des Gasofens einen Elektroherd, obwohl sie ihn sich eigentlich gar nicht leisten konnten. Aber aus Angst vor den Streichhölzern gab sein Vater das Rauchen auf, und was dadurch eingespart wurde, gab er für den Ofen aus.

Ja, er war tatsächlich geheilt. Und der Psychiater nahm dieses Verdienst für sich in Anspruch, ebenso wie das Honorar. Jedenfalls verschwanden die gefährlicheren äußerlichen Symptome. Feuer faszinierte ihn immer noch, aber welcher Junge läuft nicht Feuerwehrautos hinterher?

Er wuchs zu einem recht ansehnlichen jungen Mann heran. Groß, wenn auch ein wenig linkisch. Er rauchte nicht, und nach einem oder zwei Erlebnissen kam er zum Ergebnis, daß er auch nicht trinken wollte. Das Trinken schien die Barriere einzureißen, die besagte: »Bis hierher und nicht weiter«, die vor dem abgeriegelten Teil seines Verstands errichtet worden war. In dieser Nacht gab er fast nach und legte Feuer an die Fabrik, in der er tagsüber als Frachtaufseher arbeitete. Fast, aber nicht ganz.

»*Jetzt*, Darveth?«

»Noch nicht.«

»Aber, Meister, weshalb noch länger warten? Das ist ein großes Gebäude, es ist aus Holz und es ist baufällig, und sie stellen Zelluloidartikel her. Und *Zelluloid* – du hast doch schon Zelluloid brennen sehen, oder nicht, Darveth?«
»Ja, es ist *herrlich*. Aber . . .«
»Du glaubst, daß eine größere Chance kommt?«
»Glauben? Ich *weiß* es.«

Am nächsten Morgen erwachte Wally Smith mit einem schrecklichen Kater und stellte fest, daß er eine Streichholzschachtel in der Tasche hatte. Als er in der Nacht zuvor zu trinken begonnen hatte, war sie noch nicht dagewesen, und er konnte sich nicht daran erinnern, wann oder wo er sie an sich genommen hatte.
Aber er begann darüber nachzudenken, *daß* er sie an sich genommen hatte. Und er überlegte schweißgebadet, zu welchem Zweck er sie in die Tasche gesteckt hatte. Er wußte, er hatte an der Schwelle von etwas gestanden, und er hatte eine recht furchteinflößende Vorstellung, was das für ein Etwas gewesen sein konnte.
Wie auch immer, er lernte daraus und schwor sich, daß er niemals wieder, unter gar keinen Umständen, trinken würde. Er glaubte, er könnte sich seiner sicher sein, solange er nicht trank. So lange sein Kopf die Oberhand hatte, war er kein Pyromane, verdammt, das war er *nicht*.
Der Psychiater hatte ihn als Kind davon geheilt, oder nicht? Sicher hatte er das.
Dennoch gewannen seine Augen einen gehetzten Ausdruck. Glücklicherweise konnte man das durch die dicken Brillengläser nicht erkennen. Dot bemerkte es ein wenig. Dot Wendler war das Mädchen, mit dem er ging.
Und obwohl Dot es nicht wußte, löste diese Nacht eine weitere Tragödie in seinem Leben aus, denn Wally hatte vorgehabt, ihr einen Antrag zu machen, aber nun . . .
War es rechtens, überlegte er, ein Mädchen wie Dot zu bitten, ihn zu heiraten, wenn er seiner nicht mehr sicher war? Er

beschloß fast, sie aufzugeben und sich nicht mehr länger selbst zu quälen, indem er sie wiedersah. Aber das war ein wenig zuviel; der Kompromiß sah so aus, daß er sich zwar weiter mit ihr verabredete, ihr die Frage aber nicht stellte. Ein wenig wie ein Mann, der nicht zu essen wagt, aber bei jeder sich bietenden Gelegenheit in die Schaufenster der Delikatessengeschäfte starrt.

Dann kam der 7. September 1941, und am Morgen des 9. versuchte er es bei drei Rekrutierungsstellen und wurde von jeder abgewiesen.

Dot versuchte, ihn zu trösten – aber im Grunde ihres Herzens war sie froh. »Aber, Wally, ich bin sicher, die Fabrik, in der du arbeitest, wird bald für die Verteidigung arbeiten. Alle ähnlichen Fabriken stellen um. Und dort wirst du ebenso hilfreich sein. Das Land braucht Gewehre und . . . und Munition und derlei Dinge, ebenso sehr wie es Soldaten braucht. Und . . .« Sie wollte sagen, das würde ihm die Möglichkeit geben, sich niederzulassen und sie zu heiraten, aber natürlich sagte sie das nicht.

Früh im Januar erwies sich, daß sie recht hatte. Während eines Zeitraums von zwei Wochen, in dem die Fabrik umstellte, war er ohne Beschäftigung. Die erste Woche war eine glückliche Ferienzeit, weil sich Dot auch eine Woche freinahm und sie überall gemeinsam hingingen. Sie nahm diese Woche unbezahlten Urlaub, nur um bei ihm zu sein, aber das verriet sie ihm nicht.

Dann, als die zwei Wochen verstrichen waren, wurde er wieder zur Arbeit befohlen. Die Umstellung war rasch über die Bühne gegangen, aber es erforderte wenig Veränderung und neue Geräte, um aus einer Fabrik, die Chemikalien verarbeitete, eine zu machen, die Metall verarbeitete.

Sie wollten Toluol nitrieren. Und wenn Toluol so behandelt worden ist, dann nennt man es Trinitrotoluol, wenn man dazu genügend Zeit hat. Wenn keine Zeit für einen solchen Mundvoll Silben ist, dann nennt man es TNT, was die Sache ebenso gut beschreibt.

»*Jetzt*, Darveth?«
»Jetzt!«

Am Nachmittag dieses Tages wußte Wally Smith nicht, was mit ihm nicht stimmte, aber er wußte, daß er sich irgendwie nicht so wohl fühlte. *Etwas* stimmte nicht mit ihm, und das wurde schlimmer.
Er trat hinaus auf die Verladerampe bei den Eisenbahnschienen, um sein Frühstück zu essen. Ein Dutzend Wagen standen auf der Rampe, und mehrere Männer arbeiteten die Pause durch, um sie zu entladen. Säcke, die schwer aussahen.
»Was ist das?« rief Wally einem der Männer zu.
»Nur Zement. Für den Feuerschutz.«
»Oh«, sagte Wally. »Wann fangen sie denn damit an?«
Der Mann legte den Sack ab und strich sich mit einem schmutzigen Handrücken über die Stirn. »Morgen. Wissen Sie, wie sie das machen?« Er grinste. »Sie reißen eine Mauer ein und ziehen eine aus Beton hoch. Derweil wird weiter auf Volldampf gearbeitet.«
»Hm-m-m«, sagte Wally. »Sind alle diese Wagen voll Zement?«
»Nee, nur der hier. In den anderen sind Chemikalien und solche Sachen. Himmel, ich werde mich viel sicherer fühlen, wenn wir hiermit fertig sind. Momentan – wissen Sie, wenn hier etwas schiefginge, diese Woche, dann wäre das schlimmer als Black Tom im letzten Krieg. Die Substanzen in den Wagen allein würden ausreichen, das Feuer bis zu den Ölraffinerien jenseits der Schienen auszubreiten. Und wissen Sie, was sich auf der anderen Seite von denen befindet?«
»Ja«, sagte Wally. »Weil sie eine Menge Wachen und alles haben, aber . . .«
»*Aber* ist richtig«, sagte der Mann. »Na gut, wir brauchen in aller Eile Munition, aber die ist hier in der Gegend zu sehr konzentriert. Dies ist eigentlich kein Ort, um mit Trinitro herumzuspielen. Zuviel anderes ist in der Nähe. Wenn diese Fabrik hochgehen würde, trotz aller Sicherheitsvorkehrungen,

würde das eine Kettenreaktion auslösen . . .« Er sah Wally Smith aus zusammengekniffenen Augen an. »Verdammt, wir reden zuviel. Sagen Sie nichts von dem, worüber wir gesprochen haben, außerhalb der Firma.«

Wally nickte sehr ernst.

Der Arbeiter wollte den Sack hochheben, tat es dann aber doch nicht. Er sagte: »Ja, die treffen Vorsichtsmaßnahmen. Aber ein verdammter Spion hier drinnen könnte praktisch den Krieg für uns verlieren. Wenn er Glück hätte. Ich meine, wenn es sich ausbreiten würde. Hier in der Gegend ist genügend Material, um . . . verdammt, beinahe um die Lage im Pazifik radikal zu verändern, mein Junge.«

»Und«, sagte Wally, »es würden wohl eine Menge Menschen ums Leben kommen.«

»Ach, Menschen! Vielleicht tausend würden getötet werden, was ist das schon? So viele sterben tagtäglich an der russischen Front. Mehr. Aber, Wally – Verdammt, ich rede zuviel.«

Er warf sich den Zementsack wieder über die Schultern und ging in das Gebäude hinein.

Wally beendete sein Essen nachdenklich, faltete das Papier zusammen, in dem es eingepackt gewesen war, und warf es in den feuerfesten Papierkorb. Er sah auf die Armbanduhr und stellte fest, daß er noch zehn Minuten Zeit hatte. Er nahm wieder am Rand der Plattform Platz.

Er wußte, was er tun sollte. Kündigen. Selbst wenn die Chance eins zu einer Million stand . . . Aber es bestand gar keine Chance, nicht einmal eins zu einer Million. Verdammt, sagte er zu sich selbst, er war *geheilt*. Er war in Ordnung. Und sie brauchten ihn hier; seine Arbeit war wichtig, jedenfalls im Kleinen.

Aber – nur für den Fall – wenn er wieder zu diesem Psychiater ging, bei dem er einst gewesen war? Der Mann war immer noch in der Stadt. Er konnte ihm die ganze Geschichte erzählen und ihn um Rat fragen. Wenn er dazu riet zu kündigen, dann . . .

Und er konnte ihn schon jetzt anrufen, mit dem Telefon im Büro, und eine Verabredung für heute abend treffen. Nein,

nicht das Telefon im Büro, im Flur war ein Münztelefon. Hatte er Kleingeld? Ja, jetzt erinnerte er sich, er hatte welches.
Er stand auf, griff in die Tasche und holte das Kleingeld heraus. Vier Pennies, die er neugierig betrachtete. Wie um alles in der Welt war er zu diesen vier Pennies gekommen? Irgendwo mußte doch ein Nickel sein . . .
Er griff in die andere Tasche, und dort erstarrte seine Hand. Seine Finger hatten Pappkarton berührt, Pappkarton, der wie ein Streichholzbrief gefaltet war. Er wagte kaum zu atmen, während er mit den Fingern den fremden Gegenstand in seiner Tasche betastete. Unzweifelhaft handelte es sich um ein Briefchen Sicherheitszündhölzer, und darunter befand sich noch eines. Und wurden diese Briefchen nicht zwei Stück zu einem Penny verkauft – der fehlende Penny seines Nickel, der sich in vier Cent Wechselgeld verwandelt hatte?
Aber er hatte sie nicht dorthin getan. Er kaufte *niemals* Streichhölzer oder hatte welche bei sich. Er hatte nicht . . .
Oder hatte er *doch*?
Nun erinnerte er sich an den seltsamen Zwischenfall, als er heute morgen zur Arbeit gegangen war. Das komische Gefühl, als er sich gelinde überrascht an der Ecke von Grant und Wheeler Street wiedergefunden hatte, einen Block von seinem normalen Weg zur Arbeit entfernt. Einen ganzen Block, und er wußte nicht, wie er dorthin gelangt war.
Er wurde geistesabwesend, sagte er sich, er tagträumte. Aber in diesem Block gab es Geschäfte. Geschäfte, die Streichhölzer verkauften.
Ein Mann kann in einen Tagtraum versunken einen Block von seinem normalen Weg abweichen. Aber kann er etwas kaufen – noch dazu mit so angsterfüllter Bedeutung – ohne daß er es merkt?
Und wenn er Streichhölzer unwissentlich *kaufen* konnte, konnte er sie dann nicht auch unwissentlich gebrauchen . . .
Vielleicht bevor er selbst dort herauskommen konnte!
Rasch, Wally, so lange du noch weißt, was du machst, so lange du es noch *kannst* . . .

Er nahm die beiden Streichholzbriefchen aus der Tasche und schob sie in den Schlitz des feuerfesten Mülleimers.
Dann ging er mit raschen Schritten und bleichem, gefaßtem Gesicht wieder in das Gebäude hinein, den langen Flur entlang zum Frachtbüro, und dort trat er ein.
Er sagte: »Mr. Davis, ich kündige.«
Der kahlköpfige Mann am Schreibtisch sah ihn überrascht an.
»Wally, was ist denn? Ist etwas geschehen oder . . . geht es Ihnen gut?«
Wally bemühte sich, seinen Gesichtsausdruck zu ordnen und so auszusehen, als wäre alles in Ordnung. Er sagte: »Ich . . . ich kündige eben, Mr. Davis. Ich kann es nicht erklären.« Er drehte sich um, um hinauszugehen.
»Aber Wally, das können Sie nicht. Herrgott, wir haben auch so schon zu wenig Leute. Und Sie kennen Ihre Abteilung, Wally. Es wird Wochen dauern, einen Mann für Ihren Posten anzulernen. Sie müssen uns vorher informieren, bevor Sie so etwas tun wollen. Mindestens eine Woche, damit wir imstande sind . . .«
»Nein, ich kündige fristlos. Ich *muß* . . .«
»Aber . . . Verdammt, Wally, das kommt dem Desertieren gleich. Mann, Sie werden hier *gebraucht*. Dies ist hier so wichtig wie die Front. Diese Fabrik ist so wichtig wie eine ganze verdammte Flotte im Pazifik. Sie . . . Sie wissen, was wir hier tun. Und . . . Weswegen kündigen Sie?«
»Ich . . . ich kündige einfach, das ist alles.«
Der kahlköpfige Mann hinter dem Schreibtisch stand auf, und plötzlich war sein Gesichtsausdruck nicht mehr milde. Er war etwa einen Meter sechzig groß, und Wally einen Meter achtzig, aber einen Augenblick schien er drohend vor Wally aufzuragen.
Er sagte: »Sie werden mir sofort sagen, was dahinter steckt, sonst werde ich . . .« Er kam um den Schreibtisch herum, während er sprach, und er hatte die Hände zu Fäusten geballt.
Wally wich einen Schritt zurück. Er sagte: »Hören Sie, Mr. Davis, Sie verstehen das nicht. Ich möchte nicht kündigen. Ich *muß* . . .«

»He, wo ist Darveth? Holt sofort Darveth her!«
»Er ist drüben und hat sich mit Apollo angelegt. Die Griechen versuchen, ihm das auszureden, weil Griechenland auf der Seite Amerikas steht und möchten, daß sie gewinnen, aber Apollo – und der ganze Rest – sind nicht mehr stark genug, um . . .«
»Sei still! *He, Darveth!*«
»Ja?«
»Dein Pyromane wird gleich *reden*. Sie werden ihn einsperren, wenn er das tut, und dann kann er nicht mehr . . .«
»Sei still; ich sehe schon.«
»Beeil dich! Du wirst ihn verlieren . . .«
»Sei still, damit ich mich konzentrieren kann. Ah, ich hab' ihn.«

»Hören Sie Mr. Davis, ich . . . ich habe das überhaupt nicht so gemeint. Ich habe so schreckliche Kopfschmerzen, daß ich kaum noch klar denken kann, und ich wußte nicht, was ich sage. Ich habe einfach alles gesagt, um hier herauszukommen, damit ich gehen kann und . . .«
»Oh, das ist selbstverständlich etwas anderes, Wally.
Aber warum wollen Sie denn kündigen nur weil Sie Kopfschmerzen haben? Sicher, gehen Sie jetzt zum Arzt. Aber kommen Sie wieder – heute oder morgen oder nächste Woche, wann immer es wieder in Ordnung ist. Mann, Sie müssen doch nicht kündigen, nur um nach Hause zu können, wenn Sie krank sind.«
»Schon gut, Mr. Davis. Tut mir leid, wenn ich diesen Eindruck erweckt habe. Ich konnte nicht klar denken. Ich komme wieder so bald es geht. Vielleicht heute noch.«
Das ist es, Wally, damit hast du ihn zum Narren gehalten. Sag ihm, daß du einen Doktor besuchen möchtest, das verschafft dir eine Entschuldigung, eine Weile wegzugehen. Dann wirst du wieder Streichhölzer kaufen können, denn diejenigen, die du in den Mülleimer geworfen hast, wirst du nicht wieder zurückbekommen, ohne Aufmerksamkeit zu erregen.

Du wirst neue Streichhölzer holen, und du wirst wissen, was du mit ihnen tust, nicht wahr, Wally? Du wirst tausend Menschenleben und Materialien im Wert von mehreren Milliarden Dollar vernichten und dem Rüstungsprogramm viel wertvolle *Zeit* stehlen, aber es wird ein herrliches Feuer werden, Wally. Der ganze Himmel wird rot sein, wie Blut, Wally.
Sag ihm . . .
»Hören Sie, Mr. Davis, ich hatte schon früher solche Kopfschmerzen. Sie sind schrecklich, so lange sie andauern, aber meistens dauern sie nur ein paar Stunden. Ich will Ihnen etwas sagen, ich werde um fünf wieder zurückkommen und dann vier Stunden arbeiten, um die verlorene Zeit des Nachmittags wettzumachen. Geht das in Ordnung?«
»Aber sicher – wenn Sie sich bis dahin wieder wohl fühlen und sicher sind, daß sie keine Schmerzen mehr bekommen. Wir sind im Rückstand, und jede Stunde zählt, die Sie arbeiten können.«
»Danke, Mr. Davis. Ich bin sicher, daß es geht. Bis dann.«

»Gute Arbeit, da wieder herauszukommen, Darveth. Und die *Nacht* wird sowieso besser sein.«
»Die Nacht ist immer besser.«
»Junge, Junge. Ich werde sicher dabeisein und zusehen. Erinnerst du dich an Chicago? Und Black Tom? Und Rom?«
»Das wird alles übertreffen.«
»Aber diese Griechen, Hermes und Odysseus und die ganze Bande. Werden sie sich nicht zusammenschließen und vielleicht versuchen, die ganze Sache platzen zu lassen? Es könnten sich Legenden anderer Länder auf derselben Seite hinzugesellen. Bist du auf Schwierigkeiten gefaßt, Darveth?«
»Schwierigkeiten? Pah, niemand glaubt mehr so sehr an diese Pappkameraden, daß sie echte Macht haben. Ich könnte sie alle mit dem kleinen Finger wegstoßen. Und überleg doch, wer uns helfen würde, wenn sie Ärger machen. Siegfried und Sugimoto und die ganze Bande.«
»Und die Römer.«

»Die Römer? Nein, die sind an diesem Krieg nicht interessiert. Sie mögen Mussolini nicht besonders. Nein, es wird keinen Ärger geben. Einer meiner Kobolde könnte die ganze Bande in Schach halten.«
»Prachtvoll. Reservier mir einen Logenplatz, Darveth.«

Die Nacht war seltsam. Um sieben Uhr, als er zwei Stunden gearbeitet hatte, begann es dunkel zu werden. Und es schien Wally Smith, als wäre die Dunkelheit selbst etwas Fremdes.
Mit einem Teil seines Verstandes wußte er, daß er arbeitete, wie er immer gearbeitet hatte. Er wußte, daß er mit den anderen Männern der Schicht gescherzt und geredet hatte, mit Männern, die er gut kannte, weil er schon häufig Überstunden gemacht und dabei mit der Nachtschicht zu tun gehabt hatte.
Sein Körper arbeitete ohne seinen Willen. Er nahm Dinge auf, wie sie aufgenommen werden mußten, und legte sie hin, wo sie hingelegt werden mußten, und er füllte Frachtbriefe aus, schrieb Notizzettel und Karteikarten. Es war, als würden seine Hände aus eigenem Antrieb arbeiten und seine Lippen von selbst sprechen.
Da war noch ein anderer Teil von Wally Smith, der der echte Teil sein mußte. Er schien sich in einiger Entfernung zu befinden und seinem Körper bei der Arbeit zuzuschauen und der Stimme beim Sprechen zuzuhören. Ein Wally Smith, der hilflos am Abgrund des Entsetzens stand. Und Bescheid wußte. Die Barriere war niedergerissen worden. Er wußte alles über Darveth.
Und mittlerweile wußte er auch, daß er um neun Uhr, wenn er das Gebäude verließ, das Eckzimmer passieren würde, wo er sorgsam das Häufchen Müll aufgeschichtet hatte. Leicht entflammbaren Müll. Material, das durch ein einziges Streichholz Feuer fangen und hochauf lodern würde, um dann die dahinter befindliche Wand zu entzünden, noch ehe jemand bemerkte, daß es überhaupt da war. Und *hinter* dieser Wand . . .
Es blieben nur noch zwei Dinge zu tun. Den Griff umdrehen,

der die Löschanlage aktivierte, und ein Streichholz anzünden . . .
Ein gelb brennendes Streichholz, und dann die rote Hölle eines verzehrenden Feuers. Holocaust. Feuer, das man nicht mehr löschen konnte, wenn es einmal entfacht war. Gebäude um Gebäude würde flammendrot erstrahlen, Leib um Leib würde schwarz verkohlen, während die Männer, getötet oder von der Explosion aus der Fassung gebracht, in der Flammenhölle gebraten wurden.
Der Verstand von Wally Smith bildete ein seltsames Durcheinander. Alptraumhafte Visionen, die wirklich zu sein schienen, weil er sie schon in seinen Kindheitsträumen gesehen hatte. Fantastische Wesen, die er niemals hatte beschreiben oder identifizieren können, als er noch ein Kind gewesen war. Aber nun wußte er wenigstens vage, wer und was sie waren. Dinge aus Mythen und Legenden. Dinge, die *es nicht gab*.
Die es aber irgendwie doch gab, in dieser *Alptraum-Welt*.
Er hörte sie sogar – nicht ihre Stimmen, aber ihre Gedanken, die in keiner Sprache ausgedrückt wurden. Und manchmal Namen, die in jeder Sprache gleich waren. Immer wieder den Namen Darveth, und irgendwie war es etwas aus Feuer namens Darveth, das ihn das machen ließ, was er tat und tun würde.
Er sah und hörte und fühlte, mit wachsendem Entsetzen, während seine Hände Frachtbriefe ausfüllten und seine Stimme beiläufige Scherze mit den anderen Kollegen wechselte.
Und sah auf die Uhr. Eine Minute vor neun.
Wally Smith gähnte. »Nun«, sagte er, »ich denke, ich werde es dabei bewenden lassen. Gute Nacht, Jungs.«
Er ging hinüber zur Stechuhr, schob seine Karte hinein und ging hinaus.
Zog Hut und Mantel an. Ging den Flur hinab.
Dann konnten ihn die anderen nicht mehr sehen, und der Wächter an der Tür noch nicht, und plötzlich waren seine Bewegungen hastig. Er schlich wie ein Panther, als er die Tür zu dem leerstehenden Lagerraum öffnete. Den Raum, wo alles bereit war.

Es ging los. Er hatte das Streichholz in der Hand; seine Hand zündete das Streichholz an. Die *Flamme*. Wie die erste Flamme, die er jemals gesehen hatte, die in der Hand seines Vaters am Ende eines Streichholzes getanzt hatte. Während Wallys pummelige Finger, damals, vor all den Jahren, nach dem Ding am Ende des Stäbchens gegriffen hatten. Das Ding, das dort leuchtete, seine Gestalt dauernd veränderte; gelb-rot-blaues Wunder, magische Schönheit. Die *Flamme*.

Warte, bis das Stäbchen ebenfalls Feuer gefangen hat, warte bis es ganz brennt, damit es beim Hinabwerfen nicht ausgeblasen wird. Eine Flamme ist anfangs ein empfindliches Wesen.

»Nein!« schrie ein anderer Teil seines Verstands. *»Nicht!* Wally, *nicht* . . .«

Aber du kannst jetzt nicht mehr aufhören, Wally, es gibt kein *»nicht«* mehr, weil Darveth, der Feuerdämon, mittlerweile das Steuer in der Hand hält. Er ist stärker als du, Wally, er ist stärker als alle anderen in dieser Alptraumwelt, in die du schaust. Schrei um Hilfe, Wally. Es wird dir nichts nützen.

Ruf nach jedem einzelnen von ihnen. Ruf nach dem alten Moloch, er wird dir nicht zuhören. Auch ihm wird dies Spaß machen. Den meisten von ihnen. Nicht allen. Thor steht beiseite und ist nicht besonders glücklich darüber, was passieren wird, weil er ein Mann des Kampfes ist, doch er ist nicht groß genug, sich mit Darveth anzulegen. Keiner von ihnen ist das, dort drüben.

Das Feuer ist König, und alle Feuerelementargeister vollführen einen Derwischtanz. Andere sehen zu. Da ist der weißbärtige Zeus und jemand mit dem Kopf eines Krokodils, der neben ihm steht. Und Dagon, der Scylla reitet – all die Geschöpfe, die die Menschen sich ausgedacht haben und noch ausdenken . . .

Aber keiner von ihnen wird dir helfen, Wally. Du bist allein. Und jetzt beugst du dich hinab, mit dem Streichholz. Du schirmst es mit den Handflächen ab, damit der Luftzug unter der Tür es nicht ausbläst.

Dumm, nicht, Wally, daß du von etwas hierzu getrieben wirst, das gar nicht da sein kann, etwas, das nur deshalb existiert, weil

man daran *denkt*? Du bist verrückt, Wally. Verrückt. Oder nicht? – ist ein *Gedanke* nicht ebenso real wie alles andere? Was bist denn *du*, wenn nicht Gedanken, die in einem Tonklotz gefangen sind? Was sind *sie* demnach, wenn nicht freie und ungebundene Gedanken?
Ruf um Hilfe, Wally. Irgendwo muß Hilfe sein. Ruf, aber nicht mit deiner Kehle und den Lippen, denn die gehören dir momentan nicht, sondern mit deinen Gedanken! Ruf mit deinen Gedanken, wo es etwas nützen wird, dort drüben! Nach *jemand*, um Darveth Einhalt zu gebieten. Jemand, der auf deiner Seite steht.
JA! Das ist es. RUF!
Wie er hinterher nach Hause kam, eine Stunde später, daran konnte sich Wally nicht mehr erinnern. Nur daß der Himmel schwarz und sternenübersät war, kein roter Himmel einer Katastrophe. Er spürte kaum die Brandwunden an Daumen und Zeigefinger, wo ihm das ausgehende Streichholz die Hand verbrannt hatte.
Seine Vermieterin saß auf der kühlen Veranda im Schaukelstuhl. Sie sagte: »So früh schon zurück, Wally?«
»Früh?«
»Aber ja. Sagten Sie heute morgen nicht, daß Sie eine Verabredung mit Ihrem Mädchen hätten? Ich dachte, sie würden in der Stadt essen und von der Fabrik aus gleich zu ihr gehen.«
Wally erinnerte sich mit panischem Schrecken daran und hastete zum Telefon. Ein schrecklicher Augenblick, dann hörte er ihre Stimme.
»Wally, was ist denn passiert? Ich warte schon seit . . .«
»Tut mir leid, Dot – ich mußte spät arbeiten und konnte nicht anrufen. Kann ich jetzt noch zu dir kommen, und möchtest du mich heiraten?«
»Ob ich . . . Was hast du da gesagt, Wally?«
»Jetzt ist alles in Ordnung, Liebling. Willst du mich heiraten?«
»Nun . . . komm her, dann werde ich es dir sagen, Wally. Aber was hast du damit gemeint, daß jetzt alles in Ordnung ist?«
»Das ist . . . ich werde gleich da sein und es dir erzählen.«

Aber während der sechs Blocks, die er passieren mußte, kam er wieder zur Vernunft, und er erzählte ihr natürlich nicht, was vorgefallen war. Er dachte sich eine Geschichte aus, die erklären würde, was er gesagt hatte – und die sie glauben würde. Aus diesem Holz sind gute Ehemänner geschnitzt, und Wally war bereit, einer zu werden, wenn er die Chance dazu bekam. Und die bekam er.

»Papa?«
»Psst, Kind.«
»Aber Papa, was machst du denn da unter dem Bett?«
»Psssst. Oh, schon gut, aber sprich leise. Ich glaube, er ist immer noch irgendwo in der Nähe.«
»Wer, Papa?«
»Der *Neue*. Derjenige, der – das war eine Katastrophe, mein Kind. Hast du etwa den Tumult der letzten Nacht völlig verschlafen? Den größten Kampf hier seit siebzehn Jahrhunderten?«
»Herrje, Papa. Wer hat denn wen fertiggemacht?«
»Der Neue. Er hat Darveth so weit fortgekickt, daß er bis jetzt noch nicht wieder da ist, und dann stürzten sich ein paar von Darveths Freunden auf ihn, und er prügelte die Hölle aus *ihnen* heraus. Und nun spaziert er dort draußen herum und . . .«
»Sucht nach noch jemandem, den er verprügeln kann, Papa?«
»Nun, das weiß ich nicht. Er hat bisher noch keinen Kampf mit jemandem angefangen, außer mit denen, die sich auf ihn gestürzt haben, und außer mit Darveth. Ich glaube, er nahm sich Darveth deshalb vor, weil dieser Mensch, mit dem Darveth gearbeitet hat, ihn gerufen hat.«
»Aber warum versteckst *du* dich dann?«
»Weil – Nun, mein Kind, ich bin natürlich ein Feuerelementargeist, und er könnte mich für einen Freund von Darveth halten, ein Risiko, das ich nicht eingehen möchte, bis sich die Lage hier ein wenig beruhigt hat. Kapiert? Himmel, dort oben müssen eine ganze Menge Leute auf der Seite dieses Burschen sein und

an ihn glauben, damit er so stark sein kann. Was er mit Darveth gemacht hat . . .«

»Wie heißt er denn, Papa? Und ist er ein Mythos oder eine Legende oder was?«

»Ich weiß es nicht, mein Kind. Ich werde jedenfalls zuerst jemand anderen bei ihm nachfragen lassen.«

»Ich werde zum Vorhang hinaussehen, Papa. Ich werde mein Leuchten auf einen Funken beschränken.«

»He, komm – na gut, aber sieh dich vor. Ist er zu sehen?«

»Ja, ich denke, daß er es ist. Er sieht *nicht* gefährlich aus, aber . . .«

»Aber geh kein Risiko ein, Kind. Ich werde mich nicht einmal in die Nähe des Fensters begeben, um hinauszusehen; ich bin heller als du, und er könnte mich sehen. Sag mal, ich konnte ihn mir gestern in der Nacht nicht so genau ansehen. Wie sieht er denn bei Tage aus?«

»Er sieht nicht gefährlich aus, Papa. Er hat einen weißen Spitzbart, und er ist groß und hager, und er trägt rot und weiß gestreifte Hosen, die er in die Stiefel gesteckt hat. Und einen Zylinderhut. Der ist blau und hat weiße Sterne darauf. Rot, weiß und blau. Bedeutet das irgend etwas, Papa?«

»Nach allem, was letzte Nacht passiert ist, Kind, *muß* es das. Ich jedenfalls werde unter dem Bett bleiben, bis ihn jemand anders nach seinem Namen fragt!«

ZWEIERLEI MASS
(Double Standard)

11. April – Ich frage mich, ob das, was ich empfinde, Schock, Angst oder Verwunderung darüber ist, daß die Regeln hinter dem Glas anders sein könnten. Ethik, hatte ich immer geglaubt, wäre eine Konstante. Und das *muß* sie sein; zwei verschiedene Sets von Regeln wären nicht fair. Ihr Zensor war einfach schlampig, so muß es gewesen sein.

Nicht, daß es eine Rolle spielt, aber es passierte während eines Western. Ich war Whitey Grant, Marshal von West Pecos, guter Reiter, guter Kämpfer, Allzweckheld. Eine Bande böser Männer kam in die Stadt, um nach mir zu suchen, echte Revolvermänner, und da jeder andere in der Stadt Angst davor hatte, sich ihnen zu stellen, mußte ich sie alle alleine übernehmen. Black Burke, der Anführer der Gesetzlosen, erzählte mir hinterher (ich mußte ihn nur niederschlagen, nicht töten) durch die Gitterstäbe des Gefängnisses, daß es ein wenig wie in *Zwölf Uhr mittags* war, und vielleicht war es das. Na und? *Zwölf Uhr mittags* war nur ein Film, und wann das Leben eine Fiktion nachahmt, was soll's?

Aber es war davor, als wir noch »auf Sendung« waren, als ich zufällig durch das Glas hinaussah (manchmal nennen wir es auch »die Mattscheibe«) in die *andere* Welt. Das kann man nur, wenn man sich der Scheibe direkt gegenüber befindet. Bei den vergleichsweise wenigen Gelegenheiten, wenn das passiert, kann man flüchtige Blicke in die andere Welt erhaschen, wo auch Menschen existieren, Menschen wie wir, nur daß sie, anstatt etwas zu tun und selbst Abenteuer zu erleben, lediglich *uns* durch die Glasscheibe hinweg betrachten. Und aus irgendeinem Grund, der ein Geheimnis für mich ist (eines von vielen Geheimnissen), sehen wir an zwei verschiedenen Abenden niemals dieselbe Person oder Personengruppe, die uns aus dieser anderen Welt zusieht.

Das tat ich, als ich letzte Nacht hindurchgesehen habe. In dem Wohnzimmer, in das ich sah, saß ein junges Paar zusammen. Sie saßen auf einem Sofa dicht beeinander, *sehr* dicht, nur wenige Schritte von mir entfernt, und sie küßten sich. Nun, hier lassen wir gelegentlich Küsse zu, aber nur sehr kurze und züchtige. Und dieser Kuß schien keines von beidem zu sein. Sie waren schlichtweg ineinander *verschlungen*, hielten einander umarmt und küßten sich, ein Kuß mit sexuellem Beigeschmack: Dreimal kam ich über den Schirm und sah hinaus, und sie küßten sich *immer noch*.

Als ich sie zum dritten Mal ansah, waren sie immer noch beim Küssen, und mittlerweile mußten zwanzig Sekunden verstrichen sein. Ich war gezwungen, den Blick abzuwenden; es war einfach zuviel. Ein Kuß von mindestens zwanzig Sekunden! Möglicherweise länger, wenn sie vor meinem ersten Blick anfingen und nach meinem letzten noch weitermachten. Ein zwanzigsekündiger Kuß! Was für Zensoren müssen die haben, daß so etwas durchgehen kann?

Was für *Sponsoren*, die Zensoren so unaufmerksam sein lassen?

Nachdem der Western vorbei und die Scheibe wieder milchig war, womit wir wieder allein in unserer eigenen Welt waren, wollte ich mich mit Black Burke darüber unterhalten, und ich unterhielt mich auch eine Weile durch die Gitter hindurch mit ihm, entschied mich dann aber dagegen, ich wollte nicht zur Sprache bringen, was ich gesehen hatte. Möglicherweise hängen sie Burke bald, nach seiner morgigen Verhandlung. Er ist sehr tapfer, also weshalb sollte ich ihn zusätzlich belasten? Killer oder nicht, er ist kein wirklich *schlechter* Kerl, und das Hängen reicht aus, darüber kann er genug nachdenken!

15. April – Inzwischen bin ich zutiefst beunruhigt. Letzte Nacht ist es wieder passiert. Aber diesesmal war es *schlimmer*! Eindeutig ein Schock.

In den wenigen Nächten zwischen der letzten und dieser fürchtete ich mich fast davor, hinauszusehen. Ich wandte mich

so selten und so kurz wie möglich dem Glas zu. Aber wenn ich dann durchgesehen hatte, war mir nichts ungewöhnlich erschienen. Jedesmal ein anderes Wohnzimmer, aber niemals mit einem jungen Paar alleine, die den Kodex verletzten. Menschen saßen herum und benahmen sich, während sie uns zusahen. Manchmal Kinder. Das übliche.
Aber gestern nacht!
Wirklich schockierend. Wieder ein junges Paar allein – natürlich nicht dasselbe Paar und dasselbe Wohnzimmer. In diesem befand sich kein Sofa, nur zwei übergroße Sessel, und sie saßen beide im selben Sessel, sie auf seinem Schoß.
Das sah ich beim ersten Blick. Ich war Arzt, und die Umstände im Krankenhaus waren ziemlich hektisch, so daß ich von Notfall zu Notfall eilen mußte, um Leben zu retten. Aber kurz vor dem ENDE (so nennen wir das, wenn der letzte Werbespot kommt und die draußen uns nicht mehr sehen können, und wir sie nicht mehr) gab ich einem jüngeren Arzt einen guten Rat, wobei ich mich von ihm abwandte, und dabei mußte ich in den Bildschirm sehen, oder durch das Glas, und da sah ich sie wieder.
Und der Mann hatte sich entweder bewegt, oder ich sah etwas, das mir beim erstenmal entgangen war. Oh, sie betrachteten schon den Bildschirm und küßten sich nicht. Aber!
Das Mädchen trug kurze Hosen, sehr kurze Hosen, und *seine Hand lag auf ihrem Schenkel* – und sie lag nicht nur dort, sondern bewegte sich dabei auch noch zärtlich und liebkosend! Was für ein Sündenpfuhl ist denn das dort draußen, daß so etwas zugelassen wird? Ein Mann, der den nackten Schenkel einer Frau streichelt! Jeder in *unserer* Welt würde bei dem bloßen Gedanken daran erschauern.
Ich erschauere gerade eben, während ich daran denke.
Was ist nur mit ihren Zensoren los?
Gibt es einen Unterschied zwischen den Welten, den ich nicht verstehe? Das Unbekannte ist immer angsterregend. Ich habe Angst. Und ich bin schockiert.

22. April – Eine ganze Woche war seit dem zweiten der beunruhigenden Vorfälle verstrichen, und bis gestern nacht hatte ich mich wieder etwas beruhigt. Ich kam zu der Überzeugung, daß die beiden Übertretungen des Kodex, die ich beobachtet hatte, isolierte Ereignisse gewesen waren, die versehentlich durchgeschlüpft waren.
Aber gestern nacht sah – oder besser hörte, in diesem Fall – ich etwas, das die frappanteste Übertretung eines anderen Teils des Kodex gewesen ist.
Vielleicht sollte ich, bevor ich es beschreibe, kurz erklären, was dieses Phänomen des »Hörens« ist. Wir hören nur sehr selten Geräusche von der anderen Seite des Bildschirms. Sie sind zu leise, um das Glas zu durchdringen, oder sie werden von unseren eigenen Unterhaltungen oder dem Lärm, den wir machen, übertönt – oder von der Musik, die in ansonsten stillen Teilen erklingt. Ich habe mich schon über den Ursprung dieser Musik gewundert, da, abgesehen von den Stellen, die in Nachtklubs, Tanzhallen oder ähnlichem spielen, niemals irgendwelche Musiker zu sehen sind, die sie hervorbringen könnten, aber schließlich kam ich zu der Überzeugung, daß es sich dabei schlichtweg um ein Geheimnis handelt, das wir nicht kennen sollen. Wenn einer von uns tatsächlich erkennbare Leute aus der anderen Welt hören kann, sind dazu verschiedene Umstände erforderlich. Es kann nur zu einem Zeitpunkt geschehen, wenn in unserer Welt vollkommene Stille herrscht, auch keine Musik zu hören ist. Und auch dann kann man nur etwas hören, wenn einer von uns sich ganz dicht vor der Mattscheibe befindet. (Wir nennen das eine »Nahaufnahme«.) Gelegentlich kann einer von uns unter diesen idealen Umständen deutlich genug hören, um ein Wort oder gar einen ganzen gesprochenen Satz verstehen zu können, der in der Außenwelt gesagt wird.
Einen Augenblick galten gestern nacht für mich diese idealen Bedingungen, und ich hörte einen vollständigen gesprochenen Satz, wie ich auch den Sprecher und die Angesprochene deutlich genug sehen konnte. Es handelte sich um ein Paar in

mittleren Jahren, das auf einem Sofa saß (aber schicklich weit auseinander) und mir zusah. Der Mann sagte – und ich bin sicher, daß ich ihn richtig verstanden habe, denn er sprach recht laut, als wäre die Frau ein wenig schwerhörig: »– – – Liebling, das ist ja nicht zum Aushalten. Schalten wir das – – – Ding ab und gehen wir noch auf ein Bier in die Eckkneipe, hm?«
Die beiden ersten Worte, für die ich Auslassungszeichen verwendet habe, waren der Name der Gottheit, und das ist ein durchaus normales Wort, wenn es richtig und im entsprechenden Kontext ausgesprochen wird. Aber es hörte sich *nicht* an, als würde er es im entsprechenden Kontext gebrauchen, und das zweite Wort war eindeutig ein profaner Fluch.
Ich mache mir größte Sorgen.

30. April – Eigentlich besteht kein Grund dafür, daß ich diesen Eintrag schreibe und den anderen Notizen hinzufüge, die ich in letzter Zeit gemacht habe. Ich bin dabei, mehr oder weniger gedankenlos zu kritzeln, und sicher werde ich diese Aufzeichnungen wegwerfen, wenn ich damit fertig bin. Ich schreibe, weil ich etwas schreiben muß, und ich kann dies niederschreiben wie etwas noch Sinnloseres.
Sie müssen wissen, ich schreibe das »auf Sendung«, wie wir das nennen. Heute nacht bin ich Reporter, der im Büro einer Zeitung vor seiner Schreibmaschine sitzt.
Ich habe meinen aktiven Teil in diesem Abenteuer aber bereits gespielt, und nun bin ich im Hintergrund, nur dazu da, beschäftigt auszusehen und zu schreiben. Da ich blind schreiben kann und die Typen nicht unbedingt betrachten muß, habe ich hinreichend Gelegenheit, durch das Glas Blicke in die andere Welt zu erhaschen. Wieder sehe ich ein junges Paar allein. Ihr »Gerät« steht im Schlafzimmer, und sie sind eindeutig verheiratet, da sie uns in ihren Betten zusehen. *Betten.* Selbstverständlich Plural, wie ich zufrieden feststelle, denn damit folgen sie dem Kodex, der besagt, daß verheiratete Paare gezeigt werden dürfen, wie sie sich in hinreichender Entfernung in zwei Einzelbetten unterhalten, verständlicherweise ist es verboten,

daß sie zusammen in einem Doppelbett gezeigt werden; wie weit sie auch auseinanderliegen mögen, das wäre zweifellos doppeldeutig.
Ich habe gerade noch einmal hingesehen. Offenbar haben sie wenig Interesse daran, von ihrer Seite aus den Bildschirm zu betrachten. Statt dessen unterhalten sie sich. Ich kann natürlich nicht hören, was sie reden; selbst wenn auf meiner Seite völlige Stille herrschte, wäre ich zu weit vom Glas entfernt. Aber er stellt ihr eine Frage, und sie nickt lächelnd.
Plötzlich schwingt sie das Laken zurück, hebt die Beine aus dem Bett und richtet sich auf.
Sie ist nackt.
Großer Gott, wie könnt ihr denn so etwas zulassen? Das ist unmöglich. In unserer Welt gibt es so etwas wie eine nackte Frau gar nicht. Das kann einfach nicht sein.
Sie steht auf, und ich kann den Blick nicht von diesem unglaublich schönen und ganz schön unglaublichen Anblick abwenden. Aus dem Augenwinkel heraus kann ich sehen, daß er ebenfalls das Laken zurückgeschlagen hat, und auch er ist nackt. Er lockt sie, und einen Augenblick steht sie lachend da, sieht ihn an und läßt sich ansehen.
Etwas Seltsames, etwas, das ich noch niemals zuvor empfunden habe, etwas, das ich nicht für möglich gehalten hätte, geschieht in meinen Lenden. Ich versuche, den Blick abzuwenden, aber ich kann es nicht.
Sie geht die zwei Schritte bis zu seinem Bett und legt sich hin. Plötzlich küßt und liebkost er sie. Und jetzt . . .
Kann denn so etwas möglich sein?
Also stimmt es! Für sie gibt es keine Zensur; sie können und dürfen alles das tun, was in unserer Welt nur vage als Geschehnisse außerhalb des Bildschirms angedeutet werden darf. Wie können sie frei sein, wenn wir es nicht sind? Das ist *grausam.* Man enthält uns Gleichheit und unsere Geburtsrechte vor.
Laßt mich hier raus! LASST MICH HIER RAUS!
LASST MICH HIER RAUS!
LASST MICH AUS DIESEM GOTTVERDAMMTEN KASTEN HERAUS!

ETWAS GRÜNES
(Something Green)

Die große Sonne stand scharlachrot am violetten Himmel. Und am Rande der braunen Ebene, die von braunem Gebüsch durchzogen war, begann der rote Dschungel.

McGarry ging darauf zu. Es war ein hartes und gefährliches Unterfangen, in diesen roten Dschungeln zu suchen, aber es mußte getan werden. Und er hatte bereits Tausende durchsucht, dies war lediglich ein weiterer.

Er sagte: »Auf geht's, Dorothy. Alles bereit?«

Das winzige fünfgliedrige Geschöpf, das auf seiner Schulter saß, antwortete nicht, aber das tat es nie. Es konnte nicht sprechen, aber man konnte gut mit ihm sprechen. Es bedeutete Gesellschaft. Größe und Gewicht fühlten sich auf erstaunliche Weise so an, als würde eine Hand auf seiner Schulter ruhen.

Er hatte Dorothy – wie lange schon? Schätzungsweise vier Jahre. Er selbst war fünf Jahre hier, soweit er sich erinnern konnte, und er hatte sie nach etwa einem Jahr gefunden. Jedenfalls nahm er an, daß Dorothy dem schwächeren Geschlecht angehörte, wenn auch aus keinem anderen Grund als der sanften Weise, wie sie auf seiner Schulter ruhte, gleich einer Frauenhand.

»Dorothy«, sagte er, »ich würde vorschlagen, wir stellen uns gleich auf Ärger ein. Es könnten Löwen oder Tiger dort drinnen sein.«

Er löste die Schnalle des Halfters seiner Solpistole und ließ die Hand am Griff der Waffe ruhen, bereit, sie rasch herauszuziehen. Mindestens zum tausendsten Mal dankte er seinem Glücksstern dafür, daß die Waffe, die er aus dem Wrack hatte retten können, eine Solpistole gewesen war, die einzige Waffe, die praktisch immerfort funktionierte, ohne neue Ladung oder Munition zu benötigen. Eine Solpistole sog Energie auf. Und wenn man den Abzug betätigte, schoß sie heraus. Mit einer

anderen Waffe als einer Solpistole hätte er nie auch nur ein Jahr auf Krüger III überleben können.
Ja, noch bevor er den Rand des roten Dschungels erreicht hatte, sah er einen Löwen. Natürlich war er nicht mit einem Löwen auf der Erde vergleichbar. Dieser war hell fuchsinrot, seine Farbe unterschied sich gerade so sehr von dem purpurfarbenen Gestrüpp, hinter dem er kauerte, daß er ihn erkennen konnte. Er hatte acht Beine, alle ohne Gelenke und so kräftig und stabil wie die eines Elefanten, sowie einen schuppigen Kopf mit einem Schnabel ähnlich dem eines Tukans.
McGarry nannte das einen Löwen. Er hatte das Recht, ihm diesen Namen zu geben, ebenso wie jeden beliebigen anderen, denn er war niemals getauft worden. Und wenn, dann war der Täufer nie zur Erde zurückgekehrt, um einen Report über Flora und Fauna von Krüger III abzuliefern. Wie den Aufzeichnungen zu entnehmen war, war vor McGarry überhaupt nur eine einzige Raumkapsel jemals hier gelandet, und die war nie mehr gestartet. Nach diesem Fahrzeug suchte er jetzt; er suchte schon seit fünf Jahren, seit er hier war, systematisch danach.
Wenn er sie fand, bestand die Chance – die geringe Chance –, daß sie noch einige intakte Transistoren enthielt, wie sie bei der Bruchlandung seiner eigenen Kapsel zerstört worden waren. Und wenn sie genügend davon enthielt, konnte er zur Erde zurückkehren.
Zehn Schritte vom Rand des roten Dschungels entfernt blieb er stehen und richtete die Solpistole auf die Büsche, hinter denen der Löwe kauerte. Er betätigte den Abzug, und es folgte ein hellgrüner Blitz, kurz, aber schön – oh, so wunderschön –, dann waren die Büsche nicht mehr da, und der Löwe auch nicht.
McGarry kicherte leise. »Hast du das gesehen, Dorothy? Das war *grün*, die einzige Farbe, die ihr auf eurem verfluchten roten Planeten nicht habt. Die schönste Farbe im Universum, Dorothy. *Grün!* Und ich kenne eine Welt, die fast ausschließlich grün ist, und dorthin werden wir gehen, du und ich. Ganz bestimmt. Das ist die Welt, von der ich komme, und sie ist der schönste Ort, den es gibt. Sie wird dir gefallen, Dorothy.«

Er wandte sich um und sah zurück über die braune Ebene mit den braunen Büschen, zum violetten Himmel und der scharlachroten Sonne. Die ewig scharlachrote Sonne Krüger, die auf der Tagseite dieses Planeten niemals unterging, der ihr ständig eine Seite zuwandte, so wie der Erdmond der Erde auch stets dieselbe Seite zeigte.
Weder Tag noch Nacht – es sei denn, man überschritt die Schattenlinie zur Nachtseite, die zu bitter kalt war, um Leben zu ermöglichen. Keine Jahreszeiten. Eine einförmige, niemals wechselnde Temperatur, kein Wind, keine Stürme.
Er dachte zum tausendsten, zum millionsten Mal, daß es keine schlechte Welt zum Leben wäre, wenn sie nur so grün wie die Erde wäre, wenn es nur etwas Grünes auf ihr gäbe, abgesehen vom gelegentlichen Aufleuchten seiner Solpistole. Sie hatte eine atembare Atmosphäre, mittlere Temperaturen, die von etwa 4 Grad Celsius nahe der Schattenlinie bis zu dreißig am Punkt direkt unter der roten Sonne reichten, wo ihre Strahlen direkt einfielen und nicht abgelenkt wurden. Es gab genügend zu essen hier, und er hatte schon vor Zeiten gelernt, welche Pflanzen und Tiere für ihn eßbar waren, und welche ihn krank machten. Nichts, das er jemals versucht hatte, war richtig giftig gewesen.
Ja, eine herrliche Welt. Mittlerweile hatte er sich sogar daran gewöhnt, daß er das einzige intelligente Lebewesen auf ihr war. Dorothy war diesbezüglich eine Hilfe. Jemand, mit dem man sprechen konnte, auch wenn sie selbst nichts sagte.
Außer – Oh, Gott – er wollte wieder einmal eine *grüne* Welt sehen.
Die Erde war der einzige Planet im bekannten Universum, wo grün die vorherrschende Farbe war, wo das Pflanzenleben auf Chlorophyll beruhte.
Andere Planeten, selbst die Nachbarn der Erde im Sonnensystem, hatten wenig mehr zu bieten als grüne Streifen in seltenen Felsformationen, sowie gelegentlich winzige Lebensformen einer Schattierung, die man braun-grün nennen konnte, wenn man es wollte. Nun, man konnte Jahre auf einem anderen

Planeten als der Erde verbringen, irgendwo im Kosmos, ohne jemals grün zu sehen.

McGarry seufzte. Er hatte für sich gedacht, dabei dachte er laut, er sprach zu Dorothy, ohne den Gedankengang zu unterbrechen. Dorothy war das einerlei. »Ja, Dorothy«, sagte er, »das ist der einzige Planet, auf dem es sich zu leben lohnt – die Erde! Grüne Felder, Rasen, grüne Bäume. Dorothy, ich werde sie nie mehr verlassen, wenn ich wieder dort bin. Ich werde mir eine Hütte im Wald bauen, inmitten von Bäumen, aber keinen Bäumen, die so dicht stehen, daß kein Gras zwischen ihnen wächst. *Grünes* Gras. Und die Hütte werde ich grün anstreichen, Dorothy. Auf der Erde haben wir sogar grünes Pigment.«

Er seufzte und sah in den roten Dschungel vor sich.

»Was hast du gefragt, Dorothy?« Sie hatte nichts gefragt, aber es war ein Spiel vorzugeben, daß sie redete, ein Spiel, damit er nicht den Verstand verlor. »Ob ich heiraten werde, wenn ich wieder daheim bin? Hast du das gefragt?«

Er dachte darüber nach. »Nun, das ist so, Dorothy. Vielleicht, vielleicht auch nicht. Du wurdest nach einer Frau auf der Erde getauft, weißt du. Einer Frau, die ich heiraten wollte. Aber fünf Jahre sind eine lange Zeit, Dorothy. Ich wurde für vermißt, möglicherweise tot erklärt. Ich bezweifle, ob sie solange gewartet hat. Wenn sie gewartet hat, nun, dann heirate ich sie. Dorothy.

Hast du gefragt, was ist, wenn nicht? Nun, das weiß ich nicht. Zerbrechen wir uns darüber erst den Kopf, wenn wir zurück sind, ja? Wenn ich natürlich eine Frau finden könnte, die *grün* ist, oder wenigstens grünes Haar hat, die würde ich in Stücke lieben. Aber auf der Erde ist fast alles grün, *mit Ausnahme* der Frauen.«

Bei diesem Gedanken kicherte er und ging mit gezückter Solpistole in den Dschungel, in den roten Dschungel, in dem es nichts Grünes gab, abgesehen vom gelegentlichen Aufblitzen seiner Waffe.

Das war komisch. Auf der Erde strahlte eine Solpistole violett.

Hier, unter einer roten Sonne, leuchtete sie grün, wenn er sie abfeuerte. Aber die Erklärung war einfach genug. Eine Solpistole entzog einem nahen Stern Energie, und der abgefeuerte Strahl hat stets die Komplementärfarbe dieses Sterns. Entzog sie der Sonne Energie, einem gelben Stern, feuerte sie violett. Von Krüger, einer roten Sonne, grün.

Vielleicht war das etwas, überlegte er, abgesehen von Dorothys Gesellschaft, das ihn bei Verstand gehalten hatte. Mehrmals am Tag ein grüner Blitz. Etwas Grünes, das ihn daran erinnerte, was diese Farbe war. Damit seine Augen daran gewöhnt blieben, sollte er sie jemals wiedersehen.

Es stellte sich heraus, daß es sich um einen kleinen Flecken Dschungel handelte, wie der Dschungel auf Krüger III nun einmal war. Einer von scheinbar zahllosen Millionen solcher Flecken. Krüger III war größer als Jupiter. Aber weniger dicht, so daß die Schwerkraft erträglich blieb. Tatsächlich konnte es länger dauern als seine Lebensspanne war, dies alles zu erkunden. Er wußte das, vermied aber, daran zu denken. Ebenso wenig wie er daran dachte, daß das Schiff auf der Nachtseite, der kalten Seite, niedergegangen sein konnte. Er wollte auch nicht bezweifeln, daß er die erforderlichen Transistoren bekommen würde, wenn er das Schiff erst einmal gefunden hatte, die er zur Reparatur seiner eigenen Raumsonde benötigte.

Der Flecken Dschungel hatte weniger als eine Meile im Durchmesser, aber er mußte dennoch einmal schlafen und mehrmals essen, bis er ihn durchquert hatte. Er tötete zwei weitere Löwen und einen Tiger. Als er fertig war, ging er ganz um den Dschungel herum und markierte jeden der größeren Bäume entlang des äußeren Randes, damit er dieses spezielle Fleckchen Dschungel nicht versehentlich nochmals durchsuchen würde. Die Bäume waren weich; sein Taschenmesser schnitzte die Rinde bis hinein zum rosa Kern so mühelos ab als hätte er eine Kartoffel geschält.

Dann wieder hinaus auf die öde braune Ebene, diesmal die Solpistole in der Hand, damit sie sich wieder aufladen konnte.

»In diesem nicht, Dorothy. Vielleicht im nächsten. Dem dort drüben am Horizont. Vielleicht ist sie dort.«

Violetter Himmel, rote Sonne, braune Ebene.

»Die grünen Hügel der Erde, Dorothy. Oh, wie dir die gefallen werden.«

Die braune, endlose Ebene.

Der stets gleiche violette Himmel.

War da ein Geräusch dort oben? Das konnte nicht sein. Das war noch nie geschehen. Aber er sah auf. Und sah es.

Ein winziger schwarzer Fleck hoch im Violett, der sich bewegte. *Eine Raumkapsel. Es mußte eine Raumkapsel sein. Auf Krüger III gab es keine Vögel. Und Vögel ziehen keine Flammenschweife hinter sich her . . .*

Er wußte, was er zu tun hatte; er hatte schon millionenmal daran gedacht, wie er einer Raumkapsel ein Signal geben konnte, wenn eine kam. Er hob die Solpistole, richtete sie direkt in die violette Luft und betätigte den Abzug. Sie erzeugte keinen starken Strahl, aus der Entfernung der Kapsel, aber sie erzeugte einen *grünen* Strahl. Wenn der Pilot danach suchte oder heruntersah, bevor er verschwunden war, konnte ihm ein grüner Strahl in einer Welt ohne Grün gar nicht entgehen.

Er betätigte noch einmal den Abzug.

Und der Pilot der Kapsel *sah* ihn. Er unterbrach und ließ die Düsen dreimal Feuer ausstoßen – die Standardantwort auf ein Notsignal – und begann zu kreisen.

McGarry stand zitternd da. So lange warten, und nun ein so plötzliches Ende. Er berührte seine linke Schulter und berührte das fünfbeinige Haustier, das sich für seine Finger und für die nackte Schulter wie eine Frauenhand anfühlte.

»Dorothy«, sagte er, »das ist . . .« Dann versagte ihm die Stimme.

Die Raumkapsel bereitete sich derweil auf die Landung vor. McGarry sah an sich hinab und schämte sich plötzlich seiner selbst, als er bedachte, wie er für einen Retter aussehen mußte. Sein Körper war nackt, abgesehen von dem Gürtel, an dem das Halfter befestigt war und von dem das Messer und ein paar andere Werkzeuge herabhingen. Er war schmutzig und stank wahrscheinlich, auch wenn er sich selbst nicht riechen konnte. Und unter dem Schmutz sah sein Körper mager und verbraucht aus, fast alt, aber das lag natürlich an unausgeglichener Ernährung; ein paar Monate richtiges Essen, Essen der Erde, würden das wieder ins reine bringen.

Erde! Die grünen Hügel der Erde!

Nun rannte er zu der Stelle, wo die Raumkapsel landete, wobei er manchmal in seinem Eifer stolperte. Nun konnte er sehen, daß es eine Ein-Mann-Kapsel war, wie seine eigene eine gewesen war, aber das machte nichts, sie konnte im Notfall auch zwei Passagiere transportieren, zumindest bis zum nächsten Planeten, wo er sich nach einem anderen Transportmittel zur Erde umschauen konnte. Zu den grünen Feldern, den grünen Hügeln, den grünen Tälern.

Er betete und fluchte gleichzeitig, während er lief. Tränen rannen seine Wangen herab.

Er war bereits dort und wartete, als die Tür aufging und ein großer, schlanker Mann in der Uniform der Raumpatrouille heraustrat.

»Nehmen Sie mich mit?« rief er.

»Selbstverständlich«, antwortete der junge Mann ruhig. »Sind Sie schon lange hier?«

»Fünf Jahre!« McGarry wußte, daß er weinte, aber er konnte nichts dagegen tun.

»Großer Gott!« sagte der junge Mann. »Ich bin Leutnant Archer. Selbstverständlich nehme ich Sie mit zurück, sobald meine Schubdüsen sich für den Start wieder genügend abgekühlt haben. Ich kann Sie bis Karthago auf Aldebaran II bringen; von dort können Sie sich nach überall hin einschiffen. Brauchen Sie sofort etwas? Nahrung? Wasser?«

McGarry schüttelte benommen den Kopf. Nahrung, Wasser – was spielten solche Dinge nun für eine Rolle?

Die grünen Hügel der Erde! Er kehrte zu ihnen zurück. *Das* zählte, und ganz allein das. So lange warten, und dann ein so plötzliches Ende. Er sah den violetten Himmel verschwimmen,

und dann wurde er plötzlich schwarz, als seine Knie unter ihm nachgaben.
Er lag flach, und der junge Mann hielt ihm eine Flasche an die Lippen, aus der er einen kräftigen Schluck der scharfen Flüssigkeit trank, die sie enthielt. Er richtete sich auf und fühlte sich besser. Er sah sich um, ob die Raumkapsel immer noch da war; sie war es, und er fühlte sich herrlich.
Der junge Mann sagte: »Kommen Sie zu sich, Alterchen, wir starten in einer halben Stunde. In sechs Stunden werden Sie in Karthago sein. Möchten Sie reden, bis Sie Ihre Habseligkeiten wieder beisammen haben? Möchten sie es mir erzählen, alles, was geschehen ist?«
Sie saßen im Schatten eines braunen Busches, und McGarry erzählte es ihm, erzählte ihm alles. Die fünfjährige Suche nach dem anderen Schiff, von dessen Bruchlandung hier er gehört hatte und das die intakten Teile haben mochte, die er brauchte, um sein eigenes Schiff zu reparieren. Die lange Suche. Dorothy, die auf seiner Schulter saß, und was für eine herrliche Gesprächspartnerin sie gewesen war.
Aber irgendwie veränderte sich das Gesicht von Leutnant Archer, während McGarry erzählte. Es wurde noch ernster und noch mitfühlender.
»Alterchen«, sagte Archer sanft, »in welchem Jahr sind Sie hierher gekommen?«
McGarry sah es voraus. Wie kann man sich auf einem Planeten die Zeit merken, der keine Jahreszeiten und keinen wechselnden Sonnenstand kennt? Ein Planet ewigen Tages, ewigen Sommers?
Er sagte tonlos: »Ich kam im Jahr zweiundzwanzigzweiundvierzig hierher. Wie sehr habe ich mich geirrt? Wie alt bin ich wirklich, Leutnant, statt der angenommenen dreißig?«
»Wir schreiben zweiundzwanzigzweiundsiebzig, McGarry. Sie sind vor dreißig Jahren hergekommen. Sie sind fünfundfünfzig. Aber machen Sie sich deswegen keine Gedanken. Die medizinische Wissenschaft ist weit entwickelt. Sie haben noch eine lange Zeit zu leben.«

McGarry wiederholte es leise. »Fünfundfünfzig. *Dreißig Jahre.*«

Der Leutnant betrachtete ihn mitleidig. Er sagte: »Alterchen, möchten Sie alles an einem Stück hören, all die anderen schlechten Nachrichten? Es gibt einige. Ich bin kein Psychologe, aber ich halte es für das beste, wenn Sie jetzt alles gleich erfahren, während Sie die Frage, ob Sie zurückkehren wollen, noch dagegen abwägen können. Werden Sie es aushalten, McGarry?«

Nichts konnte schlimmer sein als das, was er bereits erfahren hatte. Die Tatsache, daß er schon dreißig Jahre seines Lebens hier verschwendet hatte. Sicher konnte er alles andere ertragen, wenn er nur zur Erde zurückkehren konnte, zur grünen Erde.

Er betrachtete den violetten Himmel, die rote Sonne, die braune Ebene. Er sagte sehr leise: »Ich halte es aus. Sagen Sie's.«

»Sie haben sich dreißig Jahre lang prächtig gehalten, McGarry. Sie können Gott für die Tatsache danken, daß Sie glaubten, Marleys Raumkapsel wäre auf Krüger III notgelandet, denn es war Krüger IV. Sie hätten sie nie gefunden, aber die Suche hat Sie – wie Sie sagten – hinreichend bei klarem Verstand erhalten.« Er schwieg einen Augenblick. Als er weitersprach, war seine Stimme sanft. »Auf Ihrer Schulter ist nichts, McGarry. Diese Dorothy ist eine Ausgeburt Ihrer Phantasie. Aber machen Sie sich deswegen keine Sorgen. Diese spezielle Wahnvorstellung hat Sie wahrscheinlich davor bewahrt, endgültig hinüberzugehen.«

McGarry hob die Hand. Sie berührte seine Schulter. Sonst nichts.

Archer sagte: »Mein Gott, Mann, es ist ein Wunder, daß Sie *ansonsten* okay sind. Dreißig Jahre allein, das ist fast ein Wunder. Und wenn Ihre Wahnvorstellung bestehen bleibt, nachdem ich Ihnen nun gesagt habe, daß es eine Wahnvorstellung ist – ein Psychiater in Karthago oder auf dem Mars kann Sie in Null Komma nichts heilen.«

McGarry sagte düster: »Sie bleibt nicht bestehen. Hier ist nichts mehr. Ich – ich bin nicht einmal mehr sicher, Leutnant, ob ich jemals an Dorothy geglaubt habe. Ich denke, ich habe sie erfunden, um mit ihr zu reden, damit ich ansonsten normal bleibe. Sie war – sie war wie die Hand einer Frau, Leutnant. Hatte ich Ihnen das gesagt?«

»Hatten Sie. Wollen Sie jetzt den Rest hören, McGarry?«

McGarry starrte ihn an. »Den Rest? Was für einen Rest kann es noch geben? Ich bin fünfundfünfzig anstatt dreißig. Ich habe dreißig Jahre, seit ich fünfundzwanzig war, damit verbracht, einer Raumkapsel nachzujagen, die ich niemals gefunden hätte, weil sie sich auf einem anderen Planeten befindet. Ich war die meiste Zeit davon verrückt – in gewisser, aber nur in gewisser Weise. Aber nichts davon hat mehr Bedeutung, da ich nun zur Erde zurückkehren kann.«

Leutnant Archer schüttelte langsam den Kopf. »Nicht zur Erde, Alterchen. Zum Mars, wenn Sie wollen, zu den wunderschönen gelben und braunen Hügeln des Mars. Oder, wenn Ihnen das nichts ausmacht, zur purpurnen Venus. Aber nicht zur Erde McGarry. Dort lebt niemand mehr.«

»Die Erde ist – dahin? Ich kann nicht glauben . . .«

»Nicht dahin, McGarry. Sie ist schon noch da. Aber sie ist wüst und schwarz, eine verkohlte Kugel. Der Krieg mit den Arkturiern vor zwanzig Jahren. Sie schlugen zuerst zu und erwischten die Erde. Wir haben *sie* erwischt, wir haben gewonnen, wir haben sie ausgelöscht, aber die Erde war futsch bevor wir angefangen haben. Tut mir leid, aber Sie werden sich anderswo niederlassen müssen.«

McGarry sagte: »Keine Erde.« Seine Stimme war ausdruckslos. Vollkommen ausdruckslos.

Archer sagte: »So ist das eben, Alterchen. Aber der Mars ist auch nicht so übel. Sie werden sich daran gewöhnen. Er ist heute das Zentrum des Sonnensystems, drei Milliarden Menschen leben dort. Sie werden die grüne Erde vermissen, sicher, aber so schlimm ist das nicht.«

McGarry sagte: »Keine Erde.« Seine Stimme war ausdruckslos. Vollkommen ausdruckslos.
Archer nickte. »Ich bin froh, daß Sie es so nehmen, Alterchen. Muß ein schwerer Schlag für Sie gewesen sein. Nun, ich schätze, wir können gehen. Mittlerweile müßten die Düsen abgekühlt sein. Ich werde es überprüfen und mich vergewissern.«
Er stand auf und ging auf die kleine Raumkapsel zu.
McGarrys Solpistole kam aus dem Halfter. McGarry erschoß ihn, und Leutnant Archer war nicht mehr da. McGarry stand auf und ging zu der kleinen Raumkapsel. Er richtete die Solpistole darauf, drückte ab, und ein Teil der Kapsel war verschwunden. Ein halbes Dutzend Schüsse, dann war sie völlig verschwunden. Winzige Atome, die Leutnant Archer und die Raumkapsel gewesen waren, mochten in der Luft tanzen, aber sie waren unsichtbar.
McGarry steckte die Waffe wieder ins Halfter zurück und begann, auf den roten Flecken Dschungel am Horizont zuzugehen.
Er führte die Hand an die Schulter und berührte Dorothy, und sie war da, wie sie schon seit vier oder fünf Jahren da war, seit er auf Krüger III gelandet war. Für seine Finger und die nackte Schulter fühlte sie sich wie eine Frauenhand an.
Er sagte: »Keine Bange, Dorothy. Wir finden sie. Vielleicht ist der nächste Dschungel der richtige. Und wenn wir sie finden . . .«
Er befand sich jetzt in der Nähe des Dschungels, des roten Dschungels, und ein Tiger kam herausgerannt, auf ihn zu, um ihn aufzufressen. Ein malvefarbener Tiger mit sechs Beinen und einem Kopf wie ein Faß. McGarry zog die Solpistole und betätigte den Abzug, und es folgte ein hellgrüner Blitz, kurz aber schön – so wunderschön –, und der Tiger war nicht mehr da.
McGarry kicherte leise. »Hast du das gesehen, Dorothy? Das war *grün*, die Farbe, von der es auf keinem Planeten etwas gibt, abgesehen von dem, wo wir hingehen. Der einzige grüne Planet

im System, und das ist der, von dem ich komme. Er wird dir gefallen.«

Sie sagte: »Das weiß ich, Mac.« Ihre tiefe kehlige Stimme war ihm völlig vertraut, so vertraut wie seine eigene. Sie hatte ihm stets geantwortet. Er griff mit der Hand in die Höhe und berührte sie, während sie auf seiner nackten Schulter saß. Sie fühlte sich wie die Hand einer Frau an.

Er wandte sich um und sah über die braune Ebene, die mit braunen Büschen durchsetzt war, zum violetten Himmel darüber und der roten Sonne. Er lachte sie an. Kein irres Lachen, ein sanftes Lachen. Es war einerlei, denn bald würde er eine Raumkapsel finden, mit der er zur Erde zurückkehren konnte.

Zu den grünen Hügeln, den grünen Feldern, den grünen Tälern. Er tätschelte noch einmal die Hand auf seiner Schulter, sprach zu ihr, lauschte ihrer Antwort.

Mit gezückter Pistole betrat er den roten Dschungel.

NACHWORT:
FREDRIC BROWN – DER SPÖTTER UND SEINE PARABELN DES WAHNSINNS

Fredric Brown (1906–1972) wurde in Cincinnati geboren und arbeitete, bevor er sich ganz aufs Schreiben verlegte, von 1924 an zumeist als Büroangestellter, Korrektor und Journalist in verschiedenen amerikanischen Städten. Obwohl er Kurse an der Universität von Cincinnati und am Hanover College in Indiana belegt hatte, brachte er es zu keinem abgeschlossenen Studium. Er war stets – auch als Schriftsteller – der »self-made man«, der keine Diplome benötigte. Eine chronische Halskrankheit zwang ihn dazu, sich 1948 in Taos, New Mexico, und 1954 in Tucson, Arizona, niederzulassen.
Zwischen 1938 und 1972 verfaßte er fünf Science-fiction-Romane, sechs SF-Sammelbände mit Kurzgeschichten, einen »mainstream«-Roman mit autobiographischen Zügen (*The Office*), an die 24 Krimis und zwei Bände mit Kriminalerzählungen, insgesamt ungefähr 30 Romane und etwa 300 Short Storys.
Als Verfasser von witzigen Novellen und satirischen Vignetten ging er in die Annalen der SF-Literatur ein. Seine erste SF-Erzählung, *Not Yet the End*, schrieb er 1941 für die »Captain Future«-Reihe. Seine Kurzgeschichten von normaler Länge, aber auch seine Short-Short-Storys, die schnurstracks, ohne Umschweife, einen pointierten Höhepunkt ansteuern und ihre Würze aus der Kürze beziehen, erschienen in den sechs Sammelbänden *Space on My Hands* (1951, *Sehnsucht nach der grünen Erde*), *Angels and Spaceships* (1954), *Honeymoon in Hell* (1958, *Flitterwochen in der Hölle*), *Nightmares and Geezenstacks* (1968, *Alpträume*), *Daymares* (1968) und *Paradox Lost* (1973, *Das verlorene Paradox*). Als kürzeste SF-Story aller Zeiten bezeichnete Brown folgende Zeilen: »Nach dem letzten atomaren Krieg war die Erde ein toter Stern; nichts

wuchs mehr, kein Tier hatte überlebt. Der letzte Mensch saß allein in seinem Zimmer. Da klopfte es an der Tür . . .«
In seinen außergewöhnlichen Erzählungen versucht der Satiriker Fredric Brown, die Grenzen der Vernunft zu sprengen, Raum und Zeit zu überwinden, die Dämonen zu entfesseln und zu zähmen. Mit schwarzem Humor und logischer Hochakrobatik gibt er in seinen kleinen Parabeln des Wahnsinns letztmögliche Aufschlüsse: über den Solipsisten Jehova, der derart von der Überzeugung durchdrungen ist, die Welt bestehe für den Menschen nur in seinen Vorstellungen, daß er tatsächlich die Welt erschafft (*Solipsist*); über die unheilvollen Puppen Giesenstecks, die einen rätselhaften Einfluß auf eine Familie ausüben (*The Geezenstacks*); über den Anonymus Alcoholicus, der mit nach Arbeitskräften Ausschau haltenden Außerirdischen zusammentrifft und von ihnen als durchschnittliches Exemplar der Gattung Mensch angesehen wird, wodurch der komische Säufer uns alle vor interstellarischer Sklaverei bewahrt und für sich selbst einen Alkoholrausch bis in alle Ewigkeit einhandelt (*Man of Distinction*); über einen Planeten mit seltsamen Naturerscheinungen, auf dem sich das Licht langsamer als der Schall bewegt, zu bestimmten Tageszeiten alle Gegenstände und Menschen ihr Aussehen völlig verändern und die Vögel durch die Mauern der Häuser fliegen, die sie immer wieder zum Einsturz bringen (*Placet Is a Crazy Place*), und über den endzeitlichen Zweikampf, den ein Vertreter der Menschheit mit dem roten Kugelwesen auf der Arena des blauen Planeten austrägt, um durch den Ausgang dieses Duells den Krieg zwischen zwei kosmischen Rassen zu entscheiden (*Arena*). Hinter dem Gedankenjongleur mit seinen bizarren Abenteuern, in denen das Unausdenkliche und Unbeschreibliche zum wirklichen Ereignis wird, taucht im scharfem Witz und in der Lächerlichkeit der Zustände aber auch – so unaufdringlich wie unversehens – der Moralist auf.
1949 entstand Fredric Browns erster SF-Roman *What Mad Universe* (Das andere Universum), in dem er das Genre der Science-fiction persifliert. Ein SF-Redakteur findet sich plötz-

lich in einer verrückten Parallelwelt wieder, in der die allerschlimmsten Klischees der Zukunftsliteratur sich zur Realität herausgemausert haben. Purpurne Ungeheuer spazieren durch die Straßen, ohne daß andere Passanten daran Anstoß nehmen, Weltraumkriege mit glotzäugigen Außerirdischen sind an der Tagesordnung, Superhelden zuhauf bevölkern dieses merkwürdige Universum.

In einem zweiten witzigen Roman, *Martians, Go Home* (1955, *Die grünen Teufel vom Mars*) macht sich der amerikanische Autor weiterhin über die Science-fiction und ihre exzentrischen Extraterrestrier lustig, indem er die Invasion der Erde durch seltsame Marskreaturen beschreibt, die weder kriegerisch noch friedlich gesinnt sind, sondern mit der Menschheit ihren Spott treiben. Sie verfügen über die ungewöhnliche Gabe der augenblicklichen Raumversetzung und wechseln von heute auf morgen in der Zahl von fünf Milliarden auf die Erde über. Dort stiften sie die größten Verwirrungen, weil sie nicht materiell tastbar sind und somit an materiellen Körpern, an Gegenständen oder Lebewesen, überhaupt keinen Widerstand finden und diese ungehindert durchdringen. Die Marsianer sind außerdem telepathisch veranlagt, was ihnen erlaubt, die Gedanken der Menschen zu belauschen und deren intimste Geheimnisse preiszugeben. Mit ihren Lästermäulern und ihrer Boshaftigkeit peinigen sie die Menschheit bis ins Unerträgliche.

Die Science-fiction hatte uns bisher die Marsbewohner in tausend Formen vorgeführt: große blaue Schatten, mikroskopisch kleine Reptile, gigantische Insekten, Feuerkugeln, wandernde Blumen . . . Aber sie hatte das banalste aller Klischees mit Bedacht vermieden. Bei Fredric Brown enthüllt es sich dagegen als Realität: die Marsianer sind tatsächlich die für Witze soviel mißbrauchten kleinen grünen Männchen . . .

Browns konventionelle Romane, *The Lights in the Sky are Stars* (1953, *Sternfieber*), *Rogue in Space* (1957, *Einzelgänger des Alls*) und *The Mind Thing* (1961, *Der Unheimliche aus dem All*), die sich im Rahmen der »ernsthaften« Science-fiction bewegen, können sich nicht mit seinen humorvollen Geschichten messen.

Fredric Brown wurde gleichermaßen als SF- wie als Krimiautor berühmt. Mit seinem ersten Detektivroman *The Fabulous Clipjoint* (1947) gewann er den »Edgar«, das Krimi-Pendant des »Nebula«. Darin treten Ed und Ambrose Hunter auf, der Neffe und der Onkel, die gemeinsam den Mörder von Eds Vater zur Strecke bringen und noch in weiteren sechs Krimis vorkommen.

The Fabulous Clipjoint zeichnet sich durch Browns ureigene Mischung romantischer und realistischer Elemente aus. Das Romantische schlägt im Charakter des jungen Helden und Erzählers Ed Hunter durch, der sich gerade zum Mann empormausert, sich bereits »action«mäßig wie ein Erwachsener durchboxen kann und noch immer vom Feuer der Jugend beflügelt wird.

In *The Screaming Mimi* (1949, *Der Ripper von Chicago*), von Gerd Oswald mit Anita Ekberg, Gipsy Rose Lee und Phil Carey verfilmt, bereichert Fredric Brown das aufreizende Thema von der Schönen und der Bestie um eine weitere Variation.

In *The Night of the Jabberwock* (1951) verlegt der Autor die Topoi Mord, Bankraub, Gangster und Spukhäuser in Lewis Carrolls Wunderland und steht somit Pate für die neue Gattung des »phantastischen Krimis«, nach der Masche »Wie Sherlock Holmes Alice nachsetzt«.

BIBLIOGRAPHIE

Die grünen Teufel vom Mars (*Martians, Go Home,* 1955), Gebrüder Weiß Verlag, Berlin 1959

Alpträume (*Nightmares and Geezenstacks*, 1961), E. Hunna Verlag, Wien 1963; Wilhelm Heyne Verlag, Reihe »Science Fiction«, München 1965

Flitterwochen in der Hölle (*Honeymoon in Hell*, 1958), Arthur Moewig Verlag, Heftreihe »Terra-Sonderband«, München 1963

Einzelgänger des Alls (*Rogue in Space,* 1957), Arthur Moewig Verlag, Heftreihe »Terra-Sonderband«, München 1963

Klopfzeichen (*Knock three – one – two,* 1959), Wilhelm Heyne Verlag, Reihe »Heyne Kriminalromane«, München 1964

Venus in Schwarz (*The Murderers,* 1961), Wilhelm Heyne Verlag, Reihe »Heyne Kriminalromane«, München 1964

Sehnsucht nach der grünen Erde (*Space on My Hands,* 1951), Arthur Moewig Verlag, Heftreihe »Terra-Sonderband« München 1965

Der Unheimliche aus dem All (*The Mind Thing,* 1961), Wilhelm Heyne Verlag, Reihe »Science Fiction«, München 1965

Der Ripper von Chicago (*The Screaming Mimi,* 1949), Erich Pabel Verlag, Reihe »Pabel Taschenbücher«, Rastatt 1965

Der engelhafte Angelwurm (Auswahl aus *Nightmares and Geezenstacks, Honeymoon in Hell* und *Angels and Spaceships*), Diogenes Verlag, Zürich 1966 (Taschenbuchnachdruck unter dem Titel *Flitterwochen in der Hölle,* Diogenes Verlag, Reihe »detebe 192«, Zürich 1979)

Darius der letzte (*His Name Was Death,* 1954), Wilhelm Heyne Verlag, Reihe »Heyne Thriller«, München 1969

Das andere Universum (*What Mad Universe,* 1949), Wilhelm Heyne Verlag, Reihe »Science Fiction«, München 1970

Wir haben unsere Oma umgebracht (*We All Killed Grandma,* 1952), Wilhelm Heyne Verlag, Reihe »Heyne Kriminalromane«, München 1970

Zwerge sterben halb so schwer (*The Dead Ringer,* 1948), Wilhelm Heyne Verlag, Reihe »Heyne Kriminalromane«, München 1970

Sternfieber (*The Lights in the Sky are Stars,* 1953), Ullstein Verlag, Berlin 1972

Flitterwochen in der Hölle und andere Schauer- und Science Fiction-Geschichten (deutsche Originalzusammenstellung mit einer Auswahl aus *Nightmares and Geezenstacks, Honeymoon in Hell* und *Angels and Spaceships*), Diogenes Taschenbuch Verlag, Reihe »detebe 192«, Zürich 1979

Die besten Stories von Fredric Brown (*The Best of Fredric Brown*), Arthur Moewig Verlag, Reihe »Moewig Hardcover«, Rastatt 1981

Philip José Farmer
Der Dienstagsmensch

Phantastische Geschichten

Herausgegeben, kommentiert und mit einem Nachwort von René Oth
Sammlung Luchterhand Band 516

Diese sieben in deutscher Erstveröffentlichung vorliegenden Geschichten voller Aktion und bissigem Humor stammen von einem Autor, dessen brillante, schöpferische Phantasie und dessen erzählerische Kunst dem Leser Reisen durch Raum und Zeit bis ans Ende des Bewußtseins bescheren.

Als alles anders wurde

Phantastische Geschichten über die Zukunft der Frau von Science-fiction- und Fantasy-Autorinnen

Herausgegeben von René Oth
Sammlung Luchterhand Band 530

Dieser Band enthält Geschichten von bekannten Autoren der Fantasy und Science-fiction über Frauen in der (fiktiven) Zukunft. Großenteils sind sie im Deutschen noch nicht veröffentlicht.
Autorinnen: Sonya Dorman, Cynthia Felice, Tanith Lee, Anne McCaffrey, Katherine McLean, Judith Merril, Joanna Russ, Pamela Sargent, Lisa Tuttle, Jane Yolen, Marion Zimmer Bradley, Pamela Zoline.